Carmen de Burgos
"Colombine"

La rampa

Edición
Susan Larson

STOCKCERO

Burgos, Carmen de

  La rampa / Carmen de Burgos ; edición literaria a cargo de: Susan Larson

  - 1a ed. - Buenos Aires : Stock Cero, 2006.

  252 p. ; 21x15 cm.

  ISBN 987-1136-59-5

  1. Feminismo. I. Larson, Susan, ed. lit. II. Título

  CDD 305.42

1° edición: 2006
Stockcero
ISBN-10: 987-1136-59-5
ISBN-13: 978-987-1136-59-9
Libro de Edición Argentina.Libro de Edición Argentina.

Hecho el depósito que prevé la ley 11.723.
Printed in the United States of America.

stockcero.com
Viamonte 1592 C1055ABD
Buenos Aires Argentina
54 11 4372 9322
stockcero@stockcero.com

Carmen de Burgos
"Colombine"

La rampa

Índice

Bibliografía

Introducción

La rampa (Madrid: Renacimiento, 1917) es indiscutiblemente una de las mejores novelas de Carmen de Burgos. Captura la posición precaria de las mujeres que empezaban a llegar a Madrid a principios del siglo veinte buscando trabajo en las fábricas, oficinas y casas de una creciente burguesía industrial. La rampa se dedica «[a] toda esa multitud de mujeres desvalidas y desorientadas, que han venido a mí, preguntándome qué camino podrían tomar, y me han hecho sentir su tragedia». El mensaje de la novela queda completamente claro: la mujer española no está preparada para la vida cien por ciento patriarcal de la ciudad moderna, y por esta razón tiene que prepararse con una educación profesional y armarse con consejos prácticos para conseguir la independencia económica.

La protagonista, Isabel, trabaja en un bazar en la Calle del Carmen, lugar que es todavía hoy uno de los centros simbólicos del consumismo madrileño. La metáfora de la rampa que aparece en el título es una guía ambigua para el lector. Por un lado, designa la calle y también la trayectoria de la vida de Isabel que aparece representada como una caída hacia la pobreza y la humillación. «Iba de prisa, empujada fatalmente por la rampa de su vida» (218). A la vez la novela describe el placer de vivir en Madrid, las nuevas posibilidades de libertad y la promesa de independencia económica para la mujer española moderna. A la postre, La rampa es una novela sobre Madrid contada desde una perspectiva femenina y feminista. Provista de una inmensa documentación, la autora crea unos espacios habitados por varias clases económicas de los barrios centrales de la capital, en particular la Puerta del Sol donde trabajan las protagonistas, el barrio de Embajadores donde se encuentran las clases obreras, y la Gran Vía, en aquel entonces el eje de la modernidad. Su recreación del ambiente madrileño de la época es magistral y por él pasan, a través de los distintos momentos del día y de la noche, la diversidad de sus personajes y su interacción con sus tiendas, sus cafés y cines, sus monumentos, y las fiestas y acontecimientos más populares.

Carmen de Burgos y Seguí nació en Almería en 1867, y por su edad podríamos considerarla miembro de la Generación del 98, aunque por su modernidad, como dice su biógrafa Núñez Rey, «compartía el pensamiento noventayochista sobrepasándolo» — «fue más que una escritora; fue un impulso histórico» (37). Desde la adolescencia fue obvio que de Burgos tenía grandes ambiciones. Casada a los dieciséis años con Arturo Álvarez Bustos, periodista doce años mayor que ella, hubo una oposición fuerte por parte de la familia a la boda. A pesar de sus muchos deberes como madre, trabajó como cajista en la imprenta de *Almería Bufa*, periódico satírico de su suegro, donde aprendió cómo dirigir tal publicación y cómo escribir periodismo popular. En 1895 obtuvo la titulación de Maestra de Primera Enseñanza Elemental, en 1898 el de Enseñanza Superior, y tres años más tarde oposicó y consiguió una plaza en la Escuela Normal de Maestras de Guadalajara. Durante este período comenzó a escribir relatos y ensayos que publicó en 1900 como *Ensayos literarios*. En este libro se incluye un artículo, titulado «La educación de la mujer», en el que revela sus ideas feministas al exponer la necesidad de educar a la mujer «en la grandeza y en la virtud». Gracias a su desarrollo profesional en el periódico satírico y a los títulos que le permitieron encontrar trabajo, de Burgos tomó la iniciativa de separarse de su marido por infiel y abusivo. Con una hija todavía en pañales, la escritora salió de su pueblo Rodalquilar en 1901 para emprender su labor profesional en su doble vertiente de educadora y escritora, que ya nunca abandonaría. Su primer puesto en Guadalajara le dio la independencia económica necesaria para luego cumplir su sueño de establecerse en Madrid. Alcanzó su meta en 1906, cuando obtuvo un puesto en la capital, en la Escuela Normal de Maestras. Fue trasladada a Toledo al año siguiente, pero ganó otra oposición en 1909 para trabajar en Madrid, en la Sección de Letras en la Escuela Normal de Maestras, con un trabajo que mantendría el resto de su vida. Gran parte del feminismo de de Burgos se basa en la creencia de la necesidad de posibilitar a la mujer española el acceso al trabajo fuera de casa como primer paso hacia la independencia, una lección que nos enseña la forma de vida de esta mujer tan revolucionaria y moderna. De Burgos tuvo que trabajar sin descanso, aceptando traducciones y escribiendo manuales de uso práctico y de la moda, además de escribir periodismo para poder mantener a su hija a un nivel bastante humilde, pero su orgullo respeto a su posición profesional y a su carrera literaria fue obvio y resultó una fuente de inspiración para otras mujeres igualmente ansiosas por poder realizarse profesionalmente.

La modernidad de de Burgos se manifiesta en sus numerosos textos ensayísticos, periodísticos y literarios, pero a estos hay que añadir un sinnúmero de intervenciones políticas, que reivindican temas de gran importancia para el desarrollo de la mujer, tales como el derecho al divorcio y a la educación. Era escritora, traductora, viajera infatigable, intelectual imprescindible en las tertulias y reuniones de la época y eficaz luchadora en la causa feminista; es a partir de 1902, cuando llega a ser periodista en *Diario Universal* (siendo la primera mujer que consigue tal reconocimiento periodístico en toda España), que participa plenamente en la vida intelectual y política española. Su primera columna diaria se llama «Lecturas para la mujer», donde escribe sobre una gran variedad de temas femeninos, desde los peinados más recientes hasta las condiciones laborales de las mujeres trabajadoras. Es entonces cuando el director del periódico, Augusto Figueroa, le da el pseudónimo que usaría en casi todos sus escritos, «Colombine». Pronto empieza a escribir para *ABC*, y en 1906 empieza dos proyectos nuevos: su sección «Femeninas» para *El Heraldo de Madrid*, la publicación más leída de la capital, y su famosa tertulia, Los Miércoles de Colombine. No es hasta el 1907 cuando empieza a dedicarse a la literatura, y su carrera nace con la publicación de su primera novela *El tesoro del castillo* de la serie *El Cuento Semanal*. De Burgos debe su éxito literario inicial a Eduardo Zamacois, quien le invitó a colaborar en *El Cuento Semanal*, y después en las series *La Novela Corta*, *La Novela Femenina* y *Los Contemporáneos*, publicaciones populares baratas que vendieron numerosas copias al creciente número de lectores urbanos que buscaban con mucho interés las narrativas representativas de los valores cambiantes del nuevo ambiente social madrileño. Con la independencia económica conseguida a través de su colaboración con Zamacois y *El Cuento Semanal*, de Burgos al año siguiente funda la prestigiosa *Revista Crítica*, al tiempo que inicia la que será una larga colaboración de Ramón Gómez de la Serna en la revista *Prometeo*. Dos años más tarde, en 1909, llega a ser corresponsal de guerra en Marruecos, una labor que continuaría durante la Primera Guerra Mundial.

Para cumplir con sus ambiciones profesionales, de Burgos rompió con muchas normas de la sociedad española de su época. Luchó sin descanso, por ejemplo, por el derecho de la mujer a divorciarse. La famosa encuesta sobre el tema que organizó de Burgos en las páginas de *El Heraldo de Madrid* le mereció el mote de «La Divorciadora», que sería reemplazado en los años veinte por el de «La Dama Roja» a causa de sus escritos sobre la lamentable situación económica de los recién llegados emigrantes a la capital. Viajó, muchas veces sola, por todo el mundo, para estudiar las costumbres y culturas de otros lugares, pero también para escaparse de las preocupaciones e interrupciones de la ciudad. Su vida personal también reflejó la misma independencia. Tuvo una relación amorosa-literaria con Ramón Gómez de la Serna entre 1908 y 1929, lo que desató un escándalo y un sinfín de chistes crueles. La familia de Gómez de la Serna hizo lo posible para separarlos, en parte porque de Burgos tenía veinte años más que él. Durante décadas, teniendo en cuenta la casi ignorancia total de los textos de la autora (a causa de la prohibición de los textos de de Burgos después de la Guerra Civil), la fama de la prodigiosa autora derivaba de su relación con el joven autor. Esto resulta particularmente irónico, tomando en cuenta el hecho de que es de Burgos la que introduce, a través de sus famosas tertulias, a Gómez de la Serna en el mundo de los intelectuales y directores de editoriales más conocidos de la época. Su vida personal, tan moralmente inaceptable en la sociedad burguesa de Madrid, se hizo aún más pública cuando Gómez de la Serna y la hija de de Burgos tuvieron una relación breve mientras la joven actuaba en la obra teatral del mismo autor, *Los medios seres*.

Después de romper definitivamente esta relación con su amante y colaborador de más de veinte años, de Burgos tuvo quizás la etapa más activa y radical de su vida. A diferencia de lo que pensaba al principio de su carrera cuando, como muchas otras feministas de la época, había dudado de la eficacia de dar el voto a la mujer española porque no tenía la educación suficiente para saber cómo escoger a un buen líder, de Burgos empezó a militar para obtener el voto femenino. La autora se sirvió de su gran experiencia y fama para promover los derechos femeninos cuando se convirtió en presidenta de la Cruzada de Mujeres Españolas (organización que había fundado ella misma en 1921) y trabajó sin descanso en la Liga Internacional de Mujeres Ibéricas e Iberoamericanas, antes de ingresar en el Partido Republicano Radical Socialista en 1930. En éste, la escritora almeriense abogó por el divorcio, la abolición de la pena de muerte, el sufragio femenino, y decidió presentarse como candidata a diputada. Al poco tiempo, en 1932, de Burgos murió con el grito de «¡Viva la República!» en sus labios, defendiendo hasta la muerte sus ideales progresistas. Tras su desaparición la escritora dejó una obra narrativa impresionante en calidad y cantidad: 12 novelas largas y aproximadamente 57 novelas cortas. El canon literario español queda incompleto sin la inclusión de las novelas de Carmen de Burgos, una de las escritoras más leídas y más importantes de su época.

El doble significado de la rampa en esta novela de Carmen de Burgos capta bien, al nivel espacial, la característica más evidente de la modernización en el primer tercio del siglo XX en Madrid, lo que a Carlos Marx le gustaba llamar «el proceso de la creación destructiva». Las primeras décadas del siglo XX se vivieron en Madrid como una ola imparable de proyectos urbanísticos que alteraron de forma dramática y para siempre la vida diaria de la mayoría de los habitantes. En las partes más lujosas de la ciudad, el Paseo del Prado se embelleció en 1909 con el Palacio de Comunicaciones de Antonio Palacios y Joaquín Otamendi en la Plaza de Cibeles. Dinero francés y británico financió los Hoteles Ritz y Palace en 1910 y 1912, ambos símbolos de internacionalismo y modernidad. Pero el proyecto más ambicioso de la época – el que recibió más atención del gobierno, de la prensa y de los financieros extranjeros – fue la renovación de la Gran Vía. Construir el icono de la modernidad madrileña sería un esfuerzo constante por más de 50 años, pero al terminar se había creado un bulevar que se extendía desde la Cibeles hasta la Plaza de España, sirviendo como lazo de unión entre los barrios de Salamanca y Argüelles. En conjunto es una exposición de diversos estilos arquitectónicos, desde los edificios neobarrocos hasta los imaginados de modo más racional por los jóvenes que llegaron a la capital para crear la Gran Vía: profesionales como Jules y Raymond Fevrier, Secundino Ugalde Zuazo, Pedro Muguruza Otaño y Teodoro Anasagasti. En 1898, la meta más importante del entonces Alcalde de Madrid, el Conde de Romanones, fue construir una «gran vía» inspirada por la Avenida Haussmann en París que podría ayudar a eliminar la congestión de tráfico en el centro histórico, sobre todo en la zona de la Puerta del Sol. La construcción del bulevar empezó en 1910, y aproximadamente 310 edificios fueron derrumbados para poder dedicar los nuevos grandes edificios a dos propósitos: el ocio y la burocracia de una economía cada vez más y más capitalista e industrializada. Se puede empezar a hablar de la existencia de una industria cultural en Madrid sólo después de la aparición de edificios como el Círculo de Bellas Artes (1921), el Palacio de la Música (1925), y los cines Callao (1926) y Capitol (1930). La Telefónica de IT & T (1927) hospedaba todo un imperio de comunicaciones. El Casino Militar (1916) y después El Círculo de la Unión Industrial y Mercantil (1928) eran sede de muchos intereses militares y del mundo de los negocios. Los almacenes Madrid-París (1924) y la Casa Matesanz (1919) tenían un papel esencial en la distribución de bienes en el centro. En términos del transporte, en 1917 se empezaba la construcción, bajo la dirección del ingeniero Miguel Otamendi, de la primera línea del metro, que dos años después uniría el barrio de Cuatro Caminos con la Puerta del Sol.

Sin duda, la característica más destacable de la ciudad al principio del siglo XX era la dualidad física y social. Si por un lado los arquitectos, bancos y el gobierno trabajaban juntos para que el centro de Madrid se convirtiera en una ciudad capital como cualquier otra, por otro lado, barrios como el de Atocha y Cuatro Caminos no recibían

tanta atención y no se beneficiaron de los nuevos impulsos moderni-
zadores. En barrios modernos, racionales y limpios como Salamanca
y Argüelles habitaban las clases profesionales, pero la manera de vivir
en los barrios obreros de la periferia era caótica y muy poco salubre. En
1905, por ejemplo, había 438 edificios en Madrid con sólo una fuente
de agua potable, con un aseo en cada planta, y había 52.521 personas
viviendo en ellos (Sambricio 14). Tampoco es de sorprender que en
aquella época Madrid fuera una de las ciudades más enfermizas de
Europa. Desde 1900 a 1905, por ejemplo, se estima que unas 58.454 mujeres murieron de tuberculosis (Juliá 488). Casi todos los trabajadores,
tan necesarios en el centro de la ciudad para llevar a cabo su moderna
construcción, vivían en la periferia, y muchos de ellos en chabolas. Los
hombres y mujeres que trabajaban y ayudaban a levantar los edificios
modernos del centro vivían en Cuatro Caminos y Tetuán en el norte,
Prosperidad y Guindalera en el este, el Puente de Vallecas en el sureste
y Toledo, San Isidro y Carabanchel en el sur de la ciudad. El crecimiento de la población y la incapacidad de pensar una estructura nueva
para ella, iban a ir destapando los problemas funcionales y sociales que
caracterizaban a todas las ciudades europeas de la primera industrialización. Es en las periferias donde se articularon los planteamientos
de la lucha social, cuyos episodios reivindicativos jalonaron las primeras
décadas del siglo y los primeros capítulos de la historia de Madrid: leyes
sobre accidentes laborales y sobre el trabajo infantil (1900), la creación
del Instituto de Reformas Sociales (1903), la regulación del derecho de
huelga (1908), la creación del Instituto Nacional de Previsión (1908), el
nacimiento de la Confederación Nacional de Trabajo (1911), y la
huelga general revolucionaria, que ocurre precisamente el mismo año
de la publicación de *La rampa* (Terán 150).

Esta novela urbana ilustra una conciencia colectiva durante el período de evolución de la capital. En la prensa, en el teatro popular, pero
sobre todo en las conversaciones diarias, se percibía la sensación de estar
viviendo un proceso dramático de cambio moderno. Tradicionalmente,
la Puerta del Sol había sido el centro del comercio y de distribución de
bienes, pero era obvio después de 1914 que eso iba pronto a cambiar.
En el capítulo «El cochero cínico» Fernando e Isabel contratan a un
cochero en un día feriado para hacer turismo en las periferias. Es un

capítulo de particular interés estético en que las palabras del cochero
están tejidas con la narración interior en primera persona de Isabel;
este cochero aparece involucrado en un momento de pasión que la
pareja mantiene en el espacio más privado de que ésta dispone, la
cabina del coche. Como no hablan los amantes, el cochero despliega un
monólogo fascinante sobre el impacto y desarrollo de la Gran Vía y el
ensanche de ésta.

> Habían entrado por las calles nuevas del ensanche que se abren hacia
> la Guindalera y Alcalá. El cochero cínico, en su papel de diablo cojuelo,
> iba contándoles historias de gentes que vivían en aquellas casas. A todas
> las palomitas que vivían por el centro les han echado de allí y se han
> venido aquí, donde viven mejor. Les iba dando detalles de las casas, de
> los merenderos de alto coturno, donde se divertía la aristocracia. Los al-
> bergues más burgueses, con comida y habitaciones amuebladas, que no
> inquietaba la policía: y los merenderos económicos, paraíso de criaditas
> treintarealeras y de sueldos pobres, que no podían aspirar a más. (109)

La rampa capta un momento clave en la historia de Madrid e ilustra
los planes urbanísticos sobre el ensanche de la Gran Vía y la Castellana
que forman parte del diálogo cotidiano. El cochero anónimo, portavoz
de los madrileños, es completamente consciente de los esfuerzos del gobierno municipal de proteger los intereses de la burguesía creciente en
una época violenta y divisa a través de planes urbanos modernos y racionales. A la postre, el Alcalde Romanones ya en 1898 quería modelar
la Gran Vía según la Avenida Haussmann de París del Segundo Em-
porio. Es bien conocido que la «haussmannización», tan apoyada por
Napoleón, fue un impulso hacia la planificación moderna de crear bu-
levares anchos, nuevos sistemas de cloacas, y un nuevo mercado central,
pero sobre todo de destruir los barrios proletarios y revolucionarios más
peligrosos para el orden establecido. El cochero alaba las maravillas de
la construcción moderna cuando dice del Paseo de la Castellana que
«[s]erá el mejor paseo del mundo ... ¡La felicidad de una parroquia!»
(111) pero nunca pierde de vista la realidad precaria vivida por la mayoría de los habitantes de Madrid, subrayada a través del exiguo espacio
de la cabina del coche que la pareja aprovecha para estar solos.

Es precisamente esta paradoja de la modernidad desigual, caótica
y violenta lo que *La rampa* capta con tanta sensibilidad. Sus represen-
taciones de la ciudad, basadas en la experiencia de de Burgos y la de

otras personas, narran la adaptación de las mujeres urbanas (a veces
exitosa, pero en su mayoría no) a los valores sociales y realidades económicas cambiantes de las primeras décadas del siglo XX. Es suma-
mente original su punto de vista femenino, y por eso merece otra
mirada casi cien años después. Para 1917, el discurso cultural tradi-
cional de la mujer como «Ángel del Hogar» del siglo XIX era cues-
tionado y reemplazado con un nuevo discurso sobre el género sexual
basado en el concepto en aquel momento en circulación, de la «Nueva
Mujer Moderna» (Nash 25-40), definición y término muy usado y defendido por la propia de Burgos, en particular en su *La mujer moderna
y sus derechos* (1927). La redefinición de la mujer en términos de la modernidad fue una manera efectiva de adaptar a las mujeres a los
cambios sociales, políticos, demográficos y económicos. Se abrió a las
nuevas necesidades de la actividad pública como el mercado laboral, la
educación y la cultura. Como tal, trajo algunas nuevas libertades y posibilidades para las de las clases media y alta. Pero el tener que mantener como esencia de la identidad femenina el papel central de madre
y esposa limitó las repercusiones de este progreso social.

La gran mayoría de las mujeres españolas entre los años 1900 y
1930 no trabajaba fuera de sus hogares, y de hecho la fuerza laboral
masculina española es superior a la de otros países de la misma época
(Capel Martínez 216). El empleo femenino cuestionaba una de las
normas de la masculinidad, tema estudiado por Geraldine Scanlon,
quien explica que «a finales del siglo XIX la idea muy difundida de
que el trabajo de la mujer era degradante (creencia que estaba muy
arraigada entre la clase media) suponía una formidable barrera psicológica…. La deshonra de tener que trabajar era aún mayor si la mujer
estaba casada, pues no sólo se humillaba ella, sino también su marido»
(citado en Nash 9). Este doble código demuestra también la gran diferencia entre las esperanzas y posibilidades de trabajo para mujeres de
distintas clases. Las primeras profesiones que empezaron a abrirse a
la participación femenina fueron el voluntariado que organizó la
Iglesia Católica, la enfermería en el campo de la ginecología y la medicina pediátrica, así como la enseñanza primaria. También eran las
mujeres de la clase obrera las que entraron en el mundo del trabajo
urbano, casi siempre antes de casarse.

Las protagonistas de *La rampa* representan las opciones abiertas a las jóvenes recién llegadas a la ciudad. Águeda es huérfana de una familia obrera e Isabel de una familia de la clase media venida a menos, pero las dos se encuentran en la misma situación y tienen que apoyarse porque no tienen un lugar legítimo en la sociedad después de perder la protección económica y social del padre. Entre 1900 y 1930 en Madrid, más y más mujeres empiezan a trabajar fuera del hogar. Según Nielfa Cristóbal, el grupo femenino con la tasa más alta de empleo fue el de las viudas, y el segundo el de las mujeres entre las edades de 18 y 30 (225-28). No es de sorprender que las mujeres que trabajaban menos fuera de casa fueran las casadas. Nielfa Cristóbal cuenta que la razón por la cual hubo una subida dramática en el número de mujeres jóvenes, quienes recibían sueldos muy inferiores a los de los hombres en el mundo de los comercios en Madrid, se debe en gran parte al deseo patronal de contar con mano de obra barata, el cual encontró una solución en la nueva situación social de la mujer moderna.

La rampa narra las tribulaciones y exigencias de la vida de las mujeres de principios del siglo XX –las que quieren beneficiarse de las posibilidades modernas de la ciudad – y su desengaño casi completo. Por su parte, Isabel y Águeda están orgullosas de vivir solas y ser independientes gracias a su salario, de poder hacer el trabajo antes llevado a cabo por hombres en el Bazar de la Calle del Carmen, y de ser capaces de tomar sus propias decisiones sobre cómo vivir. Desafortunadamente, la realidad era muchas veces otra, como describe Margarita Nelken en su colección de ensayos feministas *La condición de la mujer en España* (1922):

> Esta clase de empleadas, naturalmente la más numerosa, tiene en Madrid unos sueldos que rechazaría con indignación cualquier «treintarrealera» que viene a servir y llega del pueblo, pues ésta, por escaso que sea el sueldo, recibe además alojamiento y manutención. Empleadas españolas: mecanógrafas, tenedoras de libros, cajeras, dependientas, todas vosotras, tan humildes en vuestro pobre traje de señoritas, venidas a menos, tan anémicas y tan fieles y tan valientes, tan íntegras, sin siquiera el consuelo de los alegres noviazgos modisteriles, demasiado altas y demasiado empequeñecidas, sois la más pura y la más desconsoladora representación de la condición social de la mujer en España. (38-39)

La rampa colecciona una variedad de estas voces femeninas con el fin de compartir la experiencia diversa de la urbe, nombrada «El comedor de todos» en el primer capítulo, con un lector popular. Queda bien claro que el propósito de Burgos es criticar las normas establecidas para promover un cambio social.

La metáfora central de *La rampa* se encuentra en la paradoja del título mismo. La rampa es literalmente una parte del camino que hay que recorrer en la ciudad y figurativamente se refiere a la vida y a las vicisitudes que pueden descender a un personaje de arriba para abajo, hasta su destrucción. La novela enfatiza la conexión fuerte entre ser humano y su ambiente con raíces filosóficas en el determinismo y positivismo del siglo XIX. En cierto momento, el narrador omnisciente nos dice que Isabel «[i]ba de prisa, empujada fatalmente por la rampa de su vida» (218). En la vida de la protagonista, la rampa se inclina casi siempre hasta que termina en las puertas del Colegio de Criadas: «[h]abía llegado al final de la rampa. No sentía la violencia del ir cayendo. Estaba en el fin, en el extremo, en el momento de poderse sentar, aunque definitivamente vencida» (218). Su compañera Águeda tiene más suerte porque encuentra el amor en la figura de un joven revolucionario que le permite vivir una vida si no estable, por lo menos libre. Es significativo que la novela se centre en esta metáfora principal de la calle urbana y que se enfoque en los espacios públicos que ofrecieron a las mujeres una experiencia muy única a su condición femenina. Según la propaganda de los urbanistas y arquitectos – hombres supuestamente racionales y progresistas – la ciudad moderna iba a ofrecer a todos más acceso a los frutos de la industrialización, y muchos miles de españoles se mudaron a la capital para participar en este impulso modernizador. *La rampa* niega rotundamente el discurso liberador sobre la modernidad que estaba tan en boga en los círculos intelectuales de la época al nivel local y nacional. En el mundo de la novela, las promesas de la modernidad están destinadas exclusivamente a las mujeres burguesas.

Casi todos los episodios de la novela se centran en la hostilidad y violencia a las cuales se ven expuestas las ciudadanas solteras de la capital. En el espacio privado, desde los insultos en el comedor y la pensión, hasta el acoso sexual en el trabajo, gran parte de la destrucción de las esperanzas de la mujer independiente es psicológica. Por el contrario, el espacio público a veces les ofrece a las protagonistas momentos de diversión, como por ejemplo, cuando sueñan en lo que comprarían

en los almacenes del centro si tuvieran los recursos económicos sufi-
cientes. En un momento de ocio

> [e]mpezaron a andar, siguiendo la Calle del Carmen, en dirección a la
> Puerta del Sol, y bien pronto olvidaron su disgusto para distraerse con
> la contemplación de los transeúntes y de los escaparates, con fuerza de
> expansión juvenil, acortando el paso, como si disfrutara un paseo y
> quisiera retardar el momento de llegar al Bazar, donde habían de
> quedar sepultadas todo el resto del día. (20)

El disfrutar de su anonimato por unos minutos es, para esta pareja
de asistentas, fingir que pertenecen a la burguesía urbana – un sueño
fuera su alcance. Algunas de las distracciones modernas también les
traen diversiones momentáneas. Es en el capítulo «Cinematógrafo»
donde de Burgos documenta la experiencia de asistir al cine para ver
las figuras animadas y las primeras películas mudas. Por una temporada, Fernando e Isabel van cada noche al cine no para simplemente
disfrutar del séptimo arte sino porque «[l]os cines eran un refugio de
las parejas de enamorados vagabundos que se refugiaban en aquella
sala de cine que ejercía tan gran atracción para ellos. Había una sugestión propicia para el amor. Algunas muchachitas iban allí solas con
el deseo de correr aventuras» (165). La nueva tecnología cinemato-
gráfica resulta en la creación de un espacio sexualizado nuevo: no de-
bemos olvidar que son los cines los edificios que en España ofrecieron
el gran placer del aire acondicionado en el verano. El espacio del cinematógrafo tiene mucha influencia (y no del todo positiva) en la vida romántica de Isabel. Como Isabel no tiene ninguna experiencia con los
hombres y la sexualidad femenina no es un tema aceptable según las
normas de la época, Isabel mira las películas románticas para inspirarse:
«Encarnaba y veía encarnar a Fernando en aquellos personajes. Eran
ellos mismos. Se veían como en un espejo, y aquella unión les hacía
aproximarse más» (95). La sexualidad y el escapismo del cine popular
presentó en la figura de la «Nueva Mujer Moderna» un modelo de
comportamiento poco práctico, en opinión de de Burgos, quien fue
desde su primer día hasta su muerte, autora y feminista didáctica en su
ficción y en su escritura ensayística.

Este tono didáctico se manifiesta también en la representación narrativa de los espacios semipúblicos creados por los nuevos centros be-

néficos y asistenciales como resultado de iniciativas privadas caritativas surgidas de las elites sociales madrileñas en la segunda mitad del siglo XIX y primeras décadas del siglo XX. Consecuencia de ellas fue la creación de la Comisión de Reformas Sociales en 1883, transformada posteriormente en el Instituto Nacional de Previsión en 1903. Según Pinto, la denominada «Beneficencia General» fundada por el Estado después del 1903, constituía el sistema sanitario de la ciudad, tanto desde el punto de vista asistencial, como desde el punto de vista de investigación y docencia. Las descripciones de la Casa de la Maternidad donde es ingresada nuestra protagonista Isabel al encontrarse embarazada y abandonada por Fernando, contienen una crítica del naciente concepto de beneficencia a principios del siglo XX, cuando este impulso a nivel municipal empezó a integrar instituciones de previsión social (Pinto 444). Los capítulos de *La rampa* sobre la Casa de Maternidad narran las experiencias de una sorprendente variedad de mujeres de distintas clases y de distintas circunstancias. Fundada en 1859 por el presbítero José María Tenorio y regentada por las Hermanas de la Caridad, tenía por objeto asistir en el parto a madres de hijos «ilegítimos» (se estima que había espacio para unas 900 mujeres al año) que eran recogidos posteriormente en la Inclusa; ambas instituciones compartían el mismo edificio en la Calle Mesón de Paredes. A pesar de la falta de respeto de las monjas y los médicos hacia las madres en el austero ambiente, las mujeres de la novela crean un pequeño mundo de apoyo mutuo a través de sus consejos y amistades. Las mujeres de buena familia viven una existencia completamente aislada de las demás, para evitar cualquier rumor que pueda romper el código de honor de sus familias. Las demás comparten su trabajo, sus miedos, las esperanzas que tienen para el futuro, y más de una pelea física. Este microcosmo del mundo femenino ejemplifica los dilemas de muchas mujeres solteras de la época: cómo encontrar los recursos necesarios para comprar comida y alojamiento para mantener a un hijo, cómo ganarse el pan de cada día con un hijo pequeño que necesita vigilancia constante, y cómo decidir si quieren casarse o intentar mantener su independencia.

La conversación más sostenida en la Casa de Maternidad, aún después del nacimiento de la hija de Isabel en la novela, es sobre la enfermedad. La mortalidad infantil en Madrid fue muy elevada a principios del siglo XX. Se dieron brotes epidémicos virulentos cada año de disentería, difteria, escarlatina, tifus y tuberculosis en los barrios más populares de la ciudad. Entre 1915 y 1920 fue remitiendo el carácter catastrófico de la mortalidad infantil, pasando de los 40 niños fallecidos por cada cien muertos en 1900 a 31 en 1916, el año anterior a la publicación de nuestra novela (Gili Ruiz y Velasco Medina 442). Las charlas de las mujeres en la Casa de Maternidad ilustran un mundo urbano violento, hostil y caótico para cualquier mujer o niño que no goza de estabilidad familiar. La separación de la mayoría de las madres de sus hijos recién nacidos se ve en la obra de de Burgos como una tragedia a gran escala con consecuencias sociales muy negativas, porque resultan en la desesperación y amargura de las mujeres y en la producción de huérfanos criados en instituciones crueles que producen ciudadanos que van a caer inevitablemente en la criminalidad.

En relación a la escritura de mujeres, tradicionalmente muy pocas autoras han sido consideradas como parte del canon literario a lo largo de cuatro siglos. En la extensísima bibliografía disponible en torno al concepto de modernidad y vanguardia sobresale la falta de atención prestada a la literatura femenina y a la aportación de muchas escritoras a la vida cultural del país. Si bien la figura de Carmen de Burgos ha sido injustamente olvidada por la historia literaria española, en los últimos años una serie de críticos y estudiosos (Castañeda, Núñez Rey, Establier en España y Ugarte, Johnson y Bieder en varias universidades norteamericanas, por nombrar sólo a los más conocidos) han recuperado la memoria sepultada y han sacado a la luz los detalles de la vida y la obra de esta escritora y activista de los derechos de la mujer de principios del siglo XX.

Recuperar la memoria de la obra y vida de Carmen de Burgos es un intento de ampliar los muchos huecos en nuestro entendimiento del primer tercio del siglo en España – huecos que existen por muchas razones; desde el ritmo acelerado de un mercado cultural que hoy en día siempre exige algo nuevo, hasta una dictadura que en esos momentos quería darle la espalda a la modernidad social que empezaba a cambiar el país en las primeras décadas del siglo XX. A través de los esfuerzos de mujeres como Carmen de Burgos y sus contemporáneas –Clara

Campoamor, Victoria Kent, Margarita Nelken, Concepción Arenal, María Zambrano, Rosa Chacel, Maruja Mallo, entre muchas otras— en la vida cultural e intelectual del país iban creándose unas imágenes de la mujer no basadas en el patriarcado. Es en parte a través de novelas populares como *La rampa* que se presentan algunas soluciones a los dilemas de las primeras «modernas» españolas que buscaban una independencia económica y personal solamente posible en la ciudad y que ahora se da por sentado.

Para no darme nada por sentado, dedico esta edición a la memoria de Carmen de Burgos, a la generosidad intelectual de Mary Berg y Pablo Agrest, y a las "modernas" que me inspiran y me apoyan diariamente: Francie Chassen-López, Ana Rueda, Mary Vásquez, Elena Aldea, Eva Woods, Nùria Sabaté-Llobera y Carmen Arranz.

Susan Larson *
Lexington, Kentucky 2006

* Susan Larson enseña literatura, cine y geografía cultural en la Universidad de Kentucky. Su trabajo estudia el urbanismo de Madrid y sus respuestas culturales desde el siglo XIX al presente. Es co-directora de la revista *The Arizona Journal of Hispanic Cultural Studies* y más recientemente ha editado *Visualizing Spanish Modernity* con Eva W. Woods (2005)

Obras citadas

Capel Martínez, Rosa María. *El trabajo y la educación de la mujer en España (1900 – 1930)*. Madrid: Ministro de Cultura, 1986.

Gili Ruiz, Rafael y Fernando Velasco Medina. "La población: crecimiento y precariedad." En *Madrid. Atlas histórico de la ciudad 1850-1939*. Madrid: Caja Madrid y Lunwerg, 2001. 398-407.

Juliá, Santos, David Ringrose y Cristina Segura. *Madrid. Historia de una capital*. Madrid: Alianza, 1995.

Nash, Mary. "Un/Contested Identities: Motherhood, Sex Reform and the Modernization of Gender Identity in Early Twentieth-Century Spain." En *Constructing Spanish Womanhood. Female Identity in Modern Spain*. Ed. Victoria Lorée Enders y Pamela Beth Radcliff. Albany, NY: State U of New York P, 1999. 25-50.

Nelken, Margarita. *La condición de la mujer en España. Su estado actual. Su posible desarrollo*. Barcelona: Editorial Minerva, 1922.

Nielfa Cristóbal, Gloria. "Las mujeres en el comercio madrileño del primer tercio del sigo XX." En *Mujer y sociedad en España 1700 – 1975*. Ed. Rosa María Capel Martínez, et al. Madrid: Ministerio de la Cultura, 1986. 299-332.

Pinto, Virgilio. "La beneficiencia entre la caridad y la asistencia social." En *Madrid. Atlas histórico de la ciudad 1850-1939*. Madrid: Caja Madrid y Lunwerg, 2001. 438-44.

Sambricio, Carlos. *De la Ciudad Ilustrada a la primera mitad del siglo XX*. Madrid: Comunidad de Madrid, 1999.

Scanlon, Geraldine. *La polémica feminista en la España contemporánea 1868-1974*. Madrid: Akal, 1986.

de Terán, Fernando. *Historia del urbanismo en España. Vol. III. Siglos XIX y XX*. Madrid: Cátedra, 1999.

LA RAMPA

Dedicatoria

A toda esa multitud de mujeres desvalidas y desorientadas, que han venido a mí, preguntándome qué camino podría tomar, y me han hecho sentir su tragedia.

«Colombine»

El comedor de todos

Era todos los días un sacrificio subir aquella sucia escalera que conducía al restaurante.

A fuerza de verse allí se había establecido una especie de camaradería entre la mayor parte de los comensales; pero una camaradería casi hostil, aunque trataba de parecer afectuosa.

Sentían todos una especie de molestia por la pobreza que revelaba el asistir a los comedores de a peseta el cubierto, por abono.

—No será ningún potentado cuando viene aquí –solían repetir ante la petulancia o falta de espontaneidad de algún *nuevo;* y este concepto, que existía en todos contra cada uno de ellos, los molestaba, les hacía odioso el testigo, y la mayoría evitaba el darse a conocer. Era muy enojoso encontrarse luego en la calle y que en un momento dado uno pudiera decir señalándoles:

—Ese come en el restaurante de Babilonia.

Isabel y Agueda, al salir del Bazar[1], donde estaban empleadas, apretaban el paso con el deseo de llegar pronto, para aprovechar el poco tiempo que su trabajo les dejaba libre y para que no se hubiesen acabado los mejores platos, *los que más llenaban,* que eran los que solían pedir todos. Sabían que no debían temer a las sobras, porque las pequeñas raciones se consumían ávidamente y hasta rebañaban[2] los platos

---

1   El «Bazar» donde trabajan las protagonistas está ubicado en la zona comercial más importante de la época, entre la Plaza Callao y la Puerta del Sol. Los bazares de esta zona central cambiaron el panorama comercial a finales del siglo XX y fueron los precursores de los almacenes modernos de los años 1930, El Corte Inglés y Galerías Preciados.

2   *Rebañar: arrebañar*, recoger de un plato o vasija, con la cuchara o de otro modo, los residuos de alguna cosa comestible hasta apurarla toda. Usualmente se refiere a hacerlo con un trozo de pan.

de tal modo que podía prescindirse de los pinches[3] a poco trabajo.

No era la concurrencia popular, francamente pobre, que va a la taberna y a la casa de comidas para atracarse el plato de judías bien guisado y el suculento trozo de carne, y que hace fiesta del rato de bienestar que le proporciona la comida. Era la concurrencia vergonzante de la clase media, deseosa de aparentar una situación que no tenía y que se esforzaba por vestirse y presentarse con más lujo del que podían costear, tomando aires de gente acomodada y haciendo un axioma de la ruinosa frase, en la que había puesto el egoísmo de todos un triste fondo de verdad: «Según se presenta uno, así lo miran.»

La mayoría de los comensales la formaban empleados de poco sueldo, dependientes de comercio, oficiales de escasa graduación, estudiantes y soldados de cuota[4]. Mujeres iban menos. La poca participación de las mujeres en la vida pública, esa especie de temor, justificado, de la promiscuidad que la recluye en el hogar, hacía que su asistencia al restaurante fuese escasa.

Las pocas que iban se hallaban allí en situación difícil. Aunque carecían de vinos generosos[5] y de manjares opíparos, reinaba siempre esa galantería de mal gusto que, a pesar de su imprudencia e inoportunidad, se ha dado en llamar *española*, como si fuese uno de los rasgos típicos que más nos honran. Casi todos los hombres consideraban indispensable aquella grosería, disfrazada de galante, frente a toda mujer joven, viniese o no a cuento. Todas, por preocupadas y ajenas a ellas que estuviesen, tenían que aguantar las miradas, los suspiros, las audacias y las inconveniencias de aquellos hombres extraños y desconocidos, que sistemáticamente se habían hecho un deber de galantearlas.

Los más asiduos al restaurante, *los viejos en la casa,* parecían tener ya una especie de propiedad; se les guardaba *su mesa*, y eran los que más hablaban, gritaban y se permitían chistes y palabrotas, abusando de la pacífica digestión de los demás. A los dos días de pasar al lado de uno

---

3   *Pinche*: mozo ordinario, galopín (ayudante de rango inferior) de cocina, usualmente lavaplatos.

4   *Soldados de cuota*: La guerra colonial en Marruecos es tema preferente de crítica y análisis de la prensa y literatura progresista de la época. Surgieron multiples casos de «objeción de conciencia» y de «insumición», que se unieron a la creciente impopularidad de los *soldados de cuota*, que algunas veces eran hijos de familias adineradas que pagaron para que sus hijos no fueran a la frente. Se ve esta preocupación por la injusticia de la situación en, por ejemplo, la primera estrofa del poema «Id Vosotros» de Ramón Acín (1888-1936): «Id vosotros, soldados de cuota, a Marruecos, a la Guerra; sentad plaza, jóvenes hijos de capitalistas, *sportsmans* adinerados, y marchad con vuestros hermanos» *La ira*, (1913).

5   *Generosos*: excelentes, hablando de vinos.

de estos grupos, ya saludaban con gran confianza, como si se hubiese establecido entre todos un compañerismo casi forzoso.

Iban los camareros de uno a otro lado, hablando familiarmente con los parroquianos, interviniendo en las conversaciones y permitiéndose chistes y confianzas con los más tímidos, a los que hacían todos blanco de sus burlas para arrancar la risa y el aplauso de los mal intencionados.

—Tratamos el público a *patás*[6] –solían decir alabándose–, y siempre están los comedores llenos. La peseta. ¿A ver dónde van a ir?

Aquella seguridad les hacía ser altaneros y desconsiderados con los que no les daban propina. Se conocía a los más dadivosos en la amabilidad que usaban con ellos los camareros al ofrecerles la lista impresa de las dos docenas de platos que componían el menú y por las indicaciones confidenciales hechas en voz baja:

—Hoy las mollejas de ternera están superiores.

—Esas pescadillas no son para usted.

—Le he reservado naranjas porque no hay más que esas, y las peras están agrias.

Con los que no daban propina eran menos atentos; les hacían esperar largos ratos viendo pasar ante ellos los manjares que iban a las otras mesas, y eran vanas todas sus quejas y reclamaciones.

—¡Ya va...! ¡Ya va!

—¡En seguida!

—¡Al instante!

Con estas evasivas los manjares llegaban tarde y fríos. Si el parroquiano se quejaba, la respuesta invariable le quitaba toda razón:

—Hay que atenderlos a todos. No se puede más.

A veces se había ya acabado el plato que solicitaban, y los camareros repetían con cierta satisfacción de no obedecer la demanda:

—No queda.

—Se ha acabado.

Aquella mañana los dos comedores estaban completamente llenos y los sirvientes iban de un lado para otro, algo aturdidos, sin saber a quién atender primero.

Las dos amigas no encontraron sitio en el comedor más pequeño, el más interior, que, a pesar de ser sórdido y maloliente, preferían por su mayor independencia, pues todos entraban allí un poco a hurtadillas,

---

6 *A patás*: (vulg.) a las patadas, desconsideradamente.

procurando no hacerse notar y pasar perdidos entre la multitud.

El salón grande, con los cinco balcones de la fachada sobre la calle concurrida, tenía algo de fiesta, que le prestaba la claridad y la animación de la multitud. A un extremo estaba el mostrador, delante de la estantería, llena de botellas, que no pedía nadie, pues el lujo de los más rumbosos, que podían lucirse a poca costa, consistía en pedir café o un plato más; pero esto sucedía pocas veces; hasta los que tomaban el cubierto *de lujo* de seis reales, que se distinguía *del económico* en los dos rabanitos y las cuatro aceitunas, lo tomaban como avergonzados de su desigualdad y como si notaran lo hostil de los humillados al lado suyo y por su modesta comida.

Sobre el mostrador estaban expuestos los postres, incitando al apetito, y detrás de él una mujer obesa, como pringada[7] y saturada del olor de las salsas, se pavoneaba, paseando una mirada sagaz sobre los comensales como un experto triclinarca[8] que presidiese el banquete, pronto siempre a coger in fraganti a los camareros en algún exceso de amabilidad que les hiciese poner una galleta o una ciruela más en el platillo para complacer a un parroquiano espléndido. Todos los casos difíciles se lo consultaban a ella: ¿Un señor que dejaba el vino por el flan, podía renunciar a éste y cambiarlo por fruta? ¿Se conmutaba un flan por un café? ¿Podían tomarse dos platos de huevos? Ella no se cansaba de resolver las preguntas que afirmaban su autoridad sobre todos los que iban a comer a su casa.

Un camarero guió a las jóvenes hasta una mesita desocupada en el ángulo opuesto al mostrador; tuvieron que atravesar entre todas aquellas gentes, que suspendían la comida para mirarlas con procacidad manifiesta. Un gallego lanzó un suspiro ruidoso que repercutió en todo el salón; y otro jovencito murmuró al oído de Isabel un vulgar piropo. Colocadas en aquel sitio, frente a la promiscuidad del salón, sintiendo, sin verlas, las miradas de todos fijas en ellas, Isabel desenvolvió lentamente la servilleta mientras Agueda miraba la lista.

—¡Lo de todos los días! ¿Qué prefieres?

—Elige lo que te parezca. Me da igual.

La joven volvió a leer la lista de los platos. Sentía como una desconfianza instintiva de que la carne fuese carne y el pescado pescado y no se verificara en el fondo de aquellas cocinas misteriosas una susti-

---

7   *Pringada*: manchada de *pringue*, grasa que suelta el tocino al fuego.
8   *Triclinarca*: persona que vigilaba un comedor, en la época de los griegos y romanos.

tución como esas de los circos, que con un truco secreto hacen parecer vino al agua, o figurar huevos con bolas de algodón.

Cuando algún camarero hablaba de *el cocinero,* no se concebía que todo aquello lo hiciera un solo hombre, y que hubiera cantidad bastante de alimentos para satisfacer a todos los que iban a comer sin previo aviso. Se les aparecía como un Jesús milagroso, multiplicando las cosas y envolviéndolas en aquellas salsas de harina, de diferente color e igual sabor, que caracteriza la universalidad de las salsas de restaurante en todo el mundo.

No tardó mucho Agueda en hacer el menú, como si convencida de la falsedad de todo, tratase sólo de salir del paso: Un par de huevos, pescadillas a la vinagreta y un filete con patatas; por escaso que fuese todo, acompañado de pan, vino y postre, era inconcebible que lo pudiesen dar; aunque todo tuviera igual sabor y dejase sin satisfacer verdaderamente el apetito como cosa inconsistente y frágil. Mas, a pesar de sus ventajas, era preferible para una mujer comerse un pedazo de pan y queso en medio de la calle, que sufrir todas las impertinencias que habían de aguantar en esa promiscuidad forzosa.

No iban allí las mujeres felices, sino las pobres mujeres que trabajaban y no tenían el refugio del hogar. Eran las mujeres lo más triste de aquel comedor, lo más sombrío; se las veía como escondidas en los rincones, amedrentadas y llenas de cortedad. En los hombres había sólo miradas de suficiencia, de confianza en su fuerza; ellas, con la cabeza metida en el plato, parecía siempre que estaban comiendo su última peseta, y ponían algo de la tristeza de los comedores de los asilos en la sala del restaurante.

Las conversaciones de las mesas cercanas estaban llenas de insinuaciones dirigidas a ellas. El gallego hablaba alto, para que lo oyesen, y de vez en cuando soltaba uno de aquellos ruidosos suspiros que repercutían en toda la estancia.

Cerca del balcón comían cuatro alemanes, de faz rubicunda y cabezotas cuadradas, conversando en su idioma, con animación, pero sin alzar la voz ni preocuparse de los demás, mientras devoraban las lentejas, el cocido y las judías, que eran los tres platos elegidos para llenar el abdomen, pues no podían saciar el hambre sajona con las escasas raciones de los otros platos. Daba angustia verlos tragar de aquel modo, en el ambiente saturado del olor de los guisos, un olor que parecía agriarse y fermentar.

Apenas habían empezado la comida las dos jóvenes cuando un caballero vino a sentarse junto a ellas. Era un señor alto, delgado, vestido con corrección, que representaba unos cincuenta años. Antes de sentarse sacó el pañuelo, limpió la silla y se levantó cuidadosamente los largos faldones de un chaquet, luciente de cepillo y sin ninguna mancha.

Después saludó a las dos vecinas de mesa con una reverencia respetuosa, y con la servilleta sacudió el polvo del mantel a todo su alrededor, y limpió los vasos, los platos y los cubiertos.

—¿Qué va a ser, don Antonio?—preguntó el camarero.

—Huevos fritos –repuso sin vacilar–. Pero le suplico que sean fritos para mí... bien fritos… en mucho aceite. Yo no he entrado jamás en la cocina, que no es este menester propio de hombres; pero se me alcanza a mí cómo se deben freír los huevos. Es un arte perfecto.

El camarero se alejó riendo, con un gesto que daba a entender.

—Es un chalado [9].

Las dos amigas no pudieron contener también una sonrisa; pero cerca de don Antonio parecían más tranquilas, recobraban mayor aplomo, como si estuvieran más protegidas. En la mesa del gallego ya no se ocupaban de ellas; concentraban su atención sobre otras dos jóvenes que habían tomado asiento cerca de un balcón, y a ellas se dirigían las pullas, las alusiones y los suspiros redoblados con trémolos ruidosos.

De aquellas dos recién llegadas, una parecía indiferente y serena, como si no prestase atención a lo que la rodeaba, mientras la otra estaba turbada e impaciente.

Era una hermosa rubia, con ese tipo exuberante y lleno de gracia de las andaluzas [10], y en su semblante movible se reflejaban las impresiones noblemente.

Se la veía indignada de sentirse blanco de la grosería de aquellos señores, y se notaba cómo contenía a duras penas su disgusto. Era como si el mundo todo no fuese más que un feudo de los hombres, que sólo ellos le llenasen y tuviesen derecho a todo; las mujeres no aparecieran más que como sombras vagas, imprecisas, medrosas y siempre inquie-

9   *Chalado*: (col.) estar un poco loco, o enamorado.

10   A pesar de su modernidad y rebelión contra los estereotipos, de Burgos se identifica con el siglo XIX por el hecho de creer en el determinismo biológico. La autora describe con detalle los aspectos fisiológicos de cada uno de sus personajes literarios y demuestra un lazo geoteleológico inescapable.

tadas. Tenían que ir con un hombre para ser protegidas. Ellas, con su modestia, no se libraban de la acometividad, y en cambio nadie paraba mientes[11] en otras tres damas que, acompañadas de dos caballeros, ocupaban el centro del salón. Vestidas con trajes de raso liberty, y tocadas con grandes sombreros con *aigrettes*[12] comían su modesto cubierto con un aire desdeñoso, de grandes señoras caprichosas, a pesar de que desde hacía una semana acudían todos los días a la misma hora.

Ya la señora mayor, que debía ser la madre, ya las jóvenes, tenían buen cuidado de repetir con frecuencia, en voz alta, que estaban cansadas de los grandes hoteles, que gustaban de la sencillez, y que se preparaban a marcharse de veraneo a San Sebastián y a Biarritz en cuanto apretase el calor, *con el tío;* y al pronunciar el nombre de un político célebre, con el que se decían emparentadas, su voz reforzaba la sonoridad y se hacía más vibrante y más aguda.

—¿Todavía no han servido a usted? –preguntó a don Antonio un hombre de rostro rubicundo, alegre y comunicativo, que estaba en la mesa cercana, con el deseo de entablar conversación.

—No, señor mío.

—Es desesperante esto. Hace media hora que he pedido café.

—Yo no me impaciento. Es mejor que tarden; señal que no estaban fritos de antemano.

—¡Vaya usted a saber! Pero... ¡Camarero...! ¡Camarero...! Hijo, ¿están plantando ahora el café? ¿Cuántos años tardará?

—¡Va... en seguida! –respondió de modo mecánico el sirviente, por la costumbre de repetir la misma frase.

—¡No sé cómo venimos aquí! –añadió el hombre–. Todo sucio... Malo... Escaso....

Pertenecía al grupo de los eternamente descontentos que lo hallan mal todo, como si quisieran dar a entender, con su disconformidad, que ellos son superiores al medio soportado accidentalmente.

Como un contraste, en otra mesa, a espaldas suyas, sonaba un coro de alabanzas.

—¿No os aseguraba yo que aquí comeríais muy bien? –decía un teniente que había invitado a dos provincianos.

—¡Es maravilloso!

—¡Abundante!

---

11 *Parar mientes*: considerar, meditar y recapacitar con particular cuidado.
12 *Aigrettes*: plumas largas, usualmente de garza blanca.

—¡Esta carne está exquisita!

—¡Yo estoy satisfecho!

Respondían ellos sin cansarse de alabar aquella baratura que era un nuevo encanto de Madrid.

—Es como en el *Hotel Inglés* [13] –afirmó con aplomo el teniente–. Esto no se encuentra más que en Madrid... En España.

Don Antonio había sopado [14] reposadamente los huevos fritos, y esperaba su segundo plato, haciendo con la servilleta la figura de un busto con el cuerpo envuelto en un manto y la cabeza rodeada por un turbante. Mientras hablaba distraídamente, como si él también cumpliese un deber de galantería, con sus vecinas de mesa. Parecía interesarse por sus ocupaciones, por sus trabajos; les debía dar mucho que hacer el Bazar; días que apenas se sentarían desde las ocho de la mañana hasta las nueve de la noche, sin más descanso que las dos horas para comer, que no daban tiempo de nada. Y en su galantería caballeresca, el buen viejo lamentaba que la mujer, nacida para ser amada, tuviera que luchar con la prosa de la vida.

—A la mujer no debe dirigírsele la palabra sino con las más corteses y pulidas razones –decía–. Pero ahora ustedes lo quieren ser todo, renuncian a su categoría de princesas, y queriendo ser liberadas, se hacen esclavas.

El buen señor lamentaba el estado de cosas que hacían perder a la mujer el puesto en el hogar para lanzarse a la competencia, con quienes no les guardaban los respetos debidos. Censuraba a los hombres que no se dejaban vencer y arrollar por ellas, con una sumisión romántica; pero daba a entender que no comprendería jamás la igualdad.

Mientras hablaba iba dibujando con su cuchillo líneas sobre la cáscara de la naranja que mondaba, a fin de lograr una tosca y primitiva figura de hombre, al separarla de la pulpa.

Gritos y ruido de lucha interrumpieron su ocupación. La tormenta que se cernía entre la andaluza y los gallegos estalló. Uno de ellos se había levantado para descolgar su sombrero, y fingiendo resbalar y caer, quedó montado a horcajadas sobre el respaldo de la silla que ocupaba la joven, casi sobre sus hombros, con gran regocijo de sus compañeros, que se retorcían entre contorsiones y carcajadas. Pero la rubia se volvió rápidamente, descargando sobre el atrevido un tremendo puñetazo.

---

13   El Hotel Inglés, uno de los hoteles clásicos de Madrid, está todavía en la Calle Echegaray, cerca de la Puerta del Sol. La joven Virginia Woolf se quedaba siempre en este hotel cuando viajaba a la capital.

14   *Sopar*: mojar trozos de pan en una salsa o en otra sustancia alimenticia.

—¡Grosero!…¡Mal educado!

Él, confuso, trataba de buscar el lado cómico que lo salvase del ridículo.

—¡Perdone usted, marquesa!

De una parte y otra se cruzaron improperios. Muchos hombres vacilaban indecisos sin saber qué hacer; don Antonio avanzaba ya dispuesto a defender a las damas, cuando los camareros mediaron conciliadores para acallar el escándalo.

La dueña del restaurante parecía no haberse enterado de nada. No tenía gana de intervenir. Los gallegos eran parroquianos constantes que llevaban ya varios años comiendo la bazofia[15] de su casa. Aquel don Marcelito era un excelente sujeto que animaba el comedor con risas y dicharacheros y lo llenaba de alegría. No iba a desagradarlo porque cualquier *señorita del pan pringao*[16] se pusiera con humos por una broma cualquiera. Lo que menos le gustaba era que frecuentasen sus comedores mujeres; de buena gana les hubiera prohibido la entrada; se acababa siempre por alguna tontería. Experimentaba en el fondo un desprecio por todos los que iban allí. (¡Gentes que comían en un restaurante de peseta!) Por más que la enriquecieran y que ella repitiera siempre que en su casa se comía como en Lardy.[17]

Los gallegos desfilaron entre las mesas aparentando indiferencia y desprecio por lo sucedido. ¡Cosas de mujeres! Don Marcelito asomó la cabeza, como tenía costumbre de hacer todos los días, por el ventanillo de la cocina, y gritó a guisa de despedida, imitando la voz de los mozos que piden las raciones:

—¡Ragú pal gallego!

Y salió, entre las risotadas de sus amigos, relinchando y balando, mientras bajaba la empinada escalera con una alegría de estómago satisfecho.

La andaluza lanzó una mirada provocativa a las otras mujeres, que parecían mirarla con el desdén con que las mujeres de orden, cuidadosas del *¿qué dirán?* y de la compostura, miran a las que son causa de *escándalo*. Su compañera, siempre tranquila, serena, inalterable, procuraba calmarla.

Agueda e Isabel habían hecho causa común con aquellas dos des-

---

15 *Bazofia*: comida muy mala o repugnante.
16 *Del pan pringao*: forma irónica para referirse a alguien maleducado que presume de grandezas ficticias.
17 El Restaurante Lhardy, fundado en 1839 en la Carrera de San Jerónimo, es conocido por la prensa popular y en las novelas de Benito Pérez Galdós por ser uno de los restaurantes más lujosos y lugar de encuentro de intelectuales y políticos.

conocidas. Mientras Agueda comentaba con don Antonio lo sucedido, Isabel permanecía silenciosa. Pensaba en sí misma frente a las otras, como si al mirarlas a ellas le devolvieran su propia imagen. ¿Cómo la verían los demás? Sentía una impresión de penosa desnudez, de soledad. El egoísmo de los otros, injusto y agresivo, no dejaba a las mujeres ni el placer de gozar su aislamiento en la indiferencia, sino que se sentían perseguidas y turbadas.

El mismo sentimiento debía experimentar su amiga, porque cuando se levantaron para irse iban apoyándose la una en la otra, como si se protegieran y se diesen mutuamente valor.

Interioridades

Gozaron un momento la alegría de la calle, más libre y clara por su contraste con el agobio del comedor. Y, sin embargo, siempre que salían a la calle, tan céntrica, en aquella hora de luz y de sol, sentían esa especie de temor, de miedo, esa angustia que experimentaban todas las mujeres modestas y deseosas de disimular su penuria al tener que pasar por los sitios concurridos, bajo la luz espléndida que no disimula el mal estado de los vestidos y los defectos del rostro. Tal vez éste era el mayor tormento de las obligadas a comer fuera de su casa.

—Decididamente –dijo Agueda– pasamos un mal rato todos los días. Yo temo que llegue la hora de comer. ¡Si tuviéramos tiempo de prepararnos nosotras algo en casa!

—Vivimos demasiado lejos –repuso con un suspiro Isabel– , y estamos demasiado cansadas. Hay que resignarse.

Empezaron a andar, siguiendo la calle del Carmen[18], en dirección a la Puerta del Sol, y bien pronto olvidaron su disgusto para distraerse con la contemplación de los transeúntes y de los escaparates, con una fuerza de expansión juvenil, acortando el paso, como si disfrutaran un paseo y quisieran retardar el momento de llegar al Bazar, donde habían de quedar sepultadas todo el resto del día.

Isabel era de mediana estatura, de cuerpo suavemente redondeado,

---

18   La Calle del Carmen conecta la Plaza de Callao, zona de ocio y símbolo de la modernidad a principios del siglo XX en los sucesivos ensanches de la Gran Vía con la Puerta del Sol, situada en el Barrio de Madrid Antiguo, el centro de Madrid por autonomasia. Allí está situado el kilómetro cero, desde el cual salen las carreteras españolas en forma radial. El símbolo de Madrid, la escultura del Oso y el Madroño, está situada en la esquina de la plaza con la misma Calle del Carmen.

sin ser gruesa; los pies y las manos pequeñas y mal cuidadas, a pesar de una atención constante. El cabello castaño oscuro y los grandes ojos color tabaco lucían sobre un cutis blanco, pálido, sin ser lechoso, de un blancor de morena, y formaban un conjunto armónico con el semblante, algo inexpresivo, de rasgos indecisos, más agradable que hermoso. Su mayor belleza estaba en el cuello largo y firme, que sostenía la cabeza con una gallardía altiva y prestaba morbidez y elegancia a toda la figura.

No había nada de extraordinario en el conjunto. Era la muchacha que se ve a través de los cristales de las tiendas donde se enseña a bordar.

Era esa misma muchacha que se ve inclinada sobre las cuartillas en las tiendas en que se venden máquinas de escribir.

La muchacha modesta, trabajadora, sobria, que siendo una obrera parece apartarse de la obrera y conserva un aire de señorita.

Agueda era más alta y más delgada, de cabello negro, tez morena, con los ojos hundidos en las grandes ojeras profundas, que caían en pico sobre la mejilla, como si quisieran unirse a las dolorosas comisuras de los labios. Aunque no pasaría, como su amiga, de los veinte a los veintidós años, estaba más gastada, más deshecha, como si su vida de trabajo hubiese sido más larga y más dura.

La vida de ambas no salía de los límites de la vulgaridad.

Agueda, huérfana de un zapatero y una lavadora, había trabajado, en unión de su hermana Luisa, dos años mayor que ella, al amparo de su tía Petra, una pobre mujer que iba a coser a domicilio y que se había sacrificado, renunciando a casarse por educar a las dos sobrinas, con una abnegación y un cariño verdaderamente maternales.

Después de muchas vicisitudes, había logrado colocarse en el Bazar, gracias a una piadosa señora en cuya casa trabajaba su tía. La otra hermana, encajera[19], abandonó un día su oficio para irse a vivir con un señorito, del que había tenido un niño. Al principio iba con frecuencia a ver a su hermana y a su tía Petra; pero bien pronto empezó a escasear sus visitas, hasta que un día les confesó que su amante le prohibía todo trato con ellas.

En el dilema de elegir entre su familia y aquel hombre, venció el hombre. Era un sacrificio doloroso que hacía sin amor; pero al que se creía obligada. La mujer, después de un desliz como el suyo, no podía

---

19 *Encajera*: persona que trabaja en la producción del *encaje*, tejido que forma dibujos con el calado.

rehacer de nuevo su vida. Quedaba sometida a la esclavitud del amante y contenta de que no la arrojase de su lado. El amor había ya desaparecido; ella sentía el desencanto y la amargura, el tormento de haberse convertido en una carga; pero debía resignarse por el hijo. Es verdad que él era duro, despótico, violento; pero ¿acaso no son todos los hombres así cuando dejan de enamorar? No concebían al sexo fuerte sin su carácter dominador, un poco injusto, un poco voluntarioso, como debían ser los dueños que no tienen por qué justificarse. Después de todo, él era el que mantenía la casa, el que trabajaba, el que la protegía.

Agueda y su tía no se atrevieron a oponerse y quedaron solas, sin la alegría que Luisa había puesto en su vida. Al perderla se había mutilado su hogar. Su sacrificio les parecía infecundo por la convicción de que la joven no sería tampoco feliz. Sentían la herida del desamor y de la frialdad con que las había abandonado.

Cuando Isabel entró a prestar servicios en el Bazar sintió una gran simpatía hacia Agueda, siempre sola, triste, llena de una gran dulzura y de una bondad superior a las otras. En todos sus apuros, en todas sus dudas, recurría a ella, y así, poco a poco, en medio de su abandono, las dos sentían despertarse en ellas una sincera amistad.

Era Isabel hija de un comisionista, que había rodeado su vida de ese bienestar con rachas intermitentes de apuros, de lujo y hasta de esplendidez propia de la gente de negocios. Al morir el padre, su madre y ella quedaron en una situación decorosa. De no tener la inconsciencia de las mujeres que no están habituadas a manejar capitales ni a conocer el valor del dinero, hubieran consolidado su situación. Pero su única preocupación fue continuar sosteniendo la casa con el mismo rango, como si creyesen deshonrarse al descender de su posición social; pero sin hacer nada para evitar la miseria que se aproximaba de puntillas, sin dejarse sentir. Quizá en su imprevisión había algo del fatalismo en el que influye la secreta esperanza del premio de la lotería o del marido que surge de pronto como un príncipe encantado. La enfermedad de la madre, que la mantuvo dos años en estado de gravedad y las obligó a ir a los baños tres temporadas, dio al traste con lo que ellas creían inagotable.

Al morir su madre, Isabel se encontró sola y sin recursos para poderse sostener. Empezaron los días de pánico, semejantes a un mal sueño lleno de sed, en los cuales la distraía del dolor de la pérdida de su madre la zozobra de su situación.

Los muebles familiares, los recuerdos queridos, todo se había ido perdiendo; empeñados unos objetos, vendidos otros, hasta no quedar nada en la casa, desmantelada y tenerse que ir a vivir a una casa de huéspedes, que también tuvo que abandonar por demasiado cara, y alquilar aquella habitación en donde vivía.

Junto con las privaciones de la miseria había sufrido el dolor de sentirse humillada al sentirse pobre. Era como si descendiera de su rango, como si se inferiorizase respecto a las que habían sido sus amigas. Muchas se alejaron, quizá porque ella, con una extraña timidez, no hizo nada para aproximarlas. Se desarrollaba en su espíritu una excesiva suspicacia que le hacía sentirse ofendida por cualquier palabra, cualquier detalle, la más pequeña falta de etiqueta, o cosas que antes ni siquiera hubiese notado.

Los primeros tiempos de su soledad y su pobreza fueron terribles. Conforme mermaba su escaso capital crecía su angustia. ¿Qué iba a hacer? Se sentía lanzada entre las mujeres que luchan; pero más indefensa que ellas, como si la hubiesen arrojado por un balcón y al caer se hubiese roto las piernas y los brazos.

Ella había sentido, antes de hallarse en aquel caso, el dolor de las mujeres que trabajan; pero cómplice en la indiferencia de las que se creen favorecidas, no les había prestado atención. Recordaba ahora a su pobre profesora de piano, una de esas infelices mujeres que parecen tener la misión de hacer entrar toda la miseria del arroyo en las salitas de los burgueses.

Le daba pena verla en la calle a las tres de la tarde, bajo la plena luz, cuando todas las miserias se ven. Venía como un pájaro viejo, despintado, desplumado, pero siempre puntual «pío-pío-pío», y entraba en el portal ansiosa de cumplir bien para ganar su mensualidad. Muchas veces Isabel le abría ella misma la puerta para librarla de las burlas de los criados, que son crueles con estas pobres mujeres, y siempre que pueden les pellizcan en su dignidad, mirándolas de arriba a abajo o cerrando la puerta de un portazo.

La profesora le contaba su miseria, la imposibilidad de luchar. Había tantas profesoras de piano, que no ganaban ni dejaban ganar;

unas con una sola alumna, y muchas sin ninguna. Enseñando siempre su título a cuantos encontraban y a todos los vecinos, para ver si alguno tenía una sobrina que quisiera aprender música.

Recordaba también la miseria de todas aquellas mujeres que la rodeaban en los tiempos de esplendor de su casa, y en las que apenas había reparado: la que les llevaba el jabón, fabricado por ella, y que, a fuerza de trabajar día y noche, ganaba una peseta para mantener a cinco hijos. Aquella otra mujer que les llevaba la carne más barata, arriesgándose a pasarla de contrabando a fin de que le quedasen unos céntimos; y la otra, la cigarrera, casi ciega, que iba todos los domingos a hacerle una rueda de cigarrillos a su padre.

Pasaban por su imaginación las pobres criadas, siempre en servicio, sin ser dueñas de horas de reposo, repitiendo continuamente los mismos quehaceres, sin voluntad, agobiadas por los trabajos más penosos, más míseros. Especie de animalillos domésticos que viven en la familia sin entrar en ella jamás. Muchas venían frescas, lozanas, de los pueblos, y se las veía descolorarse y languidecer. Servían sólo por comer y darle su salario a sus familias, esperando para vestirse los harapos y los desechos de las señoras. Se lanzaban a servir en la ciudad impulsada por la miseria, aceptando voluntarias su esclavitud.

La lavandera era otro tipo de mujer interesante; alta, tallada y enjuta por el sol como una cecina[20], con el color de cobre que esparcía sobre la piel pegada al hueso su enfermedad del hígado, cargaba con sus débiles brazos la montaña de ropa sucia, y con su pecho enfermo iba todos los días a la orilla del río para inclinarse sobre la piedra y golpear y chapotear en aquella agua fría que profundizaba en las grietas de sus manos y las hacía sangrar. Ella les contaba las miserias de los mil y pico habitantes de la casa de vecindad donde moraba. Sobre todo la miseria de las mujeres solas.

Acudía a su memoria aquella jovencita planchadora que murió en el hospital; y aquella otra, hija de la costurera, que se enfermó liando caramelos con papel de plomo dentro de la cueva inmunda en los bajos de la confitería de un gran industrial.

Ahora todas aquellas mujeres le parecían hasta envidiables. Ella había entrado en aquel mundo sin protección de las mujeres solas. En aquel mundo en el cual ni el ingenio ni la voluntad podían hacer nada.

---

20 *Cecina*: carne de res, salada y seca, de aspecto parecido al jamón.

¿Qué esfuerzo tendría que realizar para asegurar su comida todos los días? Nadie se preocuparía de lo que necesitaba hacer para vivir; pero todos le exigirían que viviese bien. ¿Cómo? ¡Sí pudiera alimentarse del polvillo que hay en los rayos del sol!

Desalentada, pedía consejo a sus amigas. Unas, optimistas, le contestaban con cierta inconsciencia indiferente:

—No te apures. Verás cómo se arregla todo. Pídele a Dios, que no te abandonará.

Otras le proponían medios a cual más descabellados:

—¿Por qué no das lecciones de música?

—Hazte maestra.

—¡Si encontráramos una buena casa para institutriz o señorita de compañía!

Se quedaba aterrada ante estas soluciones. Su cultura musical no pasaba de saber tocar el «Vals de las olas» [21] o el «Vorrei morire» [22], y su cultura general no iba más lejos. Para ser maestra necesitaba estudios, tiempo, calma, años de trabajo, y ella no podía esperar porque iba atropellada, empujada de prisa por la rampa de la necesidad.

Las mujeres que tienen el hábito del trabajo desde pequeñas no podían darse cuenta de lo que era aquello de sentirse de repente sola y pobre en medio de su terrible abandono.

Así era como se veía la situación mísera de la mujer en España. Don Antonio tenía razón: la mujer en España no era ya *la mujer de su casa*, y no era tampoco la mujer libertada e independiente. No tenían ni la protección pública ni la protección privada, y lo más grave de todo era la indiferencia con que se las humillaba. Había para aterrarse ante el espectáculo de la ciudad llena de mujeres desamparadas, al contemplarlas fríamente, desprovistas de dignidad de clase, comprometiéndose y rebajándose las unas a las otras.

Parecía que a pesar de saberlo todos, nadie conocía sus conflictos. Los padres se preocupaban sólo del problema en lo que podía afectar a sus hijas; cada hombre lo refería únicamente a su mujer; faltaba el impulso general que reparara la injusticia en las grandes masas.

Isabel sentía estas ideas en vez de pensarlas; era como un balbuceo incoherente de su espíritu. Cada día que pasaba su situación se hacía más insostenible.

---

21 *Vals de las olas*: canción popular del compositor mexicano Juventino Rosas (1868-1939).
22 *Vorrei morire*: «*Sì ch'io vorrei morire*», madrigal obra del compositor Claudio Monteverdi (1567-1643).

Sentada de noche a la débil luz de su lámpara, con un cuaderno en la mano, iba cubriendo las hojas de renglones cortos y de números grandes y mal hechos, pintados con lápiz; un lápiz duro que apretaba, profundizando y grabándose en el papel.

Ella creía que era ya imposible reducir más sus gastos para poder vivir con algún decoro. Había hecho el sacrificio de habitar en una casa que le repugnaba, de comer en el restaurante, de privarse de todo lo superfluo, y, sin embargo, el balance era aterrador; lo decían aquellas hojas del cuaderno que no le valía romper:

Alquiler del modesto cuarto	25,00	pesetas
Luz	2,00	”
Una arroba de carbón al mes para calentar el agua y lavarse	2,70	”
Medio abono, para comer por las mañanas, en el restaurante de Babilonia	30,00	”
Propina a los camareros	2,00	”
Ropa limpia	2,50	”
Café para desayuno	2,25	”
Leche condensada	1,50	”
Azúcar	1,40	”
Pan, todo el mes, para el desayuno y la comida de la tarde	4,50	”
Alcohol de quemar	2,00	”
Sesenta céntimos diarios para la cena, hacían al mes	18,00	”

Había que añadir otros gastos indispensables: zapatos, camisas, una blusa, un abrigo... que repartido entre el año, por poco que fuese, haría 25 pesetas mensuales.

Era un total de unas 125 pesetas, y lo poco que le quedaba de todo su capital no llegaba para dos meses; ¿qué haría después? Pensó en buscar un empleo. No sabía concretar lo que deseaba... cualquier cosa... algo en donde trabajar... trabajar de la mañana a la noche y ganar para sostener aquella vida mísera que le parecía opulenta ahora.

Fué a ver a las amigas de su madre. Las señoras que trataban en vida de su padre, y con las que aún conservaba relaciones; pero fué todo en vano. ¿Qué empleo del Estado podía tener sin título alguno? Estaba todo sujeto a reglamentos, leyes y ordenanzas; apenas si habían dejado unas migajas para la mujer.

De aquellas visitas salió llena de miedo a *las protectoras*. Todas aprovechaban la ocasión para humillarla. Oían, no sin cierto temor, que habitaba sola con gentes extrañas. ¿No tenía algún conocido? Comer en un restaurante donde sólo van hombres pareció tal monstruosidad la primera vez que lo dijo a una generala[23] viuda, con fama de piadosa, que no lo volvió a repetir.

Algunas señoras la encontraban demasiado lujosa. Podía ir con un velito y una blusa, y no empeñarse en llevar sombrero, como si esta prenda, que confeccionaba ella con un pedazo de trapo, fuése el mayor dispendio y la línea que separaba la diferencia de clases. Muchas no la encontraban tan pobre. ¡Cuántas quisieran tener una peseta diaria para vivir! Lo que más sentía Isabel eran las lamentaciones, los consejos y la intromisión de *las protectoras*. Tenían siempre una censura para la imprevisión de los padres que educan a las hijas de modo que no sirven para nada. Le sermoneaban que fuése prudente, económica... Que no se fiase de ningún hombre, porque nadie quiere con buen fin a una muchacha pobre y abandonada.

Entonces se asustó más que de la miseria de todas aquellas obreras, sirvientas y menestrales[24], que al fin y al cabo guardaban un dejo de su independencia con su trabajo, de la miseria de *las protegidas*.

Vinieron a su mente los tipos de *las parientes pobres,* obligadas a agradar para vivir a expensas de las familias. Las figuras de esas señoras ancianas que van a comer a casa de antiguas amigas una vez a la semana. Aquella doña Soledad que iba a su casa todos los jueves; y aquella doña Asunción que iba a casa de su amiga Pilar; y doña Remedios que iba a casa de las de Alonso y que habían sido un espanto para su juventud. Muchas veces había reprendido a Pilar porque se burlaba de ellas.

—No, no te burles —decía—. Ellas también han sido jóvenes y no pensarían verse así... Mi abuelo dice que los padres de doña Asunción eran personas ricas e influyentes, por eso eran amigos de mis abuelos..., y en casa de Alonso hay un retrato de doña Remedios en el que está preciosa, muy guapa, con un peinado alto y una cola muy larga. ¡Quién sabe en lo que nosotras nos podremos ver!

—Yo me casaré —contestaba Pilar.

—Eso no importa —decía Isabel—. El matrimonio no resuelve nada. Si te quedas viuda sin dinero, caerás en peor miseria.

---

23 *Genarala*: viuda de un general militar.
24 *Menestrales*: personas que tienen un oficio manual.

—Me casaré con un militar.

Aquella idea le hacía reír.

—Sí, la viuda de un capitán tiene para disfrutar una peseta diaria. Como no pusieras una casa de huéspedes. Mi padre dice que ése es el fin de todas las viudas de comandante.

Viuda de un magistrado era doña Soledad. Muchas de aquellas señoras conservaban rasgos de su antigua posición. A veces las pobres ancianas contaban cosas de su vida que las hacían las señoras de la mesa en vez de las invitadas por caridad. Doña Soledad había estado en Palacio, fué amiga de doña Isabel, y en su casa había un salón con muebles regalados por la Reina. Sus maridos y sus padres habían hecho cosas trascendentales. El de doña Remedios había pintado los techos del templo de la Asunción.

Pero después de estos breves relámpagos, las buenas señoras volvían a caer en aquel marasmo de su insignificancia, en el que se las toleraba como figuras decorativas. Daban la sensación de que sólo comían aquel día en toda la semana, y esto les bastaba para mantenerse en los seis restantes.

Para huir de aquellas gentes empezó a buscar ella sola trabajo. Recorría tiendas y talleres sin resultado ninguno. Se habían convenido todos para decirle que no. Algunos momentos tuvo esperanza, cuando empezaron un examen: «¿Conoce usted el oficio?» «¿Dónde ha estado usted?» Sonreían burlonamente al oírle decir que ella sabía coser y bordar y que con buena voluntad aprendería pronto. Cada uno creía su empleo un arte y le contestaba con un énfasis revelador de su molestia.

—Estas cosas no se improvisan.

Era necesario ser una obrera, una obrera que hubiese empezado paso a paso su aprendizaje, a fin de estar apta para ser admitida a gastar la flor de su juventud en una fábrica, un taller o una tienda, y ser desechada después por inútil.

Fué en vano que implorase a todos los industriales y comerciantes. Los que se apiadaron de ella una vez no pudieron continuar protegiéndola para no perjudicar sus intereses.

Le dieron a iluminar tarjetas, y los primeros cientos los ejecutó con tal torpeza que no pudieron servir. En una tienda de la calle de la

Montera[25] la confiaron camisas, pagando a dos reales pieza. Lo hacía mal y gastaba dos días en cada una: resultaba imposible.

Lo que más lo repugnaba era buscar colocación en una casa particular. Pero cada día que pasaba se hacía, en su interior, una concesión nueva. Era la miseria apremiando cada vez más.

Empezó a buscar los anuncios en la cuarta plana de los periódicos y acudir a todos los sitios donde hacía falta una costurera, una señorita de compañía o una doncella. Igual repulsa en todas partes. Por modesta que quería ir su aspecto, sus manos cuidadas, su porte todo denunciaba que no era una obrera ni una sirvienta. La miraban con desconfianza y no faltó alguna dama que le dijese sin piedad:

—Es usted demasiada señorita para esto.

Tropezaba de un lado con la mirada de los hombres, que parecían avalorarla para otorgarle protección: aquella humillación de la mujer joven, que ponía a contribución su belleza; de otro lado la hostilidad de las mujeres. Eran ellas, sobretodo las que se creían más virtuosas, más impecables, las más parapetadas en su situación ventajosa o en su independencia, las que se mostraban más crueles, más ensañadas, más enemigas de la mujer.

El sueño huía de sus párpados con la zozobra creciente de su situación. ¿Tendría que pedir limosna y dormir en los bancos públicos para que la recogieran como una perdida, una vagabunda, o dejarse morir de hambre?

Al fin una de sus amigas le había dado una carta para que fuese a ver al dueño de aquel Bazar, antiguo amigo de su padre.

Don Prudencio era un hombre gordo, en forma de bola, tan pequeño y tan ancho que parecía rodar en vez de andar; los bracillos delgados pegados al tronco y la cabeza unida al cuerpo por los tres pliegues de la colgante papada no destacaban de la masa del conjunto.

La joven, acostumbrada a las continuas negativas, miró con terror el rostro grasiento y apopléctico[26], en cuyo fondo brillaban dos ojillos iracundos enterrados en carne. Don Prudencio, que suplía su aspecto mezquino con un vozarrón de Júpiter Tonante[27], y hablaba siempre a

---

25 A finales del siglo XIX la Calle de la Montera era un lugar de encuentro para intelectuales y miembros importantes de la clase financiera. Siguiendo las modas europeas, algunos arquitectos se embarcaron en la construcción de innovadores pasajes en el interior de unas manzanas de edificios, formando galerías transversales que comunicaban dos calles y en las que se ubicaban lujosas tiendas y acomodados cafés para un público selecto.

26 *Apopléctico*: complexión de una persona predispuesta a la apoplejía (ataques cerebrales).

27 *Júpiter Tonante*: conocido como Zeus en la mitología griega, es el dios principal de la mitología romana, retratado como un dios sabio y justo pero con un gran tempera-

gritos, con acento colérico, mezclando en cada docena de palabras un terno o una interjección violenta, la recibió con su natural brusquedad.

—Vamos a ver: ¿qué es lo que desea usted...? Acabemos...

Isabel entregó la carta que llevaba.

—¿De quién es ésto? No tengo tiempo... la gente está despacio.

—Es de doña Concha Azara...; me recomienda...; soy...

—Con que recomienda... ¿eh? Bien; yo le contestaré –interrumpió.

No se había levantado del sillón y señalaba con el gesto la puerta a la joven, con un brusco ademán de despedida, creyéndose, como la mayoría de los señores, dispensado de toda cortesía con una muchacha pobre.

—… la hija de Adolfo Rodríguez, su antiguo amigo –acabó de decir Isabel.

El hombrecillo pareció tranquilizarse y recordar.

—De Adolfo Rodríguez..., hija de Adolfo Rodríguez el comisionista. ¿Usted es hija de Adolfo?

—Sí, señor,

—¿Y su madre de usted?

—Ha muerto también.

—¿No tiene usted hermanos?

—No tengo a nadie.

Había en su voz tal desgarramiento que la bola de carne se conmovió un poco.

—Pero Adolfo era rico; tenía una gran posición…

—Lo perdimos todo con su muerte y la enfermedad de mi madre, señor.

—Y la imprevisión... y el no tener cabeza... y el no saber economizar –rugió de nuevo, como pesaroso de su momentánea bondad.

Leyó la carta que había dejado a un lado, pareció meditar un momento, y al fin dijo:

—Bueno..., probaremos... Venga usted desde mañana.

Hundió de nuevo la cabeza en el pabellón colgante de su barba, y no contestó al saludo de despedida de la joven.

---

mento, acompañado por el águila, el rayo y el cetro. Uno de sus defectos era la promiscuidad y para realizar sus conquistas amorosas se transformaba en animal. La escultura de Júpiter Tonante en el Museo del Prado (institución cultural frecuentada por las protagonistas de esta novela durante las sesiones gratuitas de los domingos) es una de las obras de arte más reconocidas de la colección.

El Rincón Oscuro

Cuando ella alquiló aquel gabinete en el piso tercero de la vieja casa, se sintió feliz de verse dueña de un gran balcón, por el que entraba el sol y llenaba toda la estancia. Tanto como la casa la seducía el aire majestuoso, respetable y lleno de ternura de la dueña. Doña Nieves era una anciana alta, fuerte, de cuerpo erguido, tez fresca y cabellera blanca, que sabía ser insinuante y simpática.

Debía haber sido en su juventud lo que se llama una buena moza. Se entresacaban de sus narraciones y los frecuentes recuerdos del pasado, repetidos sin cesar, los datos de su vida. Doña Nieves se vanagloriaba de haber nacido en Aragón, la tierra de savia más vigorosa de toda España; pero cuando se casó, una niña aún, se fué a vivir a Sevilla, ocupando allí una espléndida situación, y perdiendo entre la molicie y el enervamiento del clima andaluz la afición al trabajo de aguja, que fué su primera ocupación juvenil. Después, muerto el marido y casada en Galicia su única hija, envejecida, incapaz de trabajar, había alquilado aquel piso, para ceder habitaciones, con lo que pagaba el arrendamiento y sacaba para mantenerse.

Lo que más le convenía eran los señores respetables y las muchachas ligeras. Unos y otras le proporcionaban épocas de esplendor, en las cuales podía hasta hacer economías. Claro que para eso había que ser amable, y a pesar de hablar tanto de su honradez y de su aire de respetabilidad, la buena señora tenía que hacer la vista gorda a muchas cosas.

Unas veces iba a parar a su casa un señorón que recibía la visita de parientas con cuyos maridos estaba reñido por causa de la política, y que entraban recatándose de ser vistas. Doña Nieves favorecía aquellas entradas, llenas de misterio; era una guardiana atenta para saber si las señoras estaban vigiladas, y no se desdeñaba de ir al café a avisar una buena cena, contando con los restos, que le durarían dos días, o a mandar subir refrescos y chucherías, recibiendo en cambio buenas propinas.

Otras veces eran mujeres de circo o bailarinas, que también tenían numerosa familia, pues las visitaban todos los días parientes diversos, tan reñidos entre sí que cuidaban de no encontrarse; algunos iban de noche, y como doña Nieves esperaba cabeceando, envuelta en su mantoncillo, el final de la entrevista para bajar a abrir la puerta, casi siempre solía volver con un duro[28] y el cabo de vela medio consumido en la mano.

En los cuartos interiores albergaba a chicas de servir sin colocación, que pagaban todos los días sus dos reales, sin tener opción a salir de su habitación, ir a la cocina, ni gastar luz. Cuando estaban colocadas e iban a dormir, para recibir alguna visita le pagaban su condescendencia con los papeles de café, el azúcar, el aceite, los filetes y hasta el carbón que sisaban[29] y le llevaban envuelto en el fondo de la cesta.

Lo peor eran las temporadas en que había de estar atenida a las pensionistas, las empleadillas y las chicas honradas o hipócritas que no recibían visitas, aunque doña Nieves sospechaba que era porque las hacían ellas.

Estas y las que recibían sin misterios siempre a la misma persona, que llegaba a ser denominado *el señor*, eran las que menos producían. *El señor*, en su estabilidad, solía dar pocas propinas, y como tampoco eran muy espléndidos con las modestas muchachas que los recibían, ellas se limitaban a dar, como gaje, una arroba de carbón al mes para que les tuviese agua caliente, o algún terrón de azúcar en el café del desayuno.

Doña Nieves era avara y sacia[30] hasta la exageración, y así hacía imposible que alguno de aquellos huéspedes comiese en la casa, en lugar de ir al restaurante, cosa que le hubiera reportado mayores beneficios. Cuando alguno le había dado una peseta o cinco reales diarios por participar de su comida, doña Nieves lo había matado de hambre.

---

28   *Duro*: moneda de cinco pesetas.
29   *Sisar*: robar pequeñas cantidades de una cosa.
30   *Sacia*: completamente satisfecha.

A veces todo el menú lo componía un par de huevos fritos.

A pesar de todos aquellos defectos, Isabel sentía una gran compasión por la anciana; era como si la ancianidad, que le recordaba a la madre, la sedujese y le hiciese sentir la tragedia de la pobre mujer sola, quejándose constantemente de la ausencia y la separación dolorosa de su hija y de sus nietas, que la pobreza no dejaba venir a su lado.

Hablaba de aquella hija única pintándola como modelo de belleza y compendio de todas las virtudes, que ahora se veía, con tres hijos, abandonada del marido, en una provincia del Norte de España, casi pidiendo limosna.

—¿Si yo pudiera traerlas a mi lado? –suspiraba la vieja sin cesar.

—¿Pero cómo iban ustedes a vivir? –solía objetarle algún huésped.

—Trabajaríamos todas juntas, y lo que fuera de una sería de las otras –contestaba doña Nieves–. Lo que yo quisiera era tenerlos cerca de mí.

Por fin un día sus lamentaciones fueron atendidas por un periodista, que interesado por el relato de una bailarina, huésped de la anciana, le dió los billetes gratis en tercera clase y unos duros para el camino.

Cuando todos esperaban verla contenta, notaron, llenos de admiración, que estaba anonadada. La aterraba la vuelta de la hija, con la que nunca se había entendido muy bien, según manifestaba ahora. Ella lo había pedido como el que pide un absurdo, sin esperanza de que se pudiera realizar jamás. En su interior se formulaba la pregunta que los otros le habían hecho:

—¿Cómo vamos a vivir?

Sin embargo no se atrevió a asumir la responsabilidad moral del abandono de la hija, teniendo los medios de traerla a su lado, y, sobre todo, no se encontró con fuerzas para pasar a los ojos de sus huéspedes como una madre desnaturalizada. ¡Era tan interesante el papel de madre dolorida! ¡Se justificaba tanto todo! La maternidad, cantada líricamente como misión de grandes sacrificios, era un filón explotable. Quizá lo que más sentía era no poder continuar en sus quejas, en sus lamentos maternales, y en el panegírico de la hija ausente.

La llegada fué un verdadero cataclismo para los huéspedes. Las escasas ventajas de paz de que gozaban desaparecieron. La hija de doña

Nieves era una criatura vulgar, picuda[31], agresiva, de ojos redondos, desguarnecidos de pestañas, que miraban de un modo maligno y enconado. Se pasaba todo el día despeinada, en chancletas, envuelta en un matiné pardo y tendida en un diván, al paso de todos, gritando sin cesar a su madre, a la que sólo llamaba *la abuela*, y a las muchachas, porque todo se lo arreglaba a voces.

La hija mayor, en todo parecida a ella, era una niña pánfila[32] e inútil, que destinaban para cupletista, con la secreta esperanza de que pudiera llegar a inspirar un capricho lucrativo. Esta era la mimada de la abuela y la maltratada de la madre, porque Juanita, la hija de doña Nieves, se vengaba en su hija Matilde de todos los disgustos que su madre la había hecho pasar a ella cuando era soltera.

—Como todos los gustos me los quitaba, ahora se los quito yo a mi hija, y en paz –solía decir.

Fiel a su sistema, con razón o sin ella, exasperaba a la muchacha, que hostigada se hacía cada vez más huraña, más sucia y más inadaptable.

El chiquillo, idiota, pasaba el día sentado en un rincón esperando que lo enviasen a algún mandado, y la niña pequeña, Nievecitas, con el cabello largo, amasado en polvo y sudor, los ojos pitarrosos[33] y los vestidos semejantes a las rodillas[34] de la cocina, iba de un cuarto a otro, haciendo huir de ella a los huéspedes, a pesar de la compasión que despertaba su edad infantil. Cretina, como su hermanillo, parecía inocente en su niñez. Sin saber hablar, sin ser capaz de coordinar ideas, sin comprender apenas, había aprendido el nombre de cada huésped, y lo pronunciaba con un balbuceo infantil para decir:

—Te tero mucho.

O

—Eres muy monita.

Consiguiendo así que le diesen algún pedazo de pan o alguna golosina, que corría a llevar a la abuela y a la madre, sin escarmentar al ver que éstas se la quitaban y la repartían entre todos.

Era un espectáculo apiadable el de la pobre niña flácida, con vientre de hidrópica[35], anémica, revelando en los grandes ojos una

---

31   *Picuda*: (met.) aplícase al sujeto que habla mucho.
32   *Pánfila*: fácil de engañar.
33   *Pitarrosos*: legañosos.
34   *Rodillas*: paño basto u ordinario, regularmente de lienzo, que sirve para limpiar, especialmente en la cocina.
35   *Hidrópica*: que padece hidropesía, aquí una acumulación anormal del humor seroso en la vientre.

fiebre ansiosa de hambrienta, que los miraba a todos como miran los perros maltratados a los que comen cerca de ellos, esperando que les arrojen algo.

Poco a poco los huéspedes se habían ido marchando, hostigados por aquel ambiente desagradable. Isabel no dejó su gabinete porque en lo precario de su situación no se atrevía a soportar los gastos que le originaría su mudanza; pero sentía una gran repugnancia hacia aquellas gentes y tenía que hacer un supremo esfuerzo para dominarse cuando veía a la hija maltratar a la madre, con crueldad tal que un día derribó a la anciana haciendo chocar su cabeza contra la puerta de la escalera.

¿Y era aquélla la recompensa de los sufrimientos maternos? Según aumentaba la miseria dominaba más claramente una especie de odio entre las dos. Tal vez la madre pensaba:

—¡Si yo no hubiera tenido hijos!

Y la hija la recriminaba:

—¡Traer hijos al mundo para envolverlos en la miseria es un crimen!

Sin pensar en los tres que ella había tenido y a los que amaba a su manera.

Unas señoras de una Asociación de caridad habían dado leche para la niña durante unos cuantos meses; pero en una de las visitas domiciliarias de investigación se habían enterado de que doña Nieves recibía huéspedes, como si ésto fuese signo de opulencia le habían retirado su socorro.

Un día Isabel se atrevió a aconsejarle:

—¿Por qué la niña mayor no trata de hallar colocación como doncella en alguna casa y Juana busca también...?

No pudo acabar. Habían hecho todos causa común frente a ella.

—¡Qué había pensado! ¿Y su clase? Era imposible pasar tal humillación.

A toda costa querían conservar apariencias de señorío. Se advertía hasta en sus comidas. Cuando no tenían dinero se acostaban sin cenar, y cuando lograban una peseta, en vez de poner un cocido o un guiso reconfortante, preferían repartir un chorizo entre todos. Como si fuese un desdoro el atracarse de guisotes y de judías.

—No puede prescindirse de lo que se tiene costumbre –repetían.

Poco a poco se veía doblegarse a doña Nieves, extenuada y vencida por la doble influencia del hambre y de los continuos disgustos.

Su cabello, blanco y lustroso, con un brillo de plata, se tornaba fosco[36] y mate; su tez fresca se apergaminaba con un tinte amarillento; caía su boca, marcando dolorosas comisuras en el semblante y el busto tan erguido se inclinaba al suelo y marcaba los hombros puntiagudos como si creciesen hacia arriba incrustando entre ellos la cabeza. Mientras su familia parecía no advertirlo, Isabel sentía pesar sobre su propia tragedia aquella otra tragedia tan dolorosa del fin de la anciana.

Quizá en aquel sentimiento había una inquietud por su propia suerte. Aquel destino del Bazar no sólo la ponía a cubierto de la miseria, sino que hasta la colocaba en una especie de rango, de opulencia, comparativamente con lo que una mujer puede ganar trabajando. Con sus cuatro pesetas diarias, los deseados veinticuatro duros, podía vivir hasta con apariencias de señorita y cierto decoro, sin estar sujeta a un trabajo demasiado penoso. Pero aquel destino no era un destino inamovible; estaba a merced de la suerte o de la voluntad de don Prudencio, al que tanto temían todos los empleados cuando lo veían pasear entre las calles formadas por las hileras de vitrinas en que estaban expuestos los objetos. Un día, cuando más falta les hiciera, habrían de dejar aquel cargo cuya esclavitud bendecían como un bien. No había jamás ancianas empleadas en las casas de modas, ni en los bazares, ni en las tiendas. Las viejas pasaban como heridas por el fondo de la ciudad. Quizá es que no había viejas porque las mataba la miseria, el abandono sordo y lento en que se las dejaba.

Era, sin duda, por la semejanza de sus destinos, por el lazo de su pobreza y sus temores por lo que Isabel y Agueda se habían unido tan entrañablemente.

Llegaban por la mañana con alegría al Bazar para encontrarse, aunque allí no se podían hablar apenas, no por la falta de tiempo y ocasión, sino porque hubiera desagradado a don Prudencio ver a las empleadas entretenidas.

Pasaban todo el día de pie, vigilando el espacio encomendado a su custodia, sin poder hacer uso de la silla que en cumplimiento de la ley de protección a la mujer habían puesto los dueños a disposición de cada una de las empleadas.

---

36   *Fosco*: áspero, enmarañado.

Tenían que espiar cómo los transeúntes del Bazar, especie de transeúntes de las calles con escaparates, pasaban y repasaban ante los objetos. Unas veces había que guiarlos a una sección que no encontraban; otras, ayudarles en sus buscas, darles consejos para decidirse a elegir, y, por último, si todo el tiempo empleado en estas tareas no resultaba vano, era preciso ir detrás de ellos llevándoles las compras para que abonaran el importe en la caja.

Había de ser la suya una paciencia inagotable para sufrir todas las impertinencias y a veces las insinuaciones molestas de los compradores.

Muchos les miraban como si ellas también fuesen objetos expuestos a la venta en el Bazar y fáciles de comprar.

No podían rechazarlos más que con una gravedad dulce, para no perjudicar los intereses del establecimiento. Estaban obligadas a ser, en cierto modo, las amantes del público, al que era preciso sonreír y agradar.

A veces cuando la impertinencia era demasiado molesta, las dos amigas se miraban y se daban fuerza con sus ojos; de modo que sin hablar se lo decían todo.

Los hombres no sabían mirarlas a los ojos. En toda mirada de mujer encontraban únicamente el encanto de su sexo. Nada más. ¡Si mirasen bien lo que hay en las miradas de las mujeres, en esas miradas en las que se hace más profundo el dolor y la demanda de auxilio!

Sentirían un gran respeto y una gran pena si en vez de mirarles los ojos superficialmente y de recoger lo de superficial que hay en ellos, miraran bien esos ojos dulces y heridos, ojos de condenadas a un sino triste. Asustaría contemplar desde un porvenir redento lo que hay de aciago en esos millares de ojos despavoridos de las mujeres esclavizadas, entre cuyo pavor aún se encontraba belleza y seducción bastante para deslumbrar a los que las hacían víctimas.

La falta de comprensión que hallaban en todos les hacía refugiarse la una en la otra; se miraban poniendo en sus ojos una muda queja o una protesta que aliviaba su pesar.

La amistad que ambas se profesaban era quizá más grande en sus corazones. La amiga es para la amiga más que el amigo para el amigo. Su cariño no era el de *las amigas*, esa cosa algo falsa, de afectuosidad aparente, que se prodiga en las relaciones sociales; era el sentimiento fuerte, sincero y fraternal, que les había hecho intimar porque las dos se sentían igualmente solas y abandonadas.

Los que más las molestaban eran sus mismos compañeros, aquellos mocetones que pasaban el día detrás de los mostradores como ellas, o metidos en el cuchitril de la caja, afeminándose con el trabajo sedentario, entretenidos en mostrar los objetos de bisutería o los juguetes a las damas, y que hasta solían emplear la coquetería con las compradoras para atraerse mayor clientela, con una impudicia de la que ellas no hubieran sido capaces.

Y las damas preferían comprarles a ellos, a los hombres fuertes que tenían abiertos todos los caminos, mejor que a las mujeres, cuyos puestos usurpaban.

Volvía a notar siempre que el primer enemigo de la mujer que trabaja era la mujer misma. Desde los primeros días de su estancia allí las otras compañeras, más antiguas que ella, trataron de equivocarla, de entorpecer sus tareas, y la hicieron objeto de celos mal disimulados y de burlas. Los compañeros, demasiado empalagosos al principio, se retiraban también molestos por la suave repulsa de Isabel, y se convertían en solapados enemigos. En aquella soledad hostil que se hacía al lado de cada una de ellas, las dos jóvenes se unían cada día más en su afecto, que parecía recompensarlas y defenderlas. Salían juntas a la hora de comer, y apoyadas la una en la otra se protegían para cruzar con más soltura las calles iluminadas. Era como si se encubrieran y de ese modo luciesen menos los brillos del vestido usado, el zapato casi roto, el velo pardo. Solas hubieran tenido mayor timidez, las hubieran molestado más todos los dicharachos que les dirigían los hombres que esperaban en las aceras el paso de las mujeres para hostigarlas, molestarlas y dedicarse a seguirlas y perseguirlas con galanteos que decían bien a las claras el poco respeto que inspiraba la mujer. Era como si aquellos hombres estuvieran desligados de todo cariño familiar con mujeres y de todo lazo femenino, según todos las empujaban por la rampa, sin pensar en que así hacían ésta más pendiente y resbaladiza para sus hijas, sus esposas y sus madres.

Las pobres mujeres tenían igual miedo a una calle solitaria que a verse entre la multitud. No se atrevían a tomar un tranvía, donde todas las miradas se fijarían en ellas con tanta insistencia como si no hubiese otras mujeres. En las plataformas tenían que aguantar las audacias de todos aquellos desconocidos, que contaban con su debilidad para quedar impunes. Hasta los cobradores[37] buscaban la manera de rozar sus manos, tocar sus brazos, y hasta en ocasiones oprimir sus piernas, con excusa de dejar paso a un viajero. Era indigna aquella vejación a la que se sometía a todas las mujeres.

Ellas no eran como una gran parte de las mujeres que, pervertidas ya por la galantería de los hombres, deambulaban por las calles en busca de aventuras fáciles y de una promiscuidad vergonzosa. Tan asqueadas estaban, que ni siquiera querían aceptar los novios de la calle; parecía que esperaban que sus novios saliesen de su propio corazón, que no vinieran de fuera. Deseaban ya un tipo superior de hombre, el compañero de la mujer liberada; aquellos novios de rostro vago estaban en ellas, los aguardaban, temiendo en el fondo no verlos llegar, por aquella frase que había engendrado su desconfianza:

—Los hombres no quieren a las muchachas pobres para esposas.

Sin embargo, seguían creyendo, esperando, y en aquel sentimiento, casi inconsciente, daban ya por hecho que sus novios serían dos amigos que se querrían como se querían ellas, para no separarse nunca.

---

37 *Cobradores*: empleados encargados de cobrar el billete a los pasajeros en los transportes públicos.

El amigo sombrío

La mañana de sol le daba optimismo a Isabel; ella, un poco perezosa los días de fiesta, se había levantado temprano. Abrió el balcón, que dejó pasar una ráfaga de aire mañanero y fresco, y fué a ver las dos macetas de geranios y helechos que cuidaba, poniendo en ellas un cariño semejante al que inspiran los niños pequeños, como si satisfacieran su deseo de dar expansión a una ternura protectora.

Como todas las mañanas, se dirigió al armario ropero, en el que su escaso vestuario daba lugar a que sirviera de despensa, y para guardar la vajilla y las provisiones de sus cenas y sus desayunos, y sacó el infiernillo, disponiéndose a calentar el café, que tomaba con leche condensada, con objeto de economizar azúcar.

La puerta se abrió y entró Agueda.

—Me creí que te iba a encontrar en la cama, y veo que hoy madrugas.

—Más has madrugado tú. ¿Qué sucede?

—Venía a buscarte mi pobre tía; trabaja hoy, a pesar de ser domingo, por la necesidad de acabar unos trajes para la señora, y al verme sola he pensado venir a buscarte para irnos al Retiro y desayunar allí. Hoy el día pide fiesta.

Vaciló Isabel.

—¿Para qué ese gasto? Tengo ya el café hecho; podemos tomarlo aquí y salir luego.

—Es que se va a hacer tarde para ir a misa, y no he ido aún. ¿No vas tú a misa?

—Casi nunca, y Dios me lo perdone – contestó Isabel–. Es el único día que tengo para limpiar mis cacharros, y necesito pasar la mañana de tarea: unas veces, lavar las blusas; otras, plancharme la ropa... Siempre hay que coser o remendar algo... Y, sobre todo, las medias... ; las medias son el tormento... ; no duran un día.

—Dímelo a mí... que estoy siempre asustada de llevar *tomates* en el talón o en la cara del pie... Que se corran por arriba, importa poco.

—Claro. Yo digo que las pobres no tenemos tiempo de ir a misa ni de meternos en ayunos y zarandajas[38]. Eso es cosa de desocupadas que tienen dinero.

—Es verdad; pero eso son teorías de Joaquín.

—¿Quién habla de mí? – exclamó una voz dulce y varonil junto a la puerta.

Las dos amigas dieron un leve grito.

—Nos espiaba.

—Eso no está bien.

—No es culpa mía que ustedes hablasen alto y no ser sordo.

Isabel se había abrochado precipitadamente su vestido y corrió a abrir la puerta.

—Todo está revuelto; pero pase usted y desayune con nosotras.

Apareció, llenando todo el hueco de la puerta, la figura de un joven alto, con la barba negra y erizada, que ocultaba en su hosquedad la expresión de bondad piadosa que bañaba las facciones y los ojos de mirada profunda y melancólica.

—Se está bien aquí – dijo –; es la única habitación de la casa donde se encuentra un poco de calor de hogar, de feminidad atrayente... Soy capaz de aceptar si me dejan ustedes contribuir con unos bollos o unas ensaimadas[39].

Las dos jóvenes se consultaron con la mirada y se decidieron al mismo tiempo:

—¡Por tal de que usted se quede!

Sentían ambas una gran simpatía por aquel nuevo amigo, que conocían desde mucho tiempo antes, y que había pasado durante muchos meses a su lado sin dirigirles la palabra.

---

38   *Zarandajas*: (col.) cosas pequeñas, sin valor o de poca importancia.

39   *Ensaimadas*: bollo de masa dulce elaborado con manteca de cerdo, en forma de espiral o caracol.

Acostumbradas a la pegajosa intromisión de todos los hombres, la reserva de Joaquín les había interesado; ellas lo designaban, por su aspecto reconcentrado y su rostro barbudo, con el nombre de el *Revolucionario*.

Le preguntaron a doña Nieves quién era el nuevo huésped, y la buena señora, que estaba enterada de la vida y milagros de todo el mundo, no supo decirles nada. Ella, cuya monomanía era saberlo todo e indagarlo todo, hasta el punto de que a pesar de su penuria se había permitido el lujo de pedir las partidas de bautismo de todas las cupletistas, bailarinas y artistas de fama. Sabía la edad de la Guerrero[40], la Imperio[41] y la Chelito[42], año a año y mes a mes; pero no podía conjeturar nada sobre don Joaquín, que ni recibía cartas ni visitas y pasaba la vida en su cuarto sin hablar con nadie. Le infundía tal respeto que no se atrevía a preguntarle.

Cuando se marcharon los demás huéspedes y quedaron únicamente Isabel y Joaquín su aislamiento pareció aproximarlos, y ambos empezaron a saludarse, a cambiar algunas frases triviales, hasta que poco a poco se hicieron amigos y pasaron ratos charlando, sobre todo cuando iba Agueda y hacían tertulia en el comedor, pieza común para el servicio de todos los de la casa.

Mientras ellas le hacían espontáneamente la revelación de sus vidas, atraídas por algo de confesional que había en él, Joaquín esquivaba sus preguntas respecto a su pasado; pero les infundía confianza con su palabra dulce, suave y afectuosa, y por la gran conmiseración que ponía en ella al tratar de los sufrimientos que le contaban.

Las dos jóvenes parecían agradecerle que él no fuera también un galanteador como todos los hombres que se les acercaban, como lo habían sido allí los otros huéspedes, los vecinos y todos los otros que las molestaban siguiéndolas en la calle, deslizando frases en su oído, mirándolas descaradamente. Estaban heridas de miradas y de pretensiones. A veces pensaban que por lo innumerables que eran las pre-

---

40   *María Guerrero*: (Madrid, 1868-1928) actriz que se distinguió en la representación de papeles trágicos. Compartió escenario con Sarah Bernhard en París. Tuvo una carrera internacional, pero es conocida por su estancia en el Teatro de la Comedia en Madrid.

41   *Pastora Imperio*: (Sevilla 1889- Madrid 1979) logró ser una institución en la historia del folklore español, realizando célebres bailes a lo largo de su vida artística. En 1914, antes de la publicación de *La rampa*, había sido intérprete en la película popular *La danza fatal* y en 1917 estrenó en el Teatro Lara de Madrid el «*Amor brujo*» de Manuel de Falla, quien lo había compuesto pensando en ella.

42   *La Chelito*: (Cuba 1885 – Madrid 1957) intérprete reconocida de cuplé y una de las primeras mujeres artistas que se pasó al mundo de los negocios. Se retiró en 1928, siendo empresaria del Teatro Eldorado, que más tarde sería el Teatro Muñoz Seca.

tensiones tenían algo de cosa irresistible, una especie de fatalidad, y se sentían contentas de poder entregarse sin miedo a un afecto que no las obligaba a estar en guardia, recelosas y desconfiadas, como tenían que estarlo ante los demás hombres.

Él, por su parte, parecía acogerse también a su amistad como a una amistad libre de la doblez, de la asechanza, de la traición que había en el fondo de la amistad de las otras mujeres. Él sentía la tragedia de las mujeres más que la sentían ellas mismas. A veces, como si quisiera consolarlas, les hablaba de sí mismas y de las otras, de todas las mujeres, las pobres mujeres, perdidas en estas ciudades en las que no hablan más que los hombres, patronos de algo, mientras que ellas mueren en silencio, en su vida mezquina, sorda, que es como una de esas pesadillas en las que se quiere gritar y no se puede.

Les hablaba sólo de lo más cercano a ellas, de lo que les tocaba directamente; la exhibición impúdica de las unas, la miseria agobiadora de otras; el espectáculo bárbaro de las mujeres muertas por el despecho de los hombres; de la humillación de hablarles sólo de su belleza, de aquella situación precaria de todas ellas, incapaces de rebelarse; porque las grandes damas se hallaban contentas con su vida vegetativa, vana; felices de pasear sus galas, como ídolos de madera, sin pupilas, sin corazón y sin alma. Las mujeres de la clase media estaban sujetas, fanatizadas, dormidas en un letargo que no les dejaba ver que la causa de la mujer era sólo *una*. Sólo las obreras, movidas por su miseria, veían la verdad; pero a ellas les faltaba la cultura y los medios de defensa.

Era todo mezquino en la vida de la mujer. Su bondad se hacía pequeña, insignificante, y su maldad resultaba también mezquina. Estaban rodeadas de maledicencia, acechadas; tenían que refugiarse para vivir en sus propios corazones, esconderse en ellos. ¿Pero qué tenían en su corazón las mujeres? La atrofia de su abandono, de su incultura, su deseo de permanecer así. Eran ellas mismas las que rechazaban la liberación, las que se aferraban a la rutina, la rémora de la sociedad. Las españolas no sentían la rebeldía como las mujeres inglesas, como las rusas, como las portuguesas mismas, tan cercanas a ellas. Se las contentaba con una falsa galantería, con concesiones infantiles para engañarlas y entretenerlas; pero en el fondo latía un gran desprecio.[43] Las escuelas para mujeres eran escasas, las cárceles hechas sin cuidado; no

---

43 En sus ensayos y su ficción, de Burgos muchas veces enfatizaba la situación social de la mujer española comparándola con la de las mujeres en el extranjero. Véase su ensayo de crítica social *La mujer en España* (1906) y sus novelas *Los anticuarios* (1918), *Dos amores* (1919), *La flor de la playa* (1920), *El extranjero* (1923) y *La nostalgia* (1925).

las igualaba al hombre más Código que el Código penal, y no eran superiores a él más que en responsabilidades. Ellas, las más débiles, tenían que defender el honor, atacado constantemente por los más fuertes, y se las culpaba de su vencimiento.

Aquellas ideas iban grabándose en las dos amigas, que miraban a Joaquín con la veneración de un maestro. Era el predicador; ante él sentían el impulso de las mujeres de Genesareth; pero luego la impresión se borraba. Era como si por momentos brotase una luz en sus espíritus y se apagase repentinamente. Pero se aficionaban a escucharlo, y muchas tardes Agueda acompañaba a Isabel a su casa con el deseo de oír hablar a Joaquín.

Era el primer día que le invitaban a entrar en su habitación, y todos sentían el encanto de aquella naciente familiaridad.

Isabel salió apresurada para que el muchacho idiota subiera unas pastas[44], y Agueda empezó diligente a preparar los cacharros; porque como Isabel sólo tenía dos tazas, era preciso utilizar el vaso. Tenía aquella reunión en el modesto cuarto alegre y lleno de aire, ante el paisaje de los tejados ensolados, algo de fiesta y de día de campo que ponía contentos a los tres.

Apenas habían empezado su colación, un débil ruido de la puerta, suavemente abierta, los obligó a volver la cabeza. La chiquitina Nievecitas, con su babero sucio y su cabellera enmarañada, estaba allí mirándolos con su mirada ansiosa de perro hambriento.

Las jóvenes no pudieron contener un gesto de contrariedad; pero Agueda la llamó:

—Ven, Nievecitas.

La chicuela no se movía.

—Ven, nena, ven – añadió Isabel.

La niña continuaba inmóvil, y las dos jóvenes adivinaron las miradas de la familia, que la empujaban hacia allí, al oír la voz de la abuela.

—Anda, niña, te llaman – y al ver la figura del idiota, esperando fuera las migajas que le pudieran tocar.

Avanzó la pequeñuela, con pasos menuditos, como si no moviese los pies, con la cabeza baja y la mirada hacia arriba.

Sólo cuando Agueda le cogió la mano mantecosa y blanda, con esa

---

44   *Pastas*: pasteles pequeños en el que no se usan ingredients frescos como crema o nata.

sensación de no tener huesos ni voluntad que hay en la mano de los niños, la pobre criatura balbuceó su cantinela con los ojos fijos en las pastas:

—Eres muy monita; te tero mucho.

Y escapó en cuanto le entregaron un par de pastas, sin hacer caso de la recomendación de Agueda:

—No te vayas; cómetelas aquí, rica; te las van a quitar.

Pero la chicuela corría a reunirse con los suyos, más contenta de que la acariciasen para repartir el regalo que de gozar ella sola sus golosinas.

Los tres se quedaron entristecidos. Joaquín, como si volviese a su idea fija, olvidada al lado de sus amigas, empezó a hablar de la miseria humana:

¿Cómo no tenían miedo las mujeres de tener hijos? Los padres, por más que quisieran, no podían ahorrar; gastaban más de lo que podían en la vida diaria. Además, todo sería inútil. Las mujeres se arruinaban siempre, o las arruinaban sus esposos y sus administradores.

—¿Qué hacer entonces? – preguntó Isabel.

El se enardeció y olvidó la prudencia que ponía en sus palabras.

—¿Qué? No tener hijos cuando no se pueden mantener, y educar a las mujeres de un modo distinto.

El error era el educarlas para mantenerlas en la esclavitud, ocultarles la verdad de la vida por un falso pudor y confundir la ignorancia con la inocencia.

Había que acabar con la desigualdad de las costumbres y dar a los dos sexos los mismos derechos y la misma libertad.

Llevado de su entusiasmo siguió exponiendo la doctrina redentora, olvidándose de que estaba delante de dos pobres mujeres, que no lo entendían lo bastante para comprenderlo, pero sí para alarmarse de todas aquellas cosas cuyo radicalismo las asustaba.

De pronto él se detuvo, contrariado de haberse dejado llevar de su impulso, Su deseo le había hecho creer a sus amigas superiores de lo que en realidad eran. Quizá él había pensado en redimir unos espíritus atrofiados por el medio y que le parecían superiores por su anhelo. Sin duda se había equivocado al tomar lo rectilíneo y severo de aquellas vidas como hijo de un movimiento libre de su voluntad, cuando no era

más que rutina, sumisión a las costumbres, falta de decisión y de valentía para quererse liberar. ¡Eran irredentas!

Ellas, por su parte, conocían desconcertadas el aire de dolorosa de-
cepción de su amigo y no sabían qué decir.

Cuando después de sostener una conversación frívola Joaquín las
dejó, diciendo que iba a visitar a unos amigos, las dos se miraron de
un modo receloso que ponía en sus ojos el reflejo de la interrogación
que no se atrevían a dirigirse.

El encanto estaba roto por ambas partes. Las infelices no se daban
cuenta de que habían perdido la rara posibilidad de despertar a una
vida superior al lado de aquel amigo que no tornaría más. Estaban
hechas para tratar otra clase de hombres, los mismos hombres que por
un instinto sano de su naturaleza parecían repugnarles.

Los bancos públicos

El alejamiento de Joaquín, después de su breve amistad, las había dejado más solas. Habían perdido al amigo y el amor no llamaba a sus corazones.

Como todas las mujeres, ellas tenían a su alcance las conquistas fáciles de los tenorios callejeros y de esos hombres que parece que van al azar en pos de toda desconocida. Pero el hábito de su vida reflexiva, el trabajo que las agostaba, y quizá también la comparación involuntaria de Joaquín con los otros hombres, dificultaba esa entrega de la voluntad necesaria para dejar entrar el amor. La fealdad fosca y austera de Joaquín había llegado a ser como un prototipo de belleza que les hacía sentir disgusto ante el atildamiento de los otros.

En su vida había mucho de mecánico, de obediencia a la costumbre. Del mismo modo que era una obligación el ir a desempeñar su empleo en el Bazar y acudían ya a él sin darse cuenta, iban las tardes de domingo a dar su paseo por los parques, como las ovejas que salían a pacer al campo. Iban llenas de tristeza, de vacilaciones, solas y aburridas, sin saber qué hacer. Sentían perdida su personalidad entre la multitud.

En vano trataban de distraerse contemplando a las otras mujeres que poblaban los paseos, como cosas sin objeto y sin destino, quizá tan perdidas en el fondo como ellas, a pesar de sus gestos y de sus risas dentro de su vida sin finalidad.

—Mira qué vestido más raro—solía decir una de ellas, ante la novedad o la extravagancia de un traje que atraía su atención.

Pero las dos se quedaban silenciosas, pensando en que debían caminar por los senderos más apartados, a fin de que la excesiva luz no denunciase lo chafado [45] de sus modestos atavíos.

—¡Qué bonita blusa! —exclamaban a veces.

Y cualquiera de las dos respondía:

—Yo necesito una así.

A veces hería su sensibilidad la contemplación de un grupo de mujeres lujosas; otras las alegres caras de muchachitas frescas y despreocupadas que pasaban como pajarillos cantores en aquella dichosa inconsciencia que ellas habían ya perdido.

En ocasiones eran parejas de enamorados, muy juntos y muy rendidos, que despertaban un eco de envidia involuntaria. Los cuadros de las familias felices, esposos con hijos pequeñuelos y madres ancianas, eran algo que les hacía daño a su pesar.

Los hombres parecían pasar a su lado como pisándolas; no se tomaban el trabajo de verles la cara, después de apreciar sus siluetas vulgares y sus pobres vestidos.

La alegría de la tarde, con olor a manzanas, que cernía [46] una luz de oro sobre el parque enflorado, contribuía a que la multitud lo invadiese todo. Se veía un mundo de mujeres en todas las calles. Los paseos estaban invadidos por aquel desbordamiento de mujeres, que entonces dominaban por su número sobre los hombres, aunque tan poca importancia se les concediera.

Viéndolas, parecía como si no existiese la miseria. Todas hacían un esfuerzo por presentarse con elegancia. Una rima [47] de blusas azules y rojas, de faldas claras, ponía en el paisaje algo de fiesta, una fiesta de garden party burgués. Parecían rivalizar en lucir un atavío superior a su medio. Las criadas, que salían de paseo aquellas horas de la tarde, iban vestidas con abrigos largos, que sustituían los clásicos mantones, y se tocaban con velo. Las hijas de padres obreros se engalanaban como señoritas; las empleadas, las muchachas como ellas, que apenas tenían para comer, llevaban sombreritos y vestidos lujosos. ¿Sería aquella la única rebeldía contra su suerte de que serían capaces las mujeres? Sin duda todas veían en cada una de las otras un enemigo, segun las mi-

---

45 *Chafado*: estropeado o deformado.
46 *Cernía*: (fig.) llovía suave y menudo.
47 *Rima*: (fig.) una sintonía visual de los colores y estilos de la ropa de las mujeres.

radas hostiles que seguían a cuantas pasaban. Todos los corazones rabiaban en la tarde bajo su apariencia de diversión.

Varios caballeros y señoras las saludaron al pasar.

Casi todos eran compradores del Bazar, que las conocían de verlas allí y les dirigían un saludo lleno de superioridad.

Un sombrero que se alzaba en un saludo respetuoso llamó su atención.

—¿Quién es? –preguntó Agueda–. ¿Lo conoces tú?

—Sí... no recuerdo bien... ¡Ah! Es uno que se sienta cerca de nosotras en el restaurante.

Estaban cerca de una de esas básculas colocadas en los parques para invitar a los transeúntes a conocer su peso.

—¿Quieres que nos pesemos? –preguntó Isabel.

—¿Para qué? –repuso Águeda–. Es gastar diez céntimos en tonto.

—Tienes razón.

Se habían convencido, aunque su amiga no expresó su idea. ¿Para qué pesarse? Era exponerse a sufrir un desengaño más.

Aquella luz dorada del sol poniente que iluminaba con tanta claridad el paisaje dejaba ver las huellas del cansancio en sus rostros, un poco deshechos. Tenían el aspecto mustio y marchito de esas plantas de las habitaciones a las que la luz artificial y la falta de aire les roba lo más frondoso de su lozanía. Agueda tenía las ojeras tan profundas que Isabel pensó con inquietud si estaría enferma, al mismo tiempo que advertía la misma preocupación en el semblante de su amiga.

—¿Te sientes mal? –preguntó.

—No... No sé... ¿Me notas algo?

—No... ; ¿Y tú a mí?

—Estás un poco pálida.

—Como tú.

—Debíamos tomar algún reconstituyente

—Sí. Trabajamos demasiado, y esas comidas de restaurante...

Siempre se presentaba vivo en ellas el miedo a la enfermedad y el deseo de una medicina previsora que no podían comprar. Era una cosa inconfesable por miedo de oír ellas mismas su voz y experimentar el pánico de la amenaza de la enfermedad careciendo de todo recurso.

Deseaban encontrar un banco donde reposar, cansadas del paseo, por su falta de costumbre de andar; pero todos los bancos estaban ocupados, por mujeres en su mayor parte.

Era como si en esa sensación de cansancio, de agobio, de no ver claro el porvenir, el banco público ofreciese un suave refugio. Las que se acogían a ellos parecían tener algo de cojas, de impedidas. Desde los bancos veían las cosas como desde un plano distinto, como ven la representación los espectadores que no tienen nada que ver con el espectáculo.

Al fin vieron dos asientos desocupados; pero al ir a acercarse, una mujer que estaba sentada llamó a dos niños que jugaban con el aro y la pelota a pocos pasos. Los dos, sin hacerse rogar, corrieron a ocupar sus asientos. Preferían privarse de sus juegos y su diversión por tal de fastidiar a las que necesitaban descanso.

Aunque experimentaron una contrariedad, en el fondo no les desagradaba encontrar un pretexto para irse. Iba llegando la hora de volver, de dejar el paseo, como se deja un trabajo enojoso.

Lentamente emprendieron el camino que conducía a la salida, resignadas ya con la facilidad del acostumbrado a ceder siempre, cuando al fin en una de las calles más sombrías encontraron un banco, sobre el que se dejaron caer, cansadas y llenas de desaliento. Una pareja de enamorados que se dibujó al extremo de la avenida atrajo su atención; más al fondo se distinguía otra pareja tan semejante de color y línea que parecía una reproducción de la primera.

—¡Elenita, y Rosa! –exclamó Agueda.

Las conocía porque Isabel conservaba con ellas una gran amistad de compañeras de colegio; pero sabía que en aquel momento fingirían no haberlas visto.

Cuando las dos hermanas salían a pasear, a la hora del crepúsculo, con sus eternos novios, no cruzaban el saludo con nadie. Así, aunque pasaron rozándose con ellas, ni volvieron la cabeza ni las saludaron. Daba la impresión de que conducían a sus novios a través de la ciudad del mismo modo que si los llevasen con los ojos vendados, para que no pudiesen volver la cabeza ni mirar ni saludar a nadie. Daban la idea de los condenados que se conducen al suplicio.

Isabel le contaba a Agueda el caso raro de aquellas dos hermanas pobres, feas, escurridas, que se habían hecho uno de esos tipos caricaturescos inconfundibles, a los que conoce toda la ciudad por como se destacan de la masa y, sin embargo, logran hacerse y llamar la atención. Tal vez había en ellas la gracia picante de exagerar los defectos, extremar el ridículo, estilizarlo. Se vestían con la menor tela posible: un descote grande dejaba ver las gargantas, en las que se reconcentraba toda la belleza, por su contraste con los rostros, cubiertos de la ova[48] verdosa de su color hepático. El traje, ceñido, marcaba las caderas y les cubría toda la línea del cuerpo como si lo dejara en completa desnudez y se detenía lo bastante alto para enseñar la pierna larga, nerviosa y fina, calzada con medias caladas y zapatos irreprochables, dando esa tentación de los bajos lujuriosos que saben explotar las feas.

Rosa, la mayor, alta y huesuda, no podía ocultar su cercanía a los cuarenta, que delataban sus ojeras plegadas en acordeón en torno de los ojos, y tomaba una especie de aire maternal respecto a la otra que, más menuda y delgadita, podía aparentar veinte años menos. Elenita, como la llamaban siempre, tenía un cuerpo seductor y sabía hacer resaltar sus lineas, y disimular los defectos de la cara amarillenta, flácida, con la nariz en pico, los ojos pitañosos[49] y los dos dientes delanteros de la mandíbula superior salientes y colgantes como una inmensa *blanca doble,* escapándose de los labios, que no bastaban a cubrir aquella colosal ficha de dominó.

Hacía varios años que en su rondar callejero de todos los atardeceres, pasando por la calle de Alcalá y la Puerta del Sol a la hora de los pellizcos, cuando la aglomeración de gente favorecía las audacias de los hombres que buscaban el roce de una desconocida entre la multitud, habían encontrado aquellos dos novios; dos chicuelos menores que ellas, y de los cuales se habían ido apoderando poco a poco.

Las dos hermanas preparaban su conspiración matrimonial en la sombra de un modo malicioso y seguro. En el fondo de ellas debía existir la seguridad de que iban a realizar un engaño para cazar los maridos que les eran precisos a fin de asegurar su vida. Su obra era obra de aislamiento, de acaparamiento, de no dejarlos comparar. Su celo llegaba hasta el punto de indisponerlos entre sí de tal modo que el novio de Elenita no saludaba al de Rosa ni éste saludaba a Elena.

Las hermanas explotaban aquella situación de rivalidad creada por ellas para conseguir los regalos con que se vestían ambas.

---

48 *Ova*: alga verde de tallo filamentoso que crece en agua dulce o salada.
49 *Pitañosos*: llenos de las legañas, humores procedentes de la mucosa y glándulas de los párpados.

—Adolfito le ha regalado un corte de vestido de *charmeuse*[50] a Elena–decía un día Rosa a su novio.

Al mismo tiempo que Elena le decía al suyo:

—Juaníto le ha regalado un abrigo precioso a Rosa.

Para no ser menos los dos jóvenes rivalizaban en comprar el mismo objeto a sus amadas, y como éstas pedían doble tela y se confeccionaban ellas mismas sus trajes, resultaba que podían vestirse ambas, y gracias a su habilidad hasta los zapatos y las medias eran regalo de los dos novios.

Bien es verdad que ellas no dejaban pasar un día de santo de sus amados sin hacerles un regalo. Precisamente aquel año, el día de San Juan, las dos hermanas habían ido a casa de Isabel cuando aún dormía, y casi llorando le rogaron que les prestase dos duros para el regalo del novio de Rosa, con tal angustia, que les dió todo lo que poseía, y se hubiera quedado sin cenar todo el mes de no haber empeñado sus pendientes, que sabe Dios cuándo podría sacar, porque no esperaba la devolución.

Sus amigas le parecían aún más pobres que ella. Sus veinticuatro duros, comparados con las ganancias de las mujeres que trabajan, eran una verdadera fortuna.

Rosa y Elena no tenían nada más que seis duros que cobraba su madre de viudedad, pues había de partir la mitad de la pensión con una hija del primer matrimonio de su marido, y le hacía preciso vivir de su trabajo. Elenita, siempre débil y enferma, apenas hacía una tira de encaje al día, para ganar una peseta. Rosa, que había aprendido a coser de sastre, se pasaba desde las seis de la mañana hasta las seis de la tarde sin levantar cabeza de la obra que le enviaban de la sastrería militar y que le pagaban de un modo inverosímil: a cincuenta céntimos cada guerrera, a veinticinco los pantalones y a quince el par de botines; ¡con lo que entretenían remates, ojales y botones! Pero, ¡y gracias que hubiese siempre trabajo! En las temporadas de paro el hambre entraba en la casa, pues con el mísero jornal tenían que alimentar a la madre paralítica y clavada en su sillón desde hacía muchos años, al perro, a los dos gatos, al canario y a la vieja criada, acogida al lado de ellas como en un asilo, y que no sólo no cobraba su salario, sino que en los días de hambre salía a pedir fiado y buscaba a las amigas para lamentar con

---

50 *Charmeuse*: tela fina de seda no transparente y de acabado brilloso.

ellas sus apuros y la honradez de sus pobres señoritas, que la mitad de las noches se acostaban sin cenar; ¡y luego dicen que las mujeres se pierden! La infeliz vieja no veía la sonrisa de burla en los labios de las personas a quienes dirigía sus quejas y escapaba feliz con los socorros que le daban para *sus pobres señoritas* sin perjuicio de guardarse la mitad en el camino.

—Sin embargo –decía Agueda contemplándolas–, ellas son más felices que nosotras.

—Cuestión de carácter.

E Isabel seguía explicando a su amiga cómo aquellas criaturas, cansadas de trabajar, tenían energía todas las tardes para vestirse y pintarse con esmero y salir a las siete en punto a reunirse con los novios, que esperaba cada uno en un extremo de la calle, y emprender la peregrinación, unos delante de otros, a través de los parques casi desiertos y de las calles más en sombra, deambulando hasta las nueve de la noche. Muchas veces su única cena eran las meriendas con que las obsequiaban los novios, y de las cuales procuraban guardar algo para las dos viejas que las esperaban en casa.

Así se comprendía cómo las dos pobres mujeres se aferraban a los novios como a una esperanza de liberación, puesto que aunque el matrimonio no les diese en el hogar mas que el puesto de gobernantas y se acabase con él aquella especie de idilio sentimental que paseaban por las calles de Madrid, tendrían asegurada su vida, con ese triunfo social que supone el matrimonio, como una superioridad sobre las amigas, las cuales, por espíritu femenil, les ayudaban desinteresadamente, sin darse cuenta de la gratitud con que les corresponderían.

EL PEINARSE LOS CABELLOS

Aquella mañana al llegar al Bazar notó cierta inquietud en el rostro de Agueda, algo como si deseara hablarle y a la vez esquivara sus miradas. El dependiente encargado de la sección de peines y esponjas le comunicó la orden de que subiera a ver al principal con una entonación gozosa, que le hizo presagiar algo desagradable.

Subió la escalerilla y se detuvo en la puerta llamando quedamente. No respondió nadie. ¿La habrían oído? Estuvo indecisa diez minutos, sin atreverse a repetir la llamada, y al fin tocó otra vez con suavidad. Sonó el vozarrón al mismo tiempo que la bola de grasa venía rodando hacia ella.

—¿No pueden esperar... ? ¡Tanta prisa! Que pase quien sea.

Al ver a Isabel pareció dulcificarse.

—¡Ah! ¿Es usted?

Se quedó un rato silencioso, como si buscara la forma más dulce de explicarse dentro de su violencia natural, y al fin dijo:

—La llamo a usted porque ésto no puede continuar así. Hace ya una semana que viene usted tarde todas las mañanas...; me inmoraliza usted a todos los dependientes... Las obligaciones son las obligaciones... el que no puede, lo deja... Hay que ser puntual.

Ella no sabía cómo disculparse.

Don Prudencio enfocó el punto luminoso que brillaba entre la carne de sus mofletes sobre ella, y advirtiendo el cuidado de su traje y su cabellera añadió:

—Estas coqueterías hacen perder el tiempo, y no son propias de las mujeres que trabajan. Luego hablan de las mujeres inglesas y se quieren comparar con ellas. ¡Aquéllo son mujeres! Con naturalidad; parecen hombres, con toda su seriedad. Ustedes no pueden vivir sin el tocador, sin los polvos, sin los pelitos rizados... , y luego, ¡claro! El público se propasa, no las toma por personas decentes... Todas parecen cupletistas... , y yo no lo he de consentir.

Iba excitándose por momentos, y descargó un puñetazo sobre la mesa.

—No quiero tanto señorío... Acabaré por poner de patitas en la calle a todas las señoritas.

Isabel rompió a llorar.

—¿Nervios encima? Vaya, vaya... No quiero escenas... Dé usted gracias a que recuerdo el conocimiento que tuve con su padre. Márchese a su puesto, y que no vuelva a suceder...

Salió apresuradamente, con los ojos enrojecidos y al cruzar entre sus compañeras notó las sonrisas burlonas de unas y otras. Algunas se dirigían frases mal intencionadas, cuya mala sorna adivinaba sin poderles contestar.

—¡Parece que hace mal tiempo! –decía una.

—¿Ha estado usted casa de Pages? –preguntaba un dependiente a otra de ellas.

—No; pero he venido en auto. Yo soy muy delicada –contestó.

Isabel permaneció indiferente y fué a ocupar su puesto; pero Agueda no se pudo contener.

—Hoy tengo yo los nervios malos –dijo–, y no respondo de lo que suceda como oiga rebuznar.

Todos los demás se callaron.

Al mediodía se reunieron para ir al restaurante, e Isabel le contó a su amiga lo que había pasado. Ella trató de consolarla.

—No es lo de don Prudencio lo que más me apena–dijo Isabel–. Después de todo, ya estamos acostumbradas a que todo hombre constituído en amo se crea dispensado de ser cortés y bien educado con las mujeres...

—Y más vale así –atajó Agueda–; peor son los que les imponen la galantería y las obligan a aguantarlos. ¡Hay que sufrir tanto cuando se es mujer y pobre!

—Lo doloroso –siguió Isabel– son las conpañeras. ¿Qué les he hecho yo? ¡He procurado ser atenta y buena con ellas! ¿Por qué me odian?

—No te preocupes de eso. Es que son así con todas; se irritan del bien de las demás. No creas que esto es de ahora. ¿Ves Manuela? Esa muchacha pintada, tan alegre, tan cursi y tan coqueta, que tiene siempre su lado lleno de jovencitos. Pues esa, antes de casarse ahora, se ha quedado dos veces con todo hecho; una de ellas en la misma iglesia, gracias a los manejos de las otras. Este verano cogió un novio provinciano y sin dejarlo respirar se casó con él. ¿Querrás creer que han tenido la maldad de enviarle a su marido, bajo sobre, la invitación para las bodas anteriores?

—¿Y quién ha hecho eso?

—Pues otra compañera: Encarnación, esa vieja envidiosa y emperejilada[51] que está cerca de la caja.

—Es que a esa edad se vuelven así; se les agria la soltería.

—No digas eso. Soltera pienso quedarme yo y no ser agria. Mi tía dice que las mujeres somos como el vino. Con los años unas se mejoran, adquieren más aroma y más valor, y otras se tuercen y se hacen vinagre. Además, la soltería de Encarnación no es más que oficial; todas sabemos que tiene un *protector* viejo.

—No digas eso.

Quizá por lo mismo que ella no había delinquido era más condescendiente con las otras. Sabía que el problema de las mujeres solas no tenía ninguna solución. En la incertidumbre de todas, en las miradas que lanzaban al vacío, estaba siempre la duda de lo que podría ser de ellas. Todo aquel mundo de mujeres tenían que defender su vida por sí solas, y creían que sus adversarios, más que los hombres, eran las mismas mujeres las que les hacían la competencia y se volvían contra ellas. Eran el peligro. En vez de despertarse un espíritu de amor, una solidaridad, era todo lo contrario. Pero lo disculpaba todo. Veía su desdicha, la de sus compañeras en el Bazar; sabía lo que era su porvenir y el de todas aquellas señoritas de almacén que consumían su vida lejos

---

51 *Emperejilada*: (col.) adornada en exceso.

de la luz del sol, sin respirar el aire, sin la alegría del amor y de la libertad, y que fatalmente serían desechadas a su vejez en el mayor desamparo. Repetía su observación de que no había jamás viejas en los almacenes ni en las tiendas de modas. Entre las mismas señoritas del teléfono, que renundiaban a casarse por conservar el modesto empleo, que parecía una protección para la mujer soltera, no se encontraban ancianas. Tenían sólo las mujeres pobres una temporada efímera, breve, para conocer la alegría. ¿Por qué no habían de prevalerse de ella? No era justa la crítica acerba que caía sobre las que aprovechaban del modo que les era posible sus dotes de juventud para endulzar su situación de momento, y tal vez con la secreta esperanza de asegurar su porvenir. Hasta le parecían dignas de admiración las que, abandonadas a sí mismas, tenían que luchar de todas maneras y lograban salir vencedoras.

¡Eran tan pocas!

Agueda no admitía su opinión. Era bueno ser condescendientes, pero no dejarse atropellar. El que ellas fuesen piadosas no les daba a las otras derecho a abusar.

Pero Isabel ya no la escuchaba; desde que desembocaron en la calle sus ojos se dirigían a la puerta, del restaurante donde estaba parado un joven alto, delgado, con lentes y gran bigote a lo káiser. Era el mismo que algunas semanas antes las había saludado en el parque.

—Por eso tardas tanto ahora en componerte por las mañanas –le dijo Agueda, cariñosa.

Isabel enrojeció. El joven las esperaba, y después de saludarse, subieron juntos la escalera y se sentaron ante la misma mesa, en aquel comedor chico y oscuro donde iban como a ocultarse los comensales más vergonzantes.

Y sin embargo Isabel para ir allí se peinaba y se componía como si hubiese de asistir a un teatro. Ella, que jamás había amado la coquetería, se eternizaba ante el espejo. Se encontraba fea y sentía el descontento de su fealdad, sin recursos para disimularla con los trajes y los afeites. Trataba de arrastrar consigo a Agueda en aquellos nuevos deseos que la acometían.

—La verdad es –decía– que la que está fea es porque no tiene dinero. ¿Has visto cómo hay en las perfumerías recursos para todo?

—No hagas caso –respondía la otra–. Todo eso son embelecos y engaños para sacar dinero. No hay nada tan hermoso como lo natural ni que siente tan bien como el agua y el jabón.

—Sí –respondía Isabel con disgusto–; esa es la salida de todas las que no tenemos más remedio que aguantarnos y hacer creer que no nos sometemos, sino que estamos en lo cierto. Pero la tez de manzana de las campesinas seduce menos que la cara pintada de las cupletistas, y no se conserva tanto. Desengáñate.

Influída por aquella idea se imponía sacrificios en su modesta comida y muchas noches, al llegar rendida de su tarea del Bazar, se lavaba ella misma su ropa para economizar unos céntimos y poderse comprar un frasco de aquellas cremas a la violeta, que a pesar de su módico precio le parecían un exceso de lujo y de refinamiento.

Tenía un gran miedo a que las compañeras le conociesen el blancor que los albayaldes prestaban a su cutis y el rosado tenue que le comunicaba la bola ligeramente impregnada de carmín. Usaba aquellos artificios asustada por la influencia de las preocupaciones que pesan sobre una mujer trabajadora dentro de unas costumbres que no le permitían ostentar con libertad la pintura como un adorno, sino que necesitaba mentir hipócritamente, valiéndose de ella, encantos naturales, cuidando de que no se conociese el engaño.

La martirizaba también la forma de sus trajes y sobre todo la monotonía de pasar años y años inmovilizada, sin cambiar de silueta. Pensaba que Fernando estaría acostumbrado a ver mujeres bellas, deslumbradoras, y que la encontraría ridícula e insignificante en la comparación.

El variar de traje era renovarse, convertirse en otra mujer, dar un interés de novedad a su figura y un encanto que ella no podía tener. Era una mortificación más añadida a su penuria, que no había sentido tan cruel hasta entonces.

Se había refugiado toda su coquetería en el peinado. Durante mucho tiempo no había hecho más que pasar el peine por aquella hermosa madeja de sus cabellos castaños y sedosos, para recogerlos de algún modo sobre la nuca, más como un estorbo que como un adorno. En ocasiones había suspirado:

—Qué felices son los hombres con los cabellos cortos, que no necesitan más que pasar el peine. En las mujeres es una esclavitud esto de los cabellos largos.

Agueda le contestaba riendo:

—Eso prueba que nosotras somos menos delicadas que ellos. Necesitamos todos los adornos para gustarles, y ellos nos gustan de cualquier manera. Hasta pueden ser calvos sin ser ridículos.

—Pues todas debíamos tener la cabellera como ellos –decía Isabel.

Y lo decía de buena fe, por el rato de trabajo enojoso que suponía el tenerse que acicalar y embellecer, hasta el punto de no sentir piedad de sacrificar su más bello adorno.

Ahora se asustaba de aquella idea, que le parecía sacrílega. Su único encanto, su único adorno era el cabello. Quizá por primera vez, colocada frente al espejo, apreciaba ahora con deleite el lujo de que la vestían sus cabellos de un color castaño, hoja de tabaco ennegrecida y dorada al sol, que formaban la hermosa madeja larga y tupida, llena de majestad y realeza, de su espléndida cabellera.

Era a la vez su lujo y su castigo. No sabía colocarlos con todo el arte necesario, ni darles esa ondulación natural de los peinados aristocráticos en vez del rizado de planchadora que adquirían bajo sus tenacillas inexpertas.

A veces, nerviosa, tiraba de aquellas hebras, más preciadas que el oro, enredaba el peine en ellas, las enmarañaba y revolvía sin acertar a colocarlas y sujetarlas bien.

Fernando parecía adivinar el esfuerzo que la joven realizaba en su peinado para agradarle, y tenía siempre una frase lisonjera para elogiarlo.

Su peinado era costoso por los ratos que tenía que robar al descanso para hacerlo; no podía nadie suponer el esfuerzo que le costaba a una muchacha trabajadora el poderse presentar arreglada y limpia. No sólo los céntimos dedicados al aseo, que en ellas resultaba una coquetería, sino los minutos se les regateaban. Aquel placer que sentía ahora al ver a Fernando esperándola y notar en su primera mirada la complacencia en su belleza la recompensaba de todos los sacrificios; pero no se había dado cuenta de sus sentimientos hasta que las palabras de Agueda le hacían mirar en su propio corazón.

¿Era cierto que estaba interesada por aquel hombre? ¿La amaría él? ¿Cómo lo había notado Agueda?

No se explicaba de qué modo se había establecido aquella amistad entre Fernando y ellas desde el día que las saludó en el Parque.

Entonces se fijaron en él por la primera vez y recordaron que durante muchos meses lo habían visto cerca de su mesa en el comedor de todos.

A Isabel le extrañaba no haberse fijado antes en él, que había sido tan correcto siempre, sin permitirse dirigirles aquellas miradas y aquellos piropos de mal gusto como los otros.

Siguieron saludándose, cambiando frases, y acabaron por hacerse amigos. Un camarero les guardaba todos los días su mesa, y se sentían contentas de que la amistad de Fernando las pusiera a cubierto de los atrevimientos de los demás. Había venido a reemplazar cerca de ellas la amistad de Joaquín, y hasta creían haber ganado en el cambio, porque Fernando era un conversador amable y despreocupado de problemas trascendentales.

—Es tonto ocuparse de lo que no se puede remediar, les decía—. El mundo es como es, y así tiene que ser. Que cada uno piense lo que quiera y haga lo que lo dé la gana, con tal de que guarde las formas debidas.

Aquel lenguaje lo comprendían ellas mejor; era más sensato, el respeto a todo lo establecido, la resignación fatalista. En vez de hablarles de la miseria de las mujeres y de atormentarlas con el desfile de mujeres sufrientes, agobiadas; en vez de hacerles sentir la tragedia de sus dolores, las distraía con su conversación ligera, viva, animada, y hacía desfilar ante sus ojos figuras de mujeres bellas, atractivas, triunfadoras, que parecían reinar sobre la sociedad toda y entre las que se destacaban las grandes artistas, las millonarias célebres, como puntos luminosos en la gran masa de privilegiadas. Oyéndolo, se dejaban mecer en un ensueño de esperanza para lo porvenir.

Aquel día Isabel permaneció turbada y silenciosa durante toda la comida. Estaba preocupada por las palabras de Agueda y experimentaba cierta molestia al ver cómo ésta, aprovechando su ensimismamiento, charlaba y reía con Fernando. Estaba desconcertada, y al quedarse de nuevo a solas con su amiga, no se atrevió a preguntarle nada. Era la primera vez que le ocultaba su pensamiento.

La puñalada del hambre

Había pasado la noche, intranquila, sin poder dormir, dando vueltas en su cerebro a las preguntas que le sugerían las dudas que se habían apoderado de su espíritu.

Toda la casa estaba impregnada de un olor a drogas que dificultaba el respirar. Desde varios días antes doña Nieves se había visto obligada a guardar cama. La gran debilidad de su corazón, sin fuerzas para contraerse, producía frecuentes asistolias. Era como una bomba descompuesta, y se quedaría roto y abierto cuando menos lo pudieran esperar.

Llamaron al médico de la Sociedad, esa Sociedad a la que se abonan todos los pobres en las grandes ciudades, como si convencidos de no poder asegurar el pan quisieran tener seguro el entierro a su muerte.

Hasta los dos días no acudió al llamamiento, y apenas examinó a la anciana dió su fallo, con esa especie de indiferencia de los médicos de las Sociedades, acostumbrados a ver la Humanidad como una congregación de enfermos que marchan hacia la muerte con su valija llena de males y miserias a cuestas.

Médicos fracasados ellos también, en su mayor parte, tenían el convencimiento de la miseria de la Humanidad y el concepto de lo fatal de su sino. Hasta los que parecían sanos y contentos estaban minados por dentro. En las grandes capitales se amontonaban los enfermos pobres en los hospitales, y los más acomodados llenaban las clínicas, los consultorios y las antesalas de los especialistas.

Aunque los médicos abundaban, había trabajo para todos. Si se iba a los dentistas se veía la gente esperando, formando enormes colas; los especialistas del cáncer tenían las antesalas testadas de sentenciados; y lo mismo sucedía con los tuberculosos, los diabéticos, los atacados de escrófula y de terribles enfermedades secretas... No se daban punto de reposo los oculistas, los dedicados a la especialidad de garganta, nariz y oídos. Todo eran tumores, llagas, úlceras. Entre aquella Humanidad doliente las más castigadas eran las mujeres, las contaminadas y las portadoras de los virus más temibles; las que salían deshechas de su maternidad; con hernias, con varices, con toda clase de enfermedades en la matriz. Pobres mujeres de cuerpos deformados, que habían perdido su belleza y envejecían entre promontorios de grasa o con una delgadez escuálida que las momificaba.

Y no era la miseria. Los pobres morían de hambre; los ricos de hartazgo. Lo que en los unos hacía la anemia, lo hacía en los otros la diabetes y el artritismo engendrado en el vicio, la molicie y el exceso de alimentación en una vida sedentaria.

La gran ciudad mataba con la extenuación del trabajo de la fábrica y el desarrollo de la tuberculosis; el campo destruía a las labradoras, agotadas en trabajos duros, al par que lactaban a una multitud de hijos que brotaban de sus vientres todos los años. Morían sin darse cuenta de sus males, sin sospechar, a veces, que estaban enfermas, como morían sus ovejas y sus cabras.

Así el facultativo recetó con algo de escepticismo para cumplir su deber. ¡Si pudieran llevarla a un Sanatorio...! De no ser posible, que no la dejasen levantarse...; poco alimento...; unas píldoras de esparteína...

Cuando se despidió, la hija y la nieta dieron al aire sus lamentos. La abuela se moría. La hija pensó en que lo primero era poner bien su alma con Dios y aprovechar el donativo de tres duros que daban las señoras de la Parroquia a todo enfermo pobre sacramentado.

Aquella recompensa hacía que muchas familias cuidasen de los auxilios espirituales de los suyos con un celo que de otro modo no hubieran tenido, y se contaban casos de personas que se habían fingido graves para recibir con el socorro del alma el socorro del cuerpo.

A los dos días de tener a la enferma casi sin alimento, su falta de fuerzas se había agravado; la mataba la inanición. En vano Isabel y los otros dos huéspedes que quedaban hablaron de la necesidad de alimentar a la enferma. Uno de ellos dió una peseta para leche a la afligida hija, que no hacía más que llorar y lamentarse de la desgracia de la pobre madre, tan buena, aunque tuviese su geniecillo, como cada una.

Se contentó con subir diez céntimos de leche.

—Los enfermos, por no comer no se mueren; hay quien resiste ocho días. Los mantiene la fiebre.

Así, engañándose ella misma, cometía el parricidio dejando morir a la anciana, que ya agotada nada pedía, y se apagaba lentamente en el reposo de su corazón, dominado por la asistolia.

Iba Juanita de acá para allá, comentando lo que le sucedía y haciendo alarde ruidoso de su inquietud y su dolor, mientras hacía los preparativos para la ceremonia del Viático.

Joaquín se indignó.

—¿Cree usted –preguntó a Juana– que no es acelerar la muerte de una persona el hacerle sufrir la emoción de ver a un sacerdote al lado de la cama y todo ese solemne aparato de los Sacramentos, que es como un anticipo del entierro que se le hace a los enfermos.

La mujer dudó un momento y luego repuso:

—No. Don Serafín, el médico, dice que no ha visto morirse jamás a nadie por eso, y ya ve usted que él habrá visto morirse gente.

—Claro. Como que no es capaz de averiguar la parte que esa emoción tuvo en la muerte de los pobres, que sin ella tal vez se hubieran salvado.

—Eso lo dice usted por sus ideas, don Joaquín; pero algunos enfermos se curan sólo por la alegría de recibir a Dios.

Comprendió que era imposible insistir. La pobre mujer se moría sin enfermedad; era la puñalada del hambre que la había herido en el corazón, y todas las ceremonias y las emociones la acabarían más pronto.

Se marchó para no ser cómplice de todo aquello, mientras Juanita, llena de entusiasmo, colocaba un altar sobre la mesa de la cocina, que había colocado al lado de la cama, cubierta con una colcha de ramos, sobre la que caía el encaje de una sábana planchada con almidón. Encima del tablero puso dos jarras con flores de trapo y un cuadro de la virgen de los Dolores, arrimado a la pared, formando alrededor suyo una iluminación de velas de cera, colocadas en botellas envueltas en papel rosa.

La enferma, que apenas se daba cuenta de nada, miraba deslumbrada el resplandor de las velas y se prestaba a la ceremonia aterrada, temblorosa, viendo en su delicado cerebro la imagen de aquellos hombres con faroles encendidos al pie del lecho, y la visión del cura, que le hacía las cruces de Oleo, como si con ellas desatase uno tras otro los lazos de su vida.

Cuando entró Isabel tuvo un momento de lucidez.

—¡Me muero, me muero! –le dijo con espanto.

Ella trató de tranquilizarla.

—No hay que pensar en eso. Después de recibir a Dios se pondrá buena. No hay más que tener fe y tomar alimento.

Pero la hija y las nietas habían cenado pan y jamón y habían subido una botellita de vino, para reparar las fuerzas después de tantas emociones.

—Para sentir es menester comer. ¿Qué pasaría si nos entregáramos todas?

Cuando vino el médico encontró más animada a la enferma.

—¡Quién sabe! –dijo–. Esta noche le deben dar el alimento de dos en dos horas. Ya veremos.

Un poco más consoladas con esta esperanza, y cansadas de llorar y del trajín del día, la madre y la hija se quedaron dormidas en el comedor. A la mañana siguiente, apenas empezaba a dormirse Isabel escuchó la voz de la niña, qué gritaba con espanto:

—¡Madre! ¡Madre! ¡La abuela se ha muerto!

La pobre vieja estaba ya fría.

Entonces estallaron los gritos y los lamentos, que hicieron saltar a Isabel del lecho y correr a prestarles auxilio.

—¡Qué pena! ¡Pobre madre! ¡Cuando parecía que estaba mejor!

Tan soñolientas y cansadas estaban, que les faltaba la fuerza para aparentar todo el desconsuelo que ellas creían que debían sentir. En el fondo, en vez de dolor desesperado experimentaban un alivio, como el peso de una carga menos; pero Juana seguía gritando:

—¡Madre de mi alma! ¡Pobrecita mía! ¡Al menos tengo el consuelo de que ha muerto a mi lado, sin que le falte nada!

Y la nieta fingía, excitada por los nervios, un ruidoso ataque de risa sardónica, que obligaba a las vecinas a llevarla a la cama y la libraba de seguir sosteniendo el duelo.

El traje nuevo

Se habían dado aquella satisfacción de hacerse los vestidos claros, domingueros, que eran una escapatoria a lo que tenían de monacal los trajes severos y tristes que estaban obligadas a llevar en el Bazar.

Sus trajes de vuela[52], a rayas azules y blancas el de Isabel, y blancas y violeta el de Águeda, tomaban en ellas una nota más aguda, más detonante, que hacía resaltar la amarillez de su cutis, las ojeras moradas y el aire de cansancio de sus facciones, los cuales rimaban mejor y pasaban más inadvertidos cerca de la severa sencillez de su traje oscuro.

Sin embargo, las dos se encontraban engalanadas, enfloradas, sentían penetrar la Primavera en su corazón, merced a la alegría clara y transparente de la tela que las envolvía.

Había sido muy laboriosa la elección de los trajes. El deseo del vestido claro y adornado luchaba con el consejo del buen juicio que las incitaba a la sencillez.

—Ir siempre con un mismo vestido cuando es llamativo –decía Águeda–, es atraer demasiado la atención.

Luego tropezaban con la dificultad de las telas caras; las que les gustaban tenían un precio que no podían costear. Después de muchas concesiones llegaron a convenir en aquellas vuelas que se habían generalizado tanto que ya no las destacarían. Una a otra se animaban elogiando su elección.

---

52 *Traje de vuela*: trajes conocidos por su amplitud, que no se ajusta al cuerpo y son de tela gruesa y común.

—Tiene un color muy limpio.

—Y es una tela que tiene buena caída.

—Parece seda.

Lo peor era la hechura. No acababan de ponerse de acuerdo nunca. Compraron un figurín con patrones cortados, y durante varios días sometieron a deliberación su proyecto de traje. Unos les parecían demasiado complicados y otros demasiado sencillos.

—Si tuviéramos para cambiar; pero un solo vestido necesita cuidarlo mucho.

Fué un martirio el hacer los trajes. Aunque les ayudaba la tía de Agueda, de noche cuando iba a descansar, no acababan de salir bien. Tenían algo, *un no sé qué* imposible de dominar por completo. No les sentaban bien; la tela adquiría esa pesadez triste que no tiene en las manos de los grandes modistas.

No estaban contentas y recibían con mal humor las observaciones que se hacían la una a la otra; con mayor disgusto cuando más ciertas estaban de su verdad.

—Otra vez –decía Isabel–, aunque no coma en quince días, se lo doy a una modista. Es un dinero que se debía besar.

—Yo no puedo hacer más –replicaba la otra–. Cuando no se tiene para pagar hechuras hay que conformarse con que nos vista *Mme. Manazas* [53].

Por fin, cuando estuvieron acabados, con sus combinaciones de listas horizontales, verticales y de través, con los botones forrados, empezaron a encontrarles bellezas y a sentirse satisfechas de su obra.

Sin embargo, estuvieron más de dos semanas sin poderlos estrenar, porque los ahorros no alcanzaban para los zapatos, y eran éstos lo que tenía para ellas mayor importancia. Se había extendido tanto la coquetería del zapato que ya las gentes, en vez de mirar la cara, miraban primero los pies.

—La bota ahorra medias –decía Agueda–; pero ¡es tan lindo el zapatito descotado!

—Y más nosotras, que tenemos los pies tan chicos –respondía Isabel.

—Pies de española –interrumpía la tía de Águeda–. Una vez estuve yo en Bayona, y todo el mundo quería verme los pies cuando supieron que era española.

---

53   *Manazas*: persona torpe, desmañada.

—Claro. No hay más que ver esas extranjeras que vienen aquí. No son pies, sino patas.

—Es que nosotras somos como los caballos de buena raza –añadía la vieja convencida–, de cabos finos.

Esa superioridad de los pies, que pedía un revestimiento digno de ella, excitaba más el deseo del calzado coquetón y gracioso. Contribuía también a su tentación el recuerdo de todos aquellos pies vistos en los parques sus días de paseo. Todos pequeños, juguetones, repiqueteadores, con sus zapatitos minúsculos, de punta fina, altos de empeine, con el artificio de la pala corta y del alto tacón. Más que recuerdos de mujeres, les quedaban recuerdos de pies y, destacándose de todos, los de Rosa y Elenita, tan provocativos, con toda la belleza demoníaca que reconcentraba en ellos la fealdad de sus dueñas.

En los escaparates había zapatos que eran un amor. Salían las dos para recorrer todos los escaparates de las zapaterías de Madrid. ¡Eran todos tan caros! De buena gana se hubieran llevado algunas docenas de ellos, según lo lindos que eran.

—La tía tiene razón –decían–; en ninguna parte hay un calzado como aquí.

Era imposible aspirar a tener las joyas de las grandes zapaterías, que marcaban precios exorbitantes. Ellas buscaban las imitaciones en las zapaterías más modestas, y para no desanimarse, repetían frecuentemente:

—A ver quién hace los otros de lujo. Estos pobres oficiales que luego trabajan por su cuenta.

—Es que nos hacen pagar el lujo de las tiendas y de los escaparates.

Al fin se enamoraron de unos zapatos grises de piel, todos de una pieza, que con media de seda gris serían un encanto.

—Pero la media de seda –objetó Agueda más prudente– es demasiado para nosotras.

—Como no es para ir al Bazar... –repuso Isabel.

Aquel capricho les costó caro. Sus ahorros no podían dar para tanto, y fué preciso ir con doña Petra, la tía de Agueda, a ver una de esas inmundas usureras que prestan a peseta por duro al mes[54], y que no sin grandes dificultades y haciendo valer su cariño a doña Petra, les prestó cinco duros a cada una, por los que tendrían que pagar diez

---

54   *De a peseta por duro al mes*: equivale al 20% mensual.

pesetas mensuales, sin que en éstas hubiese parte de amortización, pues la deuda siempre se mantenga en pie años y años devengando su rédito.

Y todavía las dos infelices salieron de allí contentas, agradeciendo el favor a aquella mujer antipática y grosera que les decía con aire de protección:

—Lo hago sólo por ustedes..., por este corazón que tengo que no sé decir que no..., y sobre todo porque son ustedes cosas de doña Petra, que es tan *buenísima*.

Su entusiasmo al verse calzadas de aquel modo no tenía límites.

—¿No te parece que la falda es demasiado larga y no se ven bien los pies? —decía Isabel.

—Son como zarcillitos —respondía Agueda quitándose los zapatos para verlos mejor.

Doña Petra les cosía unas anillas de cinta al extremo de las medias a fin de que no se rompieran con el tirón de la liga del corsé.

Cuando parecía que ya con todo dispuesto deberían estar satisfechas se encontraban más inquietas y desasosegadas. Se habían acostumbrado tanto a sus trajecitos oscuros que dudaban de cómo les sentarían las nuevas galas, con las que se encontraban como metidas en un disfraz.

La víspera del estreno no durmieron apenas, y al levantarse gastaron toda la mañana en acicalarse, empezando por la ropa interior para ponerse sus vestidos.

—Si la ropa de adentro no va bien se conoce —decían ellas, que notaban en muchas de sus amigas como un malestar de ropa sucia o remendada, que era preciso disimular bajo los trajes.

Cuando Isabel se vió en la calle, sola, con aquel vestido, para ir a reunirse con su amiga, se sintió más desconcertada, menos dueña de sí, como si fuese desnuda.

Su traje había puesto un estallido de alegría en la casa entristecida, sombría y enlutada. La pequeña Nievecitas salió a besarla con sus morros sucios llamándole *monita*.

Poco a poco la tranquilidad iba volviendo a su espíritu. Debía estar bien con su traje, a juzgar por los muchos piropos que le dirigían al pasar. Águeda estaba ya vestida; las dos se miraron con algo de extrañeza, como si se desconocieran un poco; sin embargo, las dos tuvieron una alabanza amable.

—¡Qué guapa estás!

—Te sienta muy bien ese vestido.

Y las dos, como engañadas por sus propias palabras, se sentían dichosas con sus trajes y sus adornos nuevos. Fueron muy felices aquella tarde en su paseo. Iban por la parte más céntrica, mezclándose con todos los transeúntes, mirando alto y hablando con el aplomo que les daba su traje.

Las tertulias tristes

Cuando llegaron casa de doña Evarista la tertulia estaba en su apogeo.

Les abrió la puerta una criada con cara de idiota, una de esas pobres bestias domésticas que acaban por atontarse a fuerza de repetir continuamente los mismos actos en un trabajo monótono y sin fin. La dueña de la casa salió a su encuentro.

—¡Qué milagro! ¡Dichosos los ojos! ¡Tanto tiempo sin verlas!

A estas exclamaciones acudieron las seis hijas de doña Evarista; todas de una misma estatura, igualmente pálidas, esmirriadas, y tan parecidas de rostro y gesto que daban la impresión de estar viendo moverse a una sola persona en una habitación rodeada de espejos.

Todas las abrazaron repitiendo las mismas frases, como si las hubiese prolongado el eco.

Estaban contentas de tener más gente en su tertulia, aquella tertulia que se creían obligadas a sostener, dando una fiestecita el día que celebraba su santo alguna de las niñas. Era una cosa de rango, de bien parecer, que les servía para disimular la penuria de su situación. Las seis eran maestras. La pobre doña Evarista había sido un modelo de abnegación y de sacrificio para sostener toda aquella prole que le dejó su difunto marido.

Había empezado por enseñarlas a no comer, de modo que con la ración de una sola persona podía mantenerlas a todas. Su mayor mérito estaba en cómo se las había arreglado para que aquella ración no faltase y hasta para hacer sus pequeños ahorros y costear las matrículas de las niñas.

Pequeña, de una pequeñez y una delgadez tan extrema que parecía una sombra, la mujercita cruzaba Madrid de punta a punta en las cuatro direcciones varias veces todos los días. Iba a buscar la carne, que pasaba de contrabando, a *Bellas Vistas*[55], y el pan a la calle del Olivar[56], donde en una famosa tahona[57] vendían los panecillos duros por la mitad de su precio. Subía cargada de verduras desde la plaza de la Cebada para irse a buscar la leche a Tetuán o a la Guindalera.

Como además de comprar para sí compraba para otras amigas, sacaba gajes[58] de todos los proveedores agradecidos, y con esto y las perrillas[59] que sisaba y las que le daban para tranvía, que no utilizaba más, mantenía a su familia.

Para ella era todo útil. El papel del chocolate, los huesos de la carne, los papeles viejos, las mondaduras de las patatas, los escasos mendrugos, los trapos inservibles, todo lo vendía y lo aprovechaba.

Aquel amor a las cosas miserables parecía que las cosas se lo pagaban. Las sillas, las mesas y las alfombras rotas e inservibles se rejuvenecían al lado suyo; se hacían irrompibles, los zapatos y los trajes pasaban sin envejecer de una niña a otra a través de los años.

Las pobres niñas con exceso de estudio y falta de alimento, habían adquirido un aire alelado y modosito, que era el orgullo de la madre. Si las alineaba a todas a lo largo de la habitación eran capaces de quedar inmóviles.

Pero ya acabado la carrera, estaban aún peor que ellas en su modesta colocación.

¿De qué servían en la mayor parte de los casos los títulos de maestras? Resultaba casi siempre inútil el sacrificio de tantos años de afanes, de un estudio infecundo en aquellas escuelas sombrías, donde pasaban los días de sol en aulas estrechas, malolientes, atrofiando su espíritu con todas aquellas lecciones que no les enseñaban gran cosa, pero que las inutilizaban y les hacían perder su libertad de pensamiento.

---

55 *Bellas Vistas*: barrio de Tetuán, zona de Madrid nombrada así en 1860 porque en ella abundaban los soldados y comerciantes repatriados por aquellas fechas del territorio marroquí.
56 *del Olivar*: calle en el barrio de Lavapiés, lejos de Tetuán.
57 *Tahona*: establecimiento donde se hace y vende pan.
58 *Gajes*: dinero extra o complemento que se cobra además del sueldo.
59 *Perrillas*: (col.) monedas de cinco céntimos.

Isabel recordaba el examen de ingreso de Angelina, la mayor de las hermanas, a la que acompañó ella. Se le había quedado en la memoria la sala de la escuela, desmantelada y triste, atestada de jovencitas, a las que empujaba hacia allí la esperanza de mejorar su suerte. Todas estaban como atontadas, asombradas, bajo la impresión de aquel acto imponente, delante de la mesa del tribunal, donde tres señoras, muy dueñas de sí, muy severas, cumplían mecánicamente su misión de examinadoras, sin preocuparse del alcance que su fallo podía tener, sin ver la ansiedad de las madres que esperaban, y que a ella le hacía latir el corazón de angustia. Las pobres chicas, molestas en sus vestidos estrenados para el examen, con esa molestia que causa el vestido nuevo, que aún es extraño, se esforzaban por recordar todas las vaciedades que les habían repetido para preparar su programa.

Tuvo suerte Angelina, y la familia celebró como un gran bien su ingreso en la escuela. Desde entonces ya la vió poco. La pobre no disponía de tiempo libre. Tenía que pasar todos los días la calle, a pesar de la nieve y del frío, para que no la pusiesen falta, si por casualidad asistía la profesora.

En la escuela se reunía con muchachas de todas clases, de condición modesta la mayoría, hijas de porteros, de tenderos y de sastres, contentas de dejar los modestos quehaceres de su casa para hacer la señorita, no ocuparse de nada y mejorar su comida, llevándola todos los días en su cestita a la Normal[60]. Verdad que salían a fin de año sin saber gran cosa, pues no podían ni comprender la significación de las palabras cultas que no estaban habituadas a oir. Angelina se quejaba de que le quitaban la comida, los pañuelos y hasta los velos que dejaba en los armarios.

Iban allí las pobres muchachas como cogidas en el engranaje de una máquina. Al entrar pasaban al aula donde una profesora les hablaba de pedagogía, y de allí iban a otra, en la que les explicaban la Gramática, y en seguida la Historia, y luego la Economía y sin descansar la Aritmética; así todo el día, de una clase en otra, aturdidas por explicaciones en las que no tenían tiempo de pensar.

Las seis hermanas habían sufrido su calvario, y ahora todas, con la carrera terminada, se encontraban sin saber qué hacer. Angela, cansada de buscar lecciones particulares, optaba por casarse en vez de

---

60 *Normal*: Escuela Normal de Maestras.

seguir la profesión. Las otras, sin novios, se atormentaban buscando colocación. Las oposiciones[61], limitadas, se hacían imposibles, y no
ofrecían más que la vida mísera de un pueblo. A pesar de sus títulos estaban en la misma situación mísera de las demás: mas aún porque
habían entrevisto algo superior que no podían alcanzar, y en aquellos
años de estudiantes perdieron la afición a las tareas domésticas, que
no querían volver a aceptar. Se estropeaban aún más las mujeres con
aquel intento de carrera, que no resolvía nada, y, sin embargo, hacia
allí era hacia dónde convergían las aspiraciones más altas de todas las
mujeres y de todas las familias que soñaban con una gran posición para
asegurar el porvenir de las hijas.

Casi todas las amigas que iban a sus tertulias eran amigas de la
Normal, de aquellas muchachitas sobre las que el medio de la escuela
pasaba su rasqueta[62] para vulgarizarlas. Era allí, en la Escuela Normal,
donde las familias echaban a las hijas con las que no sabían qué hacer.[63]
Se contaban de unas en otros casos de buena fortuna: pobres muchachitas, hijas de porteros o de lavanderas, que habían llegado a ocupar
altos puestos. Verdad era que en estos casos siempre se murmuraba que
lo debían a la protección de algún señorón, por no muy buenos medios;
pero esa visión de los ministros, como iniciadores de todas las muchachitas, no asustaba a las familias. Lo necesario era llegar, y los ejemplos
de las pocas que habían triunfado ejercían sobre las otras la sugestión
que ejercen los ejemplos de los jugadores con fortuna o de los albañiles
a quienes les toca el premio de la lotería.

Entraron en la sala, y la mayor de las niñas, con la vocecilla
gangosa con que dan las lecciones en la Escuela, fué presentando a las
dos amigas a una docena de muchachas y cuatro jovencitos, entre los
que se pavoneaba un capitán de infantería, con el prestigio de su uniforme y lo llamativo de su pantalón rojo.

El aspecto de la sala era triste. El piano estaba impregnado de la
melancolía de esos pianos humildes, que se llevan fatalmente los al-

---

61   *Oposiciones*: procedimiento selectivo consistente en una serie de ejercicios en que los
      aspirantes a un puesto de trabajo demuestran su respective competencia, juzgada por
      un tribunal.

62   *Rasqueta*: instrumento pequeño formado por una plancha metálica de cantos afilados y
      un mango, para rascar y limpiar superficies.

63   La enseñanza fue una de las únicas profesiones aceptables para las mujeres a finales del
      siglo XIX. Tras su divorcio, de Burgos misma ingresó en la Escuela Normal de Mujeres
      en 1901. Su primer trabajo fijo fue en la Escuela Normal Superior de Maestras en
      Toledo. Varios biógrafos (Núñez Rey, Castañeda, Utrera) coinciden en que el traslado
      a Toledo fue un castigo impuesto a causa de un artículo publicado en el *Heraldo de
      Madrid* que no gustó a la autoridad académica. En 1909 se mudó a Madrid para traba-
      jar como auxiliar en la Sección de Letras en la Escuela Normal de Maestras.

quiladores; la pobreza que hace tomar a sus lucientes tablas negras algo de madera de ataúd. Sobre el piano estaban colocados esos objetos que son capaces por sí solos de matar el ideal de la música: cisnes y niños de porcelana, retratos de parientes con los trajes de fiesta, que parecían dar mayor tono a la estancia.

Las jovencitas estaban todas engalanadas con sus mejores vestidos, en cuya ejecución se notaban las mismas dificultades que habían tenido que vencer ellas en los suyos: unos trajes lamentables, que están ya ajados antes de estrenarlos, a fuerza de revolverlos entre las manos en los largos días de la confección.

Todas llevaban peinados complicadísimos, costosos de hacer, y sombreros que les daban una expresión abobada de niñas cursis, por más que algunas aparentaban aires picarescos.

Contrastaba con la flamante elegancia de las niñas el aspecto de las mamás, que por mucho que se esforzaban en ir bien lucían vestidos inverosímiles: faldas de terciopelo, antiguas y raídas, con blusas de seda; sombreros que habían perdido el color, todos chafados y deshechos, con aquella forma igual siempre para todos, forma de señora pobre, y que, sin, embargo, eran un lujo que no se atrevían muchas a llevar, contentándose con su modesto velito zurcido y pardo.

Una señorita, huérfana de un comandante, tocaba briosamente el piano moviendo el cuerpo con un compás nervioso, dando grandes porrazos sobre el teclado y agitando la cabellera, cortada y rizada en forma de melena sobre los hombros. Aquel cabello rubio, rodeando el rostro pálido, le daba un aspecto de angelote pasmado e inocente, al que contribuían los ojos, de mirada vaga, sin fijeza; de esos ojos que, porque están vacíos de pensamiento, parece que reflexionan y miran hacia adentro, y dan la impresión de que piensan cuando no piensan en nada. Todos parecían contentos de aquella reunión, en la que por una tarde olvidaban su miseria, como si se apuntalaran unos a otros.

Doña Evarista dió la voz de pasar al comedor para tomar alguna cosa.

Sobre la mesa con mantel bordado, obra de las seis hermanitas, había una bandeja con pasteles, una gran botella de agua, rodeada de copas y vasitos, y dos botellas de vino.

—Jerez para los caballeros y Cariñena[64] para las señoras –decía pomposamente doña Evarista.

---

64   *Cariñena*: vino propio de la región aragonesa de Cariñena, de alta graduación alcohólica, tinto y oloroso.

En los primeros momentos todas se encontraban encortadas ante el convite con el temor de mostrar precipitación. No sabían cómo colocar las manos, y avanzaban como si patinaran, unas detrás de otras.

La madre de la pianista, una señora de cara herpética[65] e hinchada, lanzaba hondos suspiros de vez en cuando y se limpiaba los ojos, escaldados de un continuo lagrimear.

Uno de los jóvenes, temporero[66] de Fomento, empezó con gran desparpajo a servir vino y pasteles.

—Una copita, doña Evarista; no me la desprecie usted.

—Tome un pastelito, Isabel; no me deje más feo que soy.

Poco a poco se habían ido animando y formando grupos en los que se hablaba animadamente. Las cuatro hermanas menores conversaban con otras dos condiscípulas, que aún asistían a la Normal, de ecuaciones y exámenes, ostentando su sabiduría delante de las demás con una superioridad que encantaba a la madre.

La pianista hablaba de arte con otra joven de apariencia masculina, de semblante duro, con las comisuras de los labios muy marcadas y los músculos acusados fuertemente, como si tirasen de la piel, que con aspecto redicho[67] e impertinente trataba de entablar discusión, sin poder lograrlo, porque la muchacha, sin opinión propia, aceptaba todas sus objeciones.

Doña Evarista y las otras señoras se ocupaban de la carestía de los alimentos. Mientras que la viuda del comandante lamentaba con otra enlutada la pérdida del esplendor de que la rodeaba su difunto marido; situación que idealizada por su memoria, tomaba las proporciones de la ruina de una millonaria. Los jóvenes hacían de moscones de grupo en grupo, excepto el capitán, novio de la hija mayor, que había tomado su puesto al lado de ella, acaparando toda su atención.

Agueda e Isabel se aburrían en aquel medio triste, en el que a pesar de todos los esfuerzos, se notaba algo falso, inconsistente y tenebroso, de una miseria disimulada.

---

65   *Herpética*: que padece herpes, o que tiende a padecerlo.
66   *Temporero*: trabajador que tiene un contrato o empleo temporal.
67   *Redicho*: (adj. fam.) se aplica a la persona que habla pronunciando las palabras con exagerada perfección.

El cinematógrafo

Le costaba un verdadero esfuerzo llegar puntualmente al Bazar por las mañanas, ahora que iba al *cine* con Fernando casi todas las noches.[68] Tenía que levantarse a las seis para tener tiempo de arreglarlo todo, y sólo el milagro de su miedo a don Prudencio, la bola de carne de la que dependía su vida, realizaba el milagro de su actividad.

Al principio de sus relaciones la había acompañado Agueda todas las veces que Fernando las invitaba al cinematógrafo; pero bien pronto la joven renunció a salir todas las noches, tanto por no poder soportar el cansancio que habiendo de madrugar le causaba una diversión en la cual no tenía el aliciente que su amiga, tanto porque comprendía que los dos jóvenes se amaban y desearían quedarse solos.

Isabel tuvo los primeros días un temor y una cortedad grandes para acceder a salir sola con Fernando. Al fin aceptó, convencida de sus razones.

—¡Pero si esto es lo más sencillo, lo más corriente! –decía él.

No consentir hubiera sido ofenderlo con sospechas que no procedían, dada la nobleza de su modo de portarse. Le podía creer presuntuosa, y que tomaba por una pretensión lo que sólo era hijo de la amistad.

---

68 Para el lector contemporáneo puede ser sorprendente el que personajes de recursos económicos tan limitados sean capaces de asistir al cine a diario. Por el año 1915, una entrada de cine con un programa de 3.000 metros (un largometraje) costaba entre 30,35 y 40 céntimos, si era preferente, y 15 céntimos (o tres perras chicas, como se decía entonces) la general. Para saber el dinero que esto representa para nuestros protagonistas, es suficiente señalar que en 1914 el sueldo de un obrero calificado en Madrid era de 43 céntimos la hora y el de un peón 29 céntimos también por hora (Emeterio Diez Puertas, *Historia social del cine en España* 28).

Cuando consultó a Agueda, con el deseo de tener su aprobación, ésta sonrió y la dijo:

—No te esfuerces en demostrar que no os une el amor, puesto que eso no tiene nada de particular... Solteros y libres sois los dos. ¡Ojála seáis felices!

La pobre joven empezaba a ver reproducirse en los amores de Isabel la triste historia de la seducción de su hermana; y aunque eso le producía una profunda pena, sabía qué inútil era oponerse a lo que es una inmutable ley de vida dentro del medio en que vivían. El amor, sin arrebatarle el cariño de Isabel, la alejaba de ella. Ya no hacían su camino juntas todas las noches al salir del Bazar; era Fernando el que esperaba para acompañar a Isabel, y las dos juntitos, uno al lado del otro, vagaban como otras tantas parejas de enamorados por las calles poco concurridas y por los paseos más solitarios de los parques.

Ya no tenían para Isabel los bancos públicos aquella cosa de hospital y de tristeza que habían tenido en ellos antes. Su amor lo enfloraba y lo embellecía todo. Guardaba el recuerdo de las palabras y la música del acento de Fernando, acariciando su oído de tal modo, que durante todo el día, de pie en el Bazar, en aquel ambiente tan poco agradable, en el que dominaba el olor de los objetos de piel, continuaba absorta, estática en sus recuerdos, como si permaneciera cerca de él. Nadie se sentía tan feliz, tan amada, con mayor desbordamiento de dicha y de pasión. Experimentaba cierta lástima de que Agueda no tuviera un amor como el suyo. Ante todas las contrariedades tenía un movimiento de orgullo, de superioridad, como el que es dueño de un tesoro escondido y precioso. Las mismas cosas que antes la molestaban en sus compañeras, ahora las recibía con una risa de conmiseración. ¡Pobrecillas, no era ninguna tan amada como ella! Si supieran su felicidad todas aquellas personas que pululaban por el Bazar le hubieran tenido envidia.

Y sin embargo, aquel sentimiento venía a complicar más su situación, El salir de paseo con Fernando exigía un gasto mayor en la toilette. Su calzado había que cuidarlo más; no se resignaba a llevar medias toscas y tacones torcidos; sentía el deseo de cambiar de traje, la necesidad imperiosa de los perfumes y los afeites, y recurría a la *buenísima* doña Concha, la usurera, con tanta frecuencia y suerte, que ya tenía que mermar de su escasa comida para pagar tres duros de réditos todos los meses. No pensaba en sus contrariedades y sus apuros, dejándose llevar de aquella alegría que lo llenaba todo, y bastaba para engalanar con su luz rosa las horas del Bazar y la tristeza de su mísera vivienda.

Su amor se mantenía casto; Fernando era tan respetuoso, tan comedido, que despertaba una confianza y un agradecimiento en su novia. Es verdad, que él no hablaba jamás de casarse; pero se comprendía en su respeto la honradez de su decisión.

Muy parco para hablar de sí mismo, Isabel tenía escasas noticias de su vida y de su familia. Era soltero, sus padres vivían en un pueblo de Valencia y él tenía un destino en el Ministerio de Hacienda, con el que había de contentarse para ir tirando hasta ascender. Parecía que en aquellas palabras que no le comprometían a nada iba envuelta la promesa de enablecerse y legalizar la situación cuando llegase el deseado ascenso.

Las tardes de lluvia y las veladas las pasaban siempre en el *cine*. Era aquel lugar a propósito para hablar sin llamar la atención, ya que por vivir sola no podía recibir su visita. La multitud que acudía al cinematógrafo hacía el milagro de aislarlos, de dejarlos solos en una completa libertad.

Los cines eran un refugio de las parejas de enamorados vagabundos que se refugiaban en aquella sala del *cine* que ejercía tan gran atracción sobre ellos. Había una sugestión propicia para el amor. Algunas muchachitas iban allí solas con el deseo de correr aventuras.

Las taquilleras hábiles guardaban aparte los asientos al lado de muchachas bonitas, y los vendían luego con buenas propinas a los iniciados que buscaban aventuras galantes y fáciles.

Cuando se apagaba la luz de la sala para concentrar la atención sobre el plano luminoso de la película había algo de conventual y solemne en todo el recinto. Se extinguían las voces, como si los personajes mudos impusieran el silencio, y en medio de aquel vacío, de aquella especie de hueco en el que no regía la voluntad de los espectadores, las figuras de sombra iban adquiriendo forma más plástica, carne, vida... Ya en vez de resultar mudos eran como seres que hablasen en voz baja, porque aquellos letreros sin ortografía, aquellas cartas que veían escribir y que podían leer en seguida, ponían palabra en las figuras y suplían los intermedios con los gestos, para seguir con la imaginación un diálogo completo.

Le interesaban sobre todo las películas que aparecían por series y le hacían pensar durante toda la semana en los mismos personajes, familiarizándose con ellos de manera que a no ser por la fuerza de su amor a Fernando hubieran llegado a ser para ella, como lo eran para otras muchas mujeres, el único interés de su vida. Se llenaba, se poblaba su pensamiento, de todas aquellas imágenes, de aquellos fantasmones del cine, y eso hacía que le pareciesen más vacías sus vidas. Después de aquella diversión a oscuras, que daba la sensación de desaparecer del mundo real, para mirar por la ventana abierta un mundo fantástico, como cuando con un telescopio se sale de la realidad de la tierra para buscar la realidad de las montañas de oro de la luna, veían desfilar todos los problemas más intensos. Eran reales todos aquellos paisajes remotos que la película restregaba por sus ojos, y en ellos los seres reales que se habían prestado a la ficción tomaban, no un valor representativo, sino un valor de presente, que los igualaba a los espectadores, hasta el punto de que al salir de allí no se atreverían a jurar que no los habían conocido como a los otros. Aquella diversión desustanciada dejaba más anémica el alma; era como una martingala para restar fuerzas de rebeldía en los desheredados, dándoles la posibilidad de vivir una vida superior. Los espectadores encarnaban en todos aquellos muñecos, creyéndose los protagonistas; viviendo la suerte de los seres excepcionales o sintiendo la desgracia de seres excepcionales también. Hasta las mismas desgracias de las heroínas se hacían envidiables para las pobres mujeres vulgares.

La sensibilidad de Isabel, excitada por la vida de aislamiento y trabajo, y encendida en su amor, sentía aquella influencia de cine que le hacía vivir, mezclada con sus personajes y con Fernando, las historias trágicas y amorosas del drama de la película.

Encarnaba y veía encarnar a Fernando en aquellos personajes. Eran ellos mismos. Se veían como en un espejo, y aquella unión les hacia aproximarse más.

El primer día que Fernando se apoderó de su mano, Isabel se asustó de un atrevimiento por el que hubiera querido poderle reconvenir. Se proponía hacerlo en cuanto salieran de allí. ¡Podría él con-fundirla con todas las mujercitas ligeras que aguantan esos atrevi-mientos! Según avanzaba la película crecía su coraje a impulso de sus pensamientos. ¡Acaso iban a ser ellos de esas parejas de enamoradores de cines esperando una ocasión de estrecharse a hurtadillas con caricias irrespetuosas y furtivas!

Cuando la luz de la sala volvió a lucir, con aquel brusco tornar de la oscuridad al resplandor, entre las miradas vagas y los semblantes des-concertados por el contraste, Isabel vió tal expresión de pena y súplica en Fernando que sintió desvanecerse su enojo. Luego, al volver a la os-curidad, cuando el protagonista, el Fernando de la película, sufría la desesperación de creer infiel a la que amaba, arrebatada por las malas artes del traidor del drama, ella misma le acercó la mano y la dejó tem-blando entre las suyas.

Aquella noche, al salir de allí, apenas osó mirarlo, y cuando se quedó sola no pudo conciliar el sueño. ¿Era vergüenza? ¿Miedo de que él la juzgara mal y la quisiera menos? No podría decirlo; pero en medio de todo experimentaba una gran feliciad. El tacto de Fernando la había penetrado toda, se había esparcido como una savia por todo su ser. Su mano guardaba la sensación de un calor dulce, un calor inconfundible, suave, un calor de alma, que le causaba una sensación dulcísima. Tanto que sin saber por qué se llevó la mano a los labios y la besó con una unción apasionada y mística. ¡Su calor!

Desde entonces no dejaron de ir ni una sola noche al cine; pero ya prestaban menos importancia a la fábula. Sus manos se entrelazaban extasiándose en la sensación de placer que les producía su contacto. A veces él, sin que Isabel protestase, dejaba deslizar sus dedos sobre el brazo de la joven, y sus pies quedaban prisioneros debajo del suyo. En-tonces la protesta era la de la mano y la del pie que permanecían libres. Se despertaba una especie de sed de aquella caricia en todos sus poros. Se abrían todos ellos ansiosos como rosadas boquitas de amor. Una noche, con el deseo del triunfo de las figuras en que habían encarnado, sus cabezas se buscaron en la oscuridad y, a favor de la complicidad que les daba el estar en la última fila, se unieron por primera vez sus labios en un beso largo, silencioso y temblante.

El cochero cínico

La verbena del Carmen[69] se introducía en la ciudad, penetraba en ella, era como una invasión de alegría y de regocijo en medio de la tristeza de las calles, a las que convertía en parques y paseos públicos, poniendo en ellas, en lugar del tráfago de la vida urbana, un estallido de fiesta y de gozo. Era como si quisiera hacer olvidar los trabajos de la vida cotidiana, tan dura en las grandes capitales, con la sensación de una ciudad feliz cuyos habitantes no tuviesen que pensar más que en el festejo y el bienestar.

No era como las otras verbenas apartadas del centro, en un emplazamiento algo alejado. Esta verbena corría por las calles, con la alegría contagiosa que se propaga como el reguero[70] de una traca[71]. En todas las calles, desde Fuencarral y Hortaleza hasta los Cuatro Caminos, se extendía por todas las otras vías aquella pintoresca vestimenta de farolillos de colores, papeles picados y arcos polícromos que lo enfloraban y engalanaban todo.

De trecho en trecho se alzaban unas cercas de madera, especie de verja, dentro de las cuales se verificaban los bailes públicos; y en los alegres remansos que formaban la amplitud de las glorietas se extendía la feria con los innumerables tenduchos, barracas y puestecillos: todos

---

69   Al igual que sucede en muchos pueblos de España, distintos barrios madrileños dedican una semana a mediados de julio a la advocación a la Virgen del Carmen. El eco de la frase «Desde el Carmen a Santiago no se pone el sol en Chamberí» es aplicable durante esta semana a los barrios de Vallecas, La Latina y Carabanchel, donde se suceden los actos festivos.

70   *Reguero*: línea o marca contínua que deja algo que se va vertiendo (p.ej. *reguero de pólvora*).

71   *Traca*: serie de petardos o cohetes colocados a lo largo de una cuerda y que estallan sucesivamente.

esos objetos que sólo se ven mezclados en las verbenas, donde acuden
los mismos vendedores que los llevan de un lado para otro. ¿Adónde
estaban guardadas el resto del año todas aquellas cosas que a fuerza
de ser arcaicas aparecían como nuevas en cada exhibición? No faltaban
siempre novedades antiguas de muñecas que bailasen solas, toscos juguetes hechos a navaja sobre madera, y multitud de variaciones de las
señoritas de trapo con cara de cartón, que son como forma plástica de
los cantares del pueblo.

Fernando había querido llevar a Isabel a la verbena.

—Es preciso divertirnos un poco, nena –le dijo–. Somos demasiado serios.

Sus palabras hallaron eco en ella. Tenía también gana de gozar,
como si el que goza en nosotros fuera otro distinto del que trabaja, y,
ahogado por éste, se alzara de vez en cuando para reclamar sus derechos.

Aunque había ido a muchas verbenas con Agueda, ahora le parecía a Isabel todo nuevo. El coche que los llevaba iba lentamente a
través de las calles, que daban importancia de procesión a lo que tran-
sitaba por su centro. Al paso tardo del caballo veían todas aquellas cosas
que los saludaban como a los amigos del año anterior con un gesto
amable. Pasaban entre los bailes, donde una aglomeración de parejas
danzaban llenas de entusiasmo, a pesar del calor, muy juntos y muy
agarraditos, teniendo ellos la precaución de quitarse chaquetas, cuellos
y americanas y coger delicadamente a sus compañeras de la cintura,
poniéndose un pañuelo en la mano para no mancharles las blusas
blancas.

—La verdad es que esas gentes son las que más disfrutan –dijo
ella– y quizá los que parecen desdeñarlos sienten envidia de ellos.

—¡Hola! ¡Qué jaranera[72] estás! –exclamó él, riendo–. ¿Quieres
que te compre un tiesto de flores?

Pasaban entre dos largas filas de macetas puestas en las aceras,
como se colocan a los lados de las escaleras los días de gran recepción.
No había muchas variedades de las decorativas palmeras, que dan la
impresión de estar ya muertas, disecadas en sus macetas y parece que
podrán vivir sin aire y sin agua; los vulgares geranios, con sus flores
rojas y rosas; las grandes bolas amazacotadas de las hortensias azules,

---

72   *Jaranera*: (col.) que es aficionada a las jaranas o juergas.

y los tiestos de albahaca, plebeyos y alegres, con su aroma a especias picantes y a pueblo en fiesta.

Como ella los miraba con ese amor que ponen las mujeres en los ojos para mirar las flores, Fernando añadió:

—Compraremos una hortensia.

Isabel lo cogió el brazo con terror, como si quisiera librarlo de un gran peligro.

—No, no... ; la hortensia, no –exclamó, pálida y temblorosa.

—¿Por qué? –exclamó él sorprendido.

—¿No sabes que comprar una hortensia trae la mala suerte? Moriríamos uno de los dos.

—Eso es una superstición que si arraiga acabará con esas pobres flores, tan vistosas y tan sin alma. No hagas caso de ella.

Pero Isabel seguía suplicando:

—No, no... ; cómprame un tiesto de albahaca.

—Esa sí que es la planta del odio.

—Para mí es la planta de la alegría.

Bajó Fernando para hacer la compra, y volvió con la planta verde y frondosa, que Isabel revolvió para esparcir su perfume, impregnándose de él las manos.

—¿Quieres que entremos en alguna barraca? –preguntó él deseoso de agradarle.

—No. ¿Para qué?

No se atrevía a proponerle el paseo por otro sitio más libre, más solitario, más despejado. El olor de la albahaca parecía un aperitivo de los pulmones, que les daba hambre de aire del campo.

Todas aquellas atracciones no valían la pena de detenerse a verlas. Eran los eternos pim-pam-pum, para hacer blanco en los pobres monigotes vestidos de toreros, de militares o de curas; y aquella derivación de ellos, cuya gracia consistía en romper platos y vajillas. Las barracas de espectáculos, con sus carteles de trapo, mal impresos en tinta negra y desteñida, anunciaban las funciones. No faltaba el teatro Guiñol, ni la barraca de las fieras, ni la exposición de las figuras de cera, toscamente hechas, abusando del drama para conmover a los espectadores con la vista de escenas terroríficas: María Luisa sentada delante de Jalón en el momento que el capitán Sánchez[73] descargaba el golpe sobre él

---

73 *María Luisa Sánchez Noguerol*: planchadora e hija de Manuel Sánchez López, capitán de la reserva, son hija y padre acusados de asesinar a Jalón, el pretendiente de ella, en un crimen violento extremamente detallado y sensacionalizado por la prensa popular en abril de 1913.

por la espalda, y otras edificantes escenas por el estilo.

Lo que más gente atraía eran estos espectáculos y las rifas, de las que apenas se escapaba un transeúnte sin probar fortuna.

Era todo ruido de timbres, pregones, gritos, organillos. Un ciudadano del Norte tendría la sensación de estar en una ciudad de locos. El olor de aceite de las freidurías infectaba el aire, y las mesillas de churros[74] calentitos se mezclaban con los grandes puestos llenos de avellanas, cacahuetes, torraos[75] y altramuces[76], o de pastas y rosquillas baratas.

Se conservaba en aquellas fiestas, a través de los años, todo lo clásico que apena ver desaparecer: la sana alegría del pueblo que se divierte como un niño ingenuo.

En los alrededores del Tobogán, la Montaña Rusa, el Carrousel y los columpios de todas clases era mayor la algazara.

Gracias a lo despacio que caminaban los coches no atropellaban a la muchedumbre que pasaba entre sus ruedas. Los simones[77] iban llenos de gentes burguesas, alegres; un estallido de alegría de la que no sólo participaba la juventud. Veía pasar mujeres de cabellos grises, con mantones de Manila y joyas preciosas. Las carniceras del barrio, las prenderas ricas, las zurcidoras de voluntades. Isabel conoció a la usurera de a peseta por duro al mes con su tipo carnal y llamativo, cubierto el exuberante busto por una profusión de encajes ondulantes, sobre los que lucía cadenas y medallas. Cerca de ella iba sentado su asesor, con las manos cubiertas de sortijas y una gran cadena de oro cruzándole el pecho. Ella también la vió, porque le dedicó al pasar una ligera sonrisa de mujer discreta, que hacía la vista gorda al verla acompañada, y un gesto sarcástico, que dedicaba a sus clientes, y parecía decir:

—¡Que tengan humor estas gentes de venir a divertirse!

Se echó Isabel hacia atrás, como si no quisiera seguirla viendo y con deseo de no ser reconocida. Experimentaba cierta vergüenza de que la viesen sola con su novio. Aunque ella, trabajadora e independiente, tenía ya algo superior de mujer emancipada, que podía obrar con cierta valentía, no acababa de perder los prejuicios de aquel otro mundo que había sido el suyo, como señorita burguesa y casadera.

74　*Churros*: masa de harina en forma de tubo grueso y estriado, frita en aceite y espolvoreada con azúcar.
75　*Torraos*: garbanzos tostados y salados.
76　*Altramuces*: semillas comestibles de los altramuces, planta leguminosa con racimos de flores blancas.
77　*Simón*: antiguo coche de caballos de alquiler.

Una muchacha se acercó al coche vendiendo ramos de garbanzos verdes. Colocó sobre su falda la planta de hoja rizada y salina; y arrancó una de las bayas verdes, que crujió entre sus dedos, y sacó la semilla sabrosa.

—Hace calor aquí –insinuó él.

—Si quieres pasear por otro lado –dijo ella–, yo no tengo empeño en la verbena.

—¿Si el cochero pudiera darnos un paseo por las afueras? –propuso Fernando, con la timidez que causa dar esa orden, tan mal acogida por la mayoría de los cocheros.

Apenas acabó de decirlo, el cochero dió media vuelta en el pescante y se quedó mirándolos.

—Si los señores quieren –dijo–, yo estoy dispuesto a ir adonde me manden. No estoy más que para dar gusto a los señores. Cuando me subo en el pescante soy sordo..., mudo... y, ciego... Yo no soy como otros.

Aquellas palabras animaron a Fernando. ¿Y al campo?

—¿Si puede usted salir por aquí al campo? –dijo.

—¡Ya lo creo! ¿Adónde quieren ir?

—Nos da igual.

—Ya... ya comprendo...; los llevaré por buen sitio... Yo no me espanto de nada... Los señores pueden disponer como quieran... Yo no voy más que a buscar mi propina..., a hacer el duro..., y *¡allá cuidaos!*

Isabel miró a Fernando confusa y sobresaltada; pero éste reía de buena gana, como si presintiese en el cinismo del cochero un buen auxiliar para sus amores.

El coche, haciendo eses y dando saltos y coletazos sobre el piso desigual, lleno de baches, avanzaba hacia el Hipódromo[78] por una avenida amplia y silenciosa, casi sin urbanizar, que tenía algo del aspecto de las carreteras que se abren a la entrada de los pueblos muy lejanos de Madrid.

Dentro de las tapias que rodeaban las huertas se escuchaba el ladrido de los perros guardianes, y para hacer más completa la ilusión del largo viaje, una pareja de la Guardia Civil, que se cruzó con el coche, le dió las buenas noches.

Las manos de los dos jóvenes se encontraban con frecuencia, bus-

---

78   Situado en aquel entonces al final del Paseo de la Castellana, el Hipódromo fue construido en 1877 por el ingeniero Francisco Boquerín, siendo inaugurado el 31 de enero de 1878. Desde su apertura, se convirtió en uno de los lugares favoritos de la alta sociedad madrileña. Estuvo en funcionamiento hasta 1932, año en que fue sustituido por el Hipódromo de la Zarzuela y derribado para construir en su lugar los Nuevos Ministerios.

cando entre el follaje de los garbanzos las pequeñas bayas verdes, y su contacto les hacía estremecer con una sensación nueva, no sentida hasta ahora.

Iban silenciosos, impresionados, absortos en el paisaje, que tal vez ganaba más su alma por la fuerza del contraste. El paisaje del cielo en la noche tan clara, sin luna, ganaba importancia sobre el paisaje de la tierra. Sobre el panorama de tierra llana, con árboles ralos y casitas bajas, aquel toldo de azul oscuro hacía volver hacia él los ojos. Eran como flores de luz aquellas estrellas que lo tachonaban todo. Al Norte, sobre sus cabezas, la forma bien conocida del carro con lanza marcaba la *Osa Mayor* e invitaba a buscar en la otra constelación más pequeña y semejante la estrella Polar, que a pesar de ser de las más pequeñas y borrosas atraía la atención por su prestigio de brújula y guía de los antiguos caminantes y por las relaciones que se le suponen con la máquina del Universo, algo así como si fuese un clavo divino que sujetase el hilo misterioso del eje de la Tierra, cuyo otro extremo sostenía el broche de estrellas de la *Cruz del Sur* en otro cielo desconocido.

Brillaban a su derecha los grupos de las constelaciones, entre cuya confusión de estrellas lucían algunas, distinguiéndose por su tamaño o por la intensidad de incendio que tenía su luz aguda, viva, punzante, como un punto de luz superior a todas las otras, un sol que se quemaba con mayor combustión, más devorado, más encendido que los demás, con aquel milagro de arder sin consumirse.

Hacia el Sur, confundidas con el horizonte, la incomparable *Gemma* de la *Corona Boreal* sobresalía de las constelaciones australes que, como pertenecientes a otro cielo menos nuestro, se alcanzaban a divisar.

De buena gana hubieran querido los dos conocer todas las estrellas una a una, y contarse las historias misteriosas que había formado en torno de ellas en la antigüedad aquella religión de poesías y mitos, tan humana que humanizaba las estrellas.

Entre tanto el cochero seguía camino adelante por la carretera, por aquel paisaje desolado y árido de los alrededores de Madrid.

—¿No habrán ustedes pasado nunca por aquí? –preguntó.

—No.

—Pues ya ven qué hermoso es ésto... Qué cielo... Y luego hay gente que se va a veranear fuera de Madrid. Se meten en cualquier poblacho a comer y a que coman bien las chinches y las pulgas... Pero luego vienen morenos, con sombrerito de paja y zapatos blancos, dándose tono. Lo que es el mundo...

Tomando el silencio de los jóvenes por asentimiento continuó:

—Verdad es que no hay ningún cochero capaz de venir por aquí sin cobrar un dineral.

—¡Cómo! ¿Es más caro ésto? —preguntó algo alarmado Fernando.

—¡Ya lo creo! Para ésto no hay tarifa... Pero yo no hago valer eso..., a mí lo mismo me da...; la cuestión es dar gusto... y sacar la propina.

Medio vuelto en su asiento, dejando caminar al caballo a un paso de cómplice con las escenas de amor nocturno que se albergan en los simones, él les iba señalando todas las particularidades de los sitios por donde pasaban, diciéndoles los nombres de todos los hoteles y de todos los propietarios. Siempre ante toda gran heredad repetía el mismo estribillo.

—Esto es la felicidad de una familia, de un pueblo entero.

Sus comentarios variaban según el sitio por donde iban.

Al llegar a las Cuarenta Fanegas les hizo admirar la gran mole de un convento, con la extensa huerta rodeada de tapias altas y manqueadas de torreones.

—Aquí hay la mejor fruta de la provincia. Esta huerta es la felicidad de una familia. Así los frailes se cuidan bien y andan gorditos y contentos. En estas torres tienen cañones y ametralladoras... La felicidad de un pueblo.

Volvió lentamente sobre sus pasos sin dejar de molestarlos con su charla.

—Este hotel es de la Perla Negra.[79] Se lo regaló un bilbaíno ya viejo que perdió la cabeza viéndola bailar... La felicidad de una parroquia.

Como la tradición de miseria está vinculada en los gallegos, la de calaveradas galantes corresponde a los bilbaínos, mineros o banqueros.

Un poco más allá se alzaban las paredes de un sanatorio, y las ventanas iluminadas atestiguaban la vigilia de un dolor que la serenidad del campo y la fe en la ciencia no acababa de mitigar.

---

79 *La Perla Negra* es el apodo de La Chelito, mencionada antes en la nota 8.

—Ahí murió la Fornarina[80] –dijo el cochero.

Esta vez no era necesario su recuerdo: los dos amantes habían recordado ya a la mujer de cera, que al morir se convertía en una especie de diosa patrona de los enamorados, como si en ella se hubiera encarnado la inaccesible Venus, para presidir las galantes fiestas modernas. Los dos tenían la impresión de su sonrisa de estrellas y de su delicadeza de flor marchita.

Cambiaron una mirada intensa; sus ojos tenían a la vez algo de la sombra del paisaje y de la luz que habían recogido de las estrellas. Isabel llevaba sujeto entre los labios un clavel rosa, y los labios de Fernando vinieron a arrebatárselo, rozando los suyos al robarlo. Ella sintió frío en los labios, y con una gran audacia avanzó la barbilla buscando su clavel y sus labios lo volvieron a recuperar. Brilló en ellos una risa triunfante que dejaba ver la blancura de sus dientes bajo el suave rosa de la flor. Otra vez fué Fernando a buscar el clavel, y otra vez lo recuperó Isabel. En el ardor del juego se lo arrebataban con ansiedad; en su caricia había hambre, brusquedad; era un mordisco duro y doloroso que les encendía los labios. El clavel deshecho, mojado, abrasado en su fuego, dejaba escapar los perfumes, que los incitaban más y más. Habían perdido la noción de la vida en todo lo que no fuese aquel beso, agudizado por la flor, en el que se escapaba su vida toda.

La voz del cochero, que se volvía hacia ellos, les hizo separarse asustados. El hombre rió socarrón.

—No hay que alterarse –dijo–. Ya sabe uno lo que es ésto. Ahora, en verano, es menos. Los lances abundan a la entrada del invierno con los coches cerrados, al empezar la noche, cuando los utilizan las señoritas con papá y las señoras con marido, que no pueden faltar de casa... Pero ésas gastan poco tiempo... Lo mejor es cuando me toma el coche alguno que tiene que trabajar una mujer... Porque yo digo que la mujer es como la fruta: a fuerza de tocarla se madura y cae... Yo los dejo y me duermo en el pescante... No soy como otros cocheros, que se ponen tontos. ¿Qué más me da? Los dejo que se arreglen como puedan... y a veces, no me puedo ya contener, y les digo: «¡Buen provechito!» ¡Se llevan unos sustos!

Fernando reía mirando a Isabel confusa y colorada, sin saber qué decir.

El cochero siguió:

—¡Lo qe yo he visto y lo que yo sé en veinte años de cochero!

---

80   *La Fornarina* fue el nombre profesional de Consuelo Bello (Madrid 1884-1913), la primera gran dama del cuplé de su tiempo, sobre todo el período inmediatamente anterior a su muerte tan temprana como inesperada.

—¿Está usted a gusto? –preguntó Fernando por decir algo.

—¡Pchs! Se pasan malos ratos; pero también se pasan buenos. A lo mejor lo toma a uno gente alegre... Se come, se bebe y le dan a uno buenas propinejas... Y eso que hay cada chasco... A lo mejor un señorón da una miseria y un pobrete se luce. Las otras noches me tomaron unos paletos[81] y me dijeron que los llevara a... adonde se pudieran divertir. Uno lo conoce todo, y cuando lleva un buen parroquiano se gana su comisión... Los recomendé... y lo pasaron bien. Estuvimos dando vueltas hasta las dos, y al pagarme, uno va y dice: «Chico, ¿qué te debo?» «Esto no tiene precio; es servicio especial, digo yo; lo que usted guste.» Y va y dice: «Es que yo no sé si tendré bastante; no llevo más que cuatro duros y medio.» Habíamos estado sólo tres horas, ¡ya ve usted! Yo fingí contrariedad. «Poco es –dije–; pero, no quiero ser tirano. Otra vez será más»; y los muy primos me dieron el dinero... En cambio otras veces engañan a uno. Se cree que lo van a recompensar, y luego le dan dos reales.

Vió claro Fernando en el fondo de aquella charla, y le dijo:

—Pues esta noche está tranquilo, que tienes el duro seguro.

El cínico trató de disimular su alegría sacudiendo dos latigazos al caballo, que tomó un trote desigual.

—Yo soy muy discreto –continuó el cochero–. El que me toma una vez me busca siempre. Las veces que vienen a buscarme señores para que les diga si he llevado una pareja o dónde dejé a tal o cual señora. Yo soy mudo como la piedra: «No sé.» «No me acuerdo.» «Me toman tantos.» Por mí ya pueden estar seguros.

—Ahora los autos les quitarán parroquia –dijo Fernando teniendo que seguir a su pesar la conversación.

—Poca. Son públicos diferentes. Yo también he sido chauffer[82] con un matrimonio recién casado. Ella era muy bonita... Me pasaba el día parado delante de las iglesias que tienen dos puertas. ¡Lo que rezaba mi señora! Yo en cuanto veía alguna vez al amo arrancaba con el auto... Pero un día no lo vi... me pescó... entró... ¡y el sitio! Aquella noche hubo una pelotera que rodó todo el Sevres[83]... Ahora ella se ha dedicado al teatro. Se ha ido a cantar, a Italia... El anda por ahí, y yo me he vuelto a mi pescante.

Habían entrado por las calles nuevas del ensanche que se abren hacia la Guindalera y Alcalá. El cochero cínico, en su papel de diablo

---

81   *Paleto*: persona con una falta de trato social, muchas veces un inmigrante recién llegado a la ciudad del campo.

82   (sic) *Chauffeur*: conductor.

83   *Sèvres*: ciudad de Francia en el area suburbana suroeste de París.

cojuelo, iba contándoles historias de gentes que vivían en aquellas casas.

—Esto va a ser la alegría de Madrid –decía–. A todas las *palomitas* que vivían por el centro las han echado de allí y se han venido aquí, donde viven mejor.

Les iba dando detalles de las casas, de los merenderos de alto coturno[84], donde se divertía la aristocracia, y no era raro que se encontrasen maridos y mujeres. Los albergues más burgueses, con comida y habitaciones amuebladas, que no inquietaba la policia; y los merenderos económicos, paraíso de criaditas treintarrealeras y de soldados pobres, que no podían aspirar a más. Como Isabel guardaba silencio, molesta por la libertad de aquella conversación que Fernando sostenía, el cochero comprendió lo inoportuno de su charla; guardó un breve silencio y de pronto, volviéndose otra vez hacia ellos, dijo:

—¿Quieren la manta?

Desplegaba una amplia manta de lana ajedrezada. Isabel la rechazó con indignación.

—No, de ninguna manera; quiero ir a casa.

Fernando tuvo que transigir. Dió el número de la casa de Isabel; pero añadió:

—Muy despacio, por los altos del Hipodromo y el paseo del Cisne.[85]

El cochero, comprendiendo su imprudencia, guardaba silencio y aparentaba dormirse. El caballo andaba dormido, cabeceando, y el coche se mecía con un vaivén lento que les hacía sentirse como desnudos el uno cerca del otro.

Desde la Castellana[86] veían a lo lejos los haces de luz de los últimos cohetes subir de la tierra.

—¿Qué hora es? –preguntó él.

—La una.

—Es demasiado temprano; ¿quieres que sigamos el paseo?

No tuvo fuerza para oponerse.

—Bien.

El cochero ayudó a Fernando.

—Podemos seguir por aquí: por este sitio van a prolongar el paseo de la Castellana. Será el mejor paseo del mundo... ¡La felicidad de una parroquia!

---

84 *Alto coturno*: de categoría o clase elevada.
85 El Paseo del Cisne es ahora conocido como la Calle Eduardo Dato.
86 El Paseo de la Castellana a diferencia del caos de las callejuelas del casco antiguo es una zona definida por una retícula ortogonal, de calles amplias ordenadas por manzanas. A mediados del siglo XIX, al ampliarse la ciudad, surge el ensanche propuesto por Carlos María de Castro. El Paseo de la Castellana se convierte en la arteria principal de la sociedad, cruzándola de Norte a Sur, y símbolo de progreso científico y racionalidad.

—¿Qué pensará este hombre de mí? –le dijo Isabel al oído, sin preocuparse de la conversación.

—¡Qué te importa!

Pero ella no se resignaba a que la confundiera con una de aquellas mujeres de sus historias. Tal vez porque se sentía poco segura se afirmaba más en su apariencia de fortaleza.

—¡No quiero! ¡No quiero! –dijo con vehemencia.

Entonces él alzó la voz.

—Demasiado ha conocido el cochero que somos casados.

Aquella afirmación la tranquilizó; la hacía tan esposa que se creyó en verdad desposada, y como él pasaba el brazo en torno de su cintura no opuso resistencia y se dejó caer sobre su pecho.

—A casa –ordenó Fernando repitiendo el número.

Volvieron a mirar el cielo que se extendía sobre sus cabezas desde la entrada de aquel paseo del Cisne, tan aristocrático, tan melancólico, como si estuviera impregnado en la poesía de su nombre.

El paisaje celeste había tomado otro aspecto. Las estrellas habían cambiado de sitio, ocupando los nuevos lugares que les correspondían en aquel rigodón de honor. El cenit aparecía despojado de sus puntos de luz, y vacío de ellos estaba como más lejano de la tierra.

La Vía Láctea se desdibujaba con sus nebulosas transparentes, diluyéndose en el azul, y se destacaban las *Cabrillas,* el grupo de estrellitas tan pequeñas, tan unidas y tan claras del *Tenebrario,* que se distinguían distintamente como puntos de oro, y que tanto conocen los trasnochadores. Era el cielo del Sur, el cielo de los que se recogen tarde. Avanzaban subiendo la gran bóveda todas aquellas constelaciones, tan bajas al comenzar la noche.

El melancólico broche de oro de las Tres Marías, seguidas del romántico Sirio, el de belleza de lirio en la flora del cielo.

—No cuentes más las estrellas –dijo Isabel–; es malo.

—¿Por qué?

—Salen berrugas. Tantas como estrellas se cuentan.

—Lo que es bueno –intervino el cochero con su imprudencia habitual– es enseñarle el bolsillo a la luna nueva, cuando asoma los cuernos, porque lo llena de cuartos.

Estaban otra vez en medio de la verbena. Ahora tenían las calles esa tristeza de los salones abandonados, con la luz apagada y las flores marchitas después de la fiesta. Había caído sobre el bullicio el silencio de la noche. Parecía todo marchito, frío. Los puestecillos y las mesas de los vendedores habían desaparecido. Las macetas estaban apiñadas como si esperasen el carro para mudarlas; las barracas aparecían cerradas; las tiendas envueltas en sus cubiertas de lona; los palos y las vallas de los bailes como rediles vacíos; en todas partes tierra pisoteada, cáscaras y desperdicios, olor a muchedumbre que la brisa en calma no había desvanecido aún. Era una impresión triste sobre las almas demasiado sensibilizadas por todas las emociones de la noche.

Paró el coche delante de su casa y acudió el sereno a abrir la puerta. Para sostener su mentira de matrimonio, Fernando debía entrar. ¿Podía ímpedirlo? Hubiera hecho un papel ridículo delante del sereno. Se apresuró a entrar ella. Estaba segura de que él la seguiría. Se tranquilizaba pensando que permanecería a su lado tan sólo el tiempo preciso para tomar la llave que Juanita dejaba colgada detrás de la puerta y volver a salir. Tal vez estarían levantados aún en la casa.

Subió lentamente la escalera, abrió la puerta y esperó en la sombra sin atreverse a dar la luz. La agitaba un anhelo extraño; había un trastorno en su alma del que eran culpables las historias del cochero y aquel aire del campo; aquellas estrellas, contempladas tan largamente. La Naturaleza libre despertaba la naturaleza. Fernando subía de puntillas los escalones, de dos en dos; llegó a ella, la enlazó del talle, empujó suavemente la puerta para cerrarla y la arrastró hacia su cuarto.

—¿Te irás pronto? –murmuró ella.

Después no dijo nada más. No es que había perdido el conocimiento ni había caído en esa inconsciencia que suelen alegar las mujeres como causa de su abandono. No. Había rendido la voluntad por una decisión suprema. Había que aprovechar aquel ardor que existía en el fondo de cada uno, que era su única fortuna. Iba a arruinar aquella fortuna; pero la vida sería más ruinosa si no la arruinara. ¿Para qué resistir? Era justo aprovechar su riqueza, su goce, no dejarlo desvanecerse estérilmente.

Así al menos habría conocido la opulencia.

Los Reyes Magos

Permanecían aquella noche, víspera del día de Reyes, abiertas toda la noche las puertas del Bazar. Todos los objetos que no eran juguetes estaban relegados a segundo término.

Los juguetes parecían tener cierta vida, cierta movilidad suya propia; los de música tocaban solos; los trompos hacían un *rum-rum* de abejorro, como si quisieran rodar; los muñecos producían un ruido seco de articulaciones.

Brillaban a la profusión de las luces que se habían aumentado, los sables, las trompetas, los cascos de militar y las cajas de soldaditos, con los que se exalta el mal espíritu guerrero y atávico que duerme en los niños, y las cajas de muñecas para las niñas, las, cocinitas, los neceseres de costura, como si fuese necesario cultivar también en ellas el espíritu de servidumbre.

Cerca de estos juguetes clásicos, se veían los muñecos estilizados, grotescos, con un humorismo inglés, entre los que se destacaba como favorito de la moda *el Cupido de la Buena Suerte,* aquel Cupido ventrudo, con alas de trapo y ojos de japonés.

La concurrencia llenaba el Bazar formando una atmósfera densa, pesante. Era más lo que tocaban, lo que hacían descolgar, que lo que compraban.

Había entre todos miradas de convivencia[87]; se aconsejaba con la mirada al desconocido para que comprase lo que estaba indeciso en

---

87   *Convivencia*: acción y resultado de convivir.

comprar; se reía del muñeco grotesco que otro había adquirido, y los solteros cambiaban miradas de amor con las solteras, como si se propusieran tener un hijo para poderle comprar un juguete.

Muchos no iban a comprar, iban a pasar el rato atraídos hacia la muchedumbre con un deseo de entretener la velada.

Era muy lenta la procesión de todos, y tenía algo de visita al Museo en día de fiesta, en día *gratuíto*[88] y en época de forasteros; la apoteosis del Bazar. Algo milagroso había llenado las grandes naves. Como los padres no llevaban a los niños, daba la impresión de que los hombres y las mujeres se habían convertido en niños, y con caprichos de niño acudían a buscar juguetes. Toda aquella Humanidad estaba mejorada dentro del Bazar, aunque su sentimiento de bondad no fuese lo bastante generoso ni en aquella hora tan solemne.

Casi todos iban movidos por el deseo de no defraudar la esperanza que acaricia el sueño de todos los niños la noche de Reyes, y que había hecho poner a los suyos los zapatitos en el balcón. Hasta las más modestas obreras acudían por el sable o la muñeca. Aquella compra en la velada de Reyes ponía animación en la ciudad, y tanto o más gozaban los padres con la preparación que los niños con su hallazgo.

Don Prudencio rodaba entre las vitrinas casi oculto por las gentes que circulaban por allí, con la apoplética faz rebosando de satisfacción al ver lo bien que marchaba la venta, y atento a vigilar el comportamiento de los empleados, escasos ahora para el excesivo número de compradores.

Agueda e Isabel no tenían un momento de reposo, fatigadas, sintiendo la molestia de la hinchazón de sus piernas a fuerza de no poderse sentar; las dos iban de acá para allá mostrando los objetos y llevando los brazados de juguetes a la caja, de un modo que en tan mezquino recinto habían andado muchas leguas al día.

Los compradores que por placer no habían ido hasta aquella hora no pensaban en la necesidad de descanso de los pobres empleados.

Ahora las dos amigas estaban aún más unidas. Isabel había sentido vergüenza de la mirada de su amiga después de su intimidad con Fernando. Le parecía que Agueda notaría en ella algo anormal, una especie de aroma de pecado, y sentía impulso de confesárselo todo; pero

---

88   En 1884 los directores del Museo del Prado limitaron la entrada gratis al Museo a un día de la semana, el domingo (pero sólo los no lluviosos porque la gente traía demasiado barro y ensuciaba el suelo). El asistir al museo fue una actividad muy popular a finales del siglo XIX y principios del siglo XX. Según Gutiérrez Burón, las compañías ferroviarias ofrecían descuentos a la gente de las provincias para que realizaran este tipo de visita durante los fines de semana (*Exposiciones nacionales de bellas artes* 57)."

Agueda esquivaba la confesión como si fuese ésta la que podría sepa-
rarlas.

—Lo que es necesario es que seas feliz –le dijo un día interrum-
piendo sus palabras–. Yo envidio a los que se aman.

—¿Pero y tú... ? –se aventuró a preguntar Isabel.

—Yo no tengo la fe necesaria para poder querer.

—¿No es un absurdo que por evitarte un dolor que no sabes si
llegará te prives de una felicidad cierta y te pases la vida como un pájaro
cantando en la rama y sin atreverte a volar por miedo a caerte.

—Tienes razón; pero yo he visto mucho... Mi tía ha sido una desdichada...; lo fué mi madre...; lo es mi hermana...; y yo sería más desgraciada que ellas aún...

Isabel no insistió. Estaba satisfecha. Le parecía que su vida se había
centrado, se había definido. Gozaba una época de embriaguez. Las
horas del Bazar eran como un descanso; las pasaba en una placidez
llena de ensueños, y al salir de allí corría a su casa a componerse para
salir con Fernando, que la llevaba a cenar a los merenderos o a las verbenas, y de vez en cuando daban largos paseos en coche, resucitando
sus impresiones primeras.

Lo que más la había molestado en los primeros días era la risita
de Juana, una risita socarrona y cómplice que parecía decirle:

—Al fin se ha descubierto todo.

Ella tomó entonces un aire altivo de mujer galante y dejando a un
lado el recato recibía a Fernando en su habitación. Aquello pareció darle
mayor consideración. Ya llamaban a Fernando *El Señor* y la pequeña
Nievecitas le salía al encuentro ofreciéndole su cara sucia y diciéndole:

—Fe... nan... do, eres gua... po.

Con el fin de conseguir algún regalillo.

Pero como Fernando no se preocupaba de eso, era la pobre Isabel
la que tenía que imponerse nuevos sacrificios para no hacer mal papel.

Unas veces daba una peseta a la niña de parte del *Señor*, otras un
par de duros a la madre. Muy agradecida de aquellos regalos, con los
que se compró unas medias de seda, aunque no tenía zapatos, y una
caja de perfumería.

—A ver si junto para poderme arreglar –repetía–. No tiene una
con qué ganarse la vida.

Para ella los instrumentos de trabajo eran las galas femeninas, sin comprender que la mujer sirviera nada más que para la galantería y sin darse cuenta de su escaso mérito.

Los meses fueron pasando en esta embriaguez, en la que no se daba cuenta del cambio de Fernando. Con los primeros fríos del Otoño cesaron los paseos nocturnos, y como ella tenía todo el día ocupado, sólo podían verse de noche y a las horas de comer en su restaurante.

Las comidas se habían vuelto muy tristes. Fernando exageraba la necesidad de disimular por consideración a Agueda, según decía, y apenas la miraba, ni le dirigía la palabra, dejándola en una situación poco airosa delante de la amiga. Luego por la noche siempre encontraba pretexto para disgustarse por algo sucedido durante la comida. Unas veces eran celos injustos porque alguien la había mirado, o porque ella miró hacia un lado. Otras reconvenciones por algo que había dicho, o por algún gesto poco distinguido que lo ponía en ridículo. Era preciso que se vistiera mejor. Llevaba una cara, unos pelos y unos vestidos imposibles.

Sus disputas se agriaban cada vez más, y acababan con lágrimas por parte de Isabel, y con amenazas de marcharse por parte de Fernando.

Un día éste les anunció que no comería más con ellas; había venido su madre, y ahora estaba obligado a hacer vida de familia.

Desde entonces sólo se veían por las tardes al salir del Bazar, Fernando la acompañaba a su casa; pero hasta estas visitas se hacían difíciles.

—La vida es tan cara –dijo él–, que se necesita ayudarse; ahora con estar aquí la familia, tengo más obligaciones. He buscado una colocación por las tardes en una casa de banca; sólo podré verte los días que tenga libres.

Aunque al principio no faltó los días fijados, luego empezó a no ser puntual.

—Hazte cargo que son mis únicos días libres y tengo que hacer mil cosas.

Pasaba tardes y tardes esperándolo en vano, y semanas y semanas sin poderlo ver.

Cada vez había en él más brusquedad, más frialdad. Isabel no sentía toda la desesperación que aquello le hubiera causado, porque estaban como embotadas sus facultades por el estado de su salud. Con tener que pagar a la usurera, el cuarto, los gastos extraordinarios de su atavío y las propinas a Juanita, no le quedaba lo necesario para comer. Tuvo que dejar el restaurante y arreglarse en su casa con los escasos céntimos que le quedaban. Se apoderaba de ella una gran debilidad, se le marcaban las ojeras, palidecía su rostro, demacrado de modo que la nariz se hacía más prominente y la boca más rajada. Se sentía presa de mareos, de repugnancias de estómago, que rechazaba los manjares.

Juanita la miraba con una sonrisa inexplicable y guasona, como si no la sorprendiera su enfermedad.

Los días de Pascua los había pasado en la cama; Fernando apenas pareció una tarde con gran prisa. Hubiera querido llevarla de paseo, cenar juntos, y le contrariaba encontrarla así. Le recriminó como un delito su enfermedad y al fin, compadecido de su sufrimiento, se deshizo en protestas y juramentos de amor, enjugando sus lágrimas con besos.

Agueda, que la acompañaba todos los ratos libres y alarmada de su estado le aconsejaba que fuese a ver al médico.

Pero Juanita intervino:

—No hay que tener cuidado. Cada chico que yo he tenido me ha pasado igual.

Se quedó aterrada ante estas palabras, que eran una revelación. No sabía si alegrarse de aquella maternidad o sentirla. Ella no se arrepentía de su amor, a pesar de los sufrimientos que le acarreaba. Estaba satisfecha de haber cumplido su misión en la Tierra. Era mejor ésto, con todos sus sufrimientos, que pertenecer a esa muchedumbre vana y sin objeto, de pobres mujeres que pasan la vida esperando una resolución del porvenir lleno de incertidumbre.

Después de la indecisión del primer momento la embargó la alegría. Ya tenía algo suyo. Aquel hijo era un don que debía a su amor, y sentía agradecimiento hacia Fernando por hacerle conocer esa felicidad. Ahora le parecía que era su esposa legítima, que estaba unida a él con un lazo que aumentaba su amor y su confianza y que no se podría romper. Escuchaba en su entraña aquella especie de aleteo de pájaro vivo que le inundaba toda el alma de amor, con la primera manifestación de la nueva vida que se nutría de la vida suya.

Cuando Fernando fué a verla le hizo su confidencia.

Esperaba una palabra de ternura y lo vió montar en cólera:

—Torpe, más que torpe, ¿cómo has dado lugar a esto?

—¡Yo!

Siguió sin hacerle caso:

—Me lo debía de haber figurado. Esto lo habréis tramado entra tú y la mosquita muerta de tu amiga. Tal para cual.

—¡Pero!

—Es lo de todas. La traición. Así os creéis que vais a cazar al marido... Salís con la misma historia... No estaría mal si todos fuésemos bobos y nos tragáramos esa bola del hijo... sabe Dios de quién.

—¡Fernando!

Vibraba la indignación en su acento de tal modo que él vaciló:

—¿Te crees que es muy agradable venir a soportar a una mujer en ese estado..., encontrarse con esa carga en la vida...? –dijo queriéndose disculpar.

Pero Isabel se había tranquilizado, como si los insultos le dieran mayor fuerza frente a él. Comprendía que era todo inútil. No poseía ya el arma del secreto que excita el deseo para dominar al hombre; no podía ofrecerle nada nuevo. Era el cansancio que se manifestaba de un modo brutal. Se puso de pie y le señaló la puerta.

—Tienes razón. Vete. No es hijo tuyo.

Aún vaciló él. No era un miserable de alma. No había tenido un propósito deliberado de triunfar de la joven en aquellos amores. Había sentido la sugestión de su belleza, de la costumbre; era la vida que lo arrastraba. Él, como la mayoria de los hombres, había creído sinceramente en su amor cuando lo exaltaba el aguijón del deseo. Lo había jurado sin propósito de engañar, engañándose él mismo. Después, fríamente, al despertarse el egoísmo, sentía la pesada carga de aquellas relaciones. Aún guardaba un respeto hacia ella por las primicias que le había ofrecido en su amor, como si esas primicias fuesen lo de más valor que podía ofrecer una mujer.

Pero la promesa del hijo en vez de unirlo a ella lo repelía, lo exasperaba; hacía el esfuerzo del que se quiere librar de que le echen al cuello una cadena. Tal vez una mujer más experta, más hábil, menos ingenua y menos digna hubiera sabido retenerlo; pero Isabel no. Lo dejó marchar, huir, convencida de que no lo vería jamás.

La tensión de nervios la sostuvo y fué como siempre al Bazar, aquel día interminable en el que no se cerraba en toda la noche. Contemplaba las escenas de ternura de los padres que iban en busca de juguetes.

No se sabía quién era padre de seis hijos y quién no tenía más que uno. Todas habían dejado dormidos a sus hijos y habían ido como novias al Bazar. Tenían cierto embobamiento de novias provincianas recién casadas. Para los niños muy pequeños era fácil elegir; pero tratándose de los mayorcitos se presentaban más dificultades.

Se repetían los mismos diálogos:

—¿Qué crees que le gustará más al niño?

—Tenía capricho de un caballito.

—¡Qué contento se pondrá mañana cuando se despierte!

Se miraban unos a otros con envidia.

—¡Para lo que le va a durar! –decía el que no podía comprar más que el vulgar juguete de cartón; como si un juguete debiera durarla al niño hasta la vejez.

Isabel sentía responder su corazón al sentimiento materno que imponía la servidumbre de los padres a los hijos de un modo hasta deprimente e irracional, sin reciprocidad por parte de ellos. No experimentaba la ofensa que Fernando le había hecho en su corazón de mujer enamorada, sino la ofensa hecha al hijo.

Iba a tener un hijo para el que su padre no haría jamás de Rey Mago..., para el que no llegarían los Reyes. Era como si lo sintiera ya envidiar en ella todos los juguetes. De buena gana hubiera robado aquella noche un juguete para él, un juguete para cuando pudiera jugar, en previsión de que entonces no lo tuviese.

De allí en adelante su problema era el hijo. El eterno problema de la mujer. Conocía el desamor de Fernando y su equivocación sin un dolor grande.

Ella tampoco había llegado a sentir por él un gran amor. Hay un momento en el que se cede por ceder; no por curiosidad ni por amor, sino por ceder al fin.

Era como el cumplimiento del sino fatal de las mujeres. Había rodado la rampa, la rampa buena, que no es la de las malas compañías, ni de la abyección, ni la de esa miseria negra de que abusa el patrono, ni de la lujuria que tiende la asechanza. Era la rampa vulgar, la que preparan las gentes honradas, las despreocupadas de todo lo que pasa en la calle.

Las chicas de bata

Llegó desfallecida, agarrandose a las paredes para no caer, a todo lo largo de las aceras de aquellas calles pendientes y sucias que forman el barrio de Embajadores[89], uno de esos barrios antiguos, típicos, que por conservarse aún envuelto en pobreza y miseria se conceptúa clásico y pintoresco.

Atravesó aquel dédalo de callejuelas mal empedradas, llenas de hojas de col, cáscaras de frutas y toda clase de basura, y pasó frente a la Fábrica de Tabacos, el inmenso edificio en donde trabajaban las hembras de rompe y rasga[90], quizá últimas representantes de la tradición de valor y osadía del pueblo madrileño.[91] En todas las esquinas había puestecillos ambulantes consistentes en una mesilla sobre la que se veían cacahuetes, altramuces, torraos y naranjas; otras vendedoras más humildes tenían sólo una cesta llena de las mismas golosinas, en la que también predominaban las naranjas, aquel fruto jugoso, de envoltura de oro, que debía ser una tentación de frescura y dulzor para

---

89   El Barrio de Embajadores comprende el área delimitada por las calles Concepción Gerónima, Calle Atocha, Ronda de Atocha, Ronda de Valencia, Ronda de Toledo y Calle Toledo.

90   *De rompe y rasga*: (adj. fam.) de ánimo resuelto y gran desenfado.

91   El 1 de abril de 1809, el edificio mandado construir por el Rey Carlos III, conocido como Real Fábrica de Aguardientes, ubicado en el número 54 de la Calle de Embajadores pasó a ser una fábrica de tabacos. En el barrio existían talleres clandestinos de elaboración de cigarros, todos ellos compuestos por mujeres, que tenían fama de ser buenas profesionales y que pasaron a ser contratadas para la nueva fábrica. Al principio eran 800, más tarde 3.000, y llegaron a ser 6.300 al principio del siglo XX. Las mujeres que trabajaban en la Fábrica de Tabacos obtenían un salario muy por encima de la media, que les permitía mantener una familia. Como consecuencia de este oficio muy poco común la cigarrera llegó a ser un icono de la mujer independiente en la sociedad española y en la literatura. Con su trabajo mantuvieron el nivel de vida del barrio, dando estabilidad y progreso al pequeño comercio.

las gargantas abrasadas por el calor y el polvillo del tabaco.

Merodeando cerca de la Fábrica se veían los hombres que espe-raban la salida de las hembras que amaban o de las que eran amados hasta el punto de entregarles una buena parte del miserable jornal. Tenían casi todos el aire fatigado de la larga espera y de la pereza que los envolvía en aquel ambiente cálido, polvoriento; la especie de vaho de suciedad y descomposición de la tierra; a pesar del gran calor todos llevaban arrollado al cuello, el pañuelo de dudosa limpieza y color en-cendido, y se peinaban con tufos[92] alisados sobre las sienes.

Varios mocetones jugaban a la pelota contra las tapias sin huecos de los conventos cercanos, y en medio de todas las calles jugaban al toro los chicuelos desarrapados, medio desnudos, astrosos, de carnes sucias, cubiertas por una costra de estiércol, como si no se hubiesen lavado desde su nacimiento; y el cabello amasado en polvo y sudor formando una especie de casquete rojizo y deslucido.

La puerta de uno de aquellos conventos se abrió al pasar ella y dejó ver un gran patio, especie del corralón desmantelado, donde unas cuantas viejas medio ciegas recibían de las monjas los pequeñuelos que les habían dado a guardar durante el día. Los chicos tenían todos el aspecto triste y cansado; se adivinaba cómo había pesado en ellos la frialdad de la disciplina monjil para obligarlos a estar silenciosos y quietos. Habían tenido que soportar el martirio del agua, del peine y de los vestidos limpios, y al pasar cerca de los que jugaban al toro, les lanzaban miradas de envidia como si les parecieran signos de libertad aquellas camisas negruzcas, con las mangas hechas jirones[93], aquellas cabelleras enmarañadas y aquellos rostros en los que sólo blanqueaba como una especie de hociquito la boca y la barba, lavadas al beber agua en un caño público o al comerse una naranja ávidamente, sin mondarla, dejando correr por la cara el zumo azucarado y pegajoso. Se adivinaba claramente que cuando pudiesen escapar no volverían al asilo donde los depositaban sus madres para desembarazarse de su cuidado, ni en-trarían en una escuela. Rodarían como los otros al aire libre, desga-rrados, descalzos y medio desnudos, jugando al toro y a la pelota, hasta que a ellos los llevasen a servir al Rey y ellas, convertidas en mujeres y en madres de un modo prematuro, fuesen a la Fábrica como las otras y procurasen desentenderse de los chiquillos que brotaban de sus

---

92   *Tufos*: mechón de pelo que cae sobre las orejas o la frente.
93   *Hechas jirones*: desgarradas.

vientres como un fruto más de la pobreza. Y eso las que tuviesen la suerte de ser de madre cigarrera, que las otras ni esa mezquina puerta de trabajo podían hallar, porque sólo se sucedían las cigarreras de madres a hijas en el trabajo que formaba una especie de dinastía.

En aquel barrio se multiplicaban los asilos y las casas de beneficencia; esas tristes casas, albergue de infortunados de todas clases, parecían encerradas en un marco de miseria; a un lado el Rastro, como la alcantarilla de todos los detritus de la ciudad; al otro el Hospital General, el más triste, el más imponente, el más lamentable, con aquel aspecto tan triste que parece dar a sus piedras una pátina húmeda y viscosa, formada por las llagas, la lacería[94] y los dolores de todos los infelices que iban a morir allí cuando la pobreza los arrojaba de sus moradas. Hacían temblar las grandes ventanas iluminadas que se veían desde la calle, porque aquella luz daba siempre la idea de una vigilia dolorosa. En aquellas salas gemía una Humanidad miserable, dolorida: enfermos, operados, agonizantes.

En el centro, un poco más allá, estaban enclavadas la Casa de Maternidad, la Inclusa, los asilos de viejas cigarreras imposibilitadas; las cunas donde se albergaban los niños que se criaban sin el calor de la madre; parecía que se había agrupado todo hacia aquel lado para limpiar el núcleo dorado de la ciudad de sus miserias, del mismo modo que se arrojan los muertos lejos, a las afueras, para que la vista del Cementerio y sus emanaciones pútridas no conturben ni contaminen a los habitantes.

Sin darse cuenta, Isabel sentía pesar sobre ella todo aquel ambiente desolado; esquivó pasar frente al torno de la Inclusa, aquella especie de hornacina siniestra, alumbrada en la noche por un farol que parecía guiar los pasos de las desdichadas que por librarse de los hijos, que constituían para ellas un símbolo de dolor o de vergüenza, y a veces una carga demasiado pesada, estaban en el camino de la delincuencia.

La Caridad Los Recoge

deletreó en una parte de la inscripción sobriamente colocada sobre el torno, invitando a entregar a la caridad aquellos pequeñuelos que sin ella hubieran sido víctimas de un infanticidio.

---

94   *Lacería*: miseria, pobreza, proviene de la enfermedad de San Lázaro (lepra).

Le faltaban las fuerzas, sentía como si hubiese crecido la carga de su vientre, que de empinado y puntiagudo, levantando el estómago hacia arriba, se desgajaba y caía por su plenitud y su madurez. Ya le faltaban pocos pasos para llegar al gran portalón abierto que parecía ofrecerle asilo. Se detuvo, y lo miró con miedo. Al entrar allí iba a desaparecer, iba a perderse, a separarse del concierto de la vida libre, a convertirse en un número, una especie de prisionera sometida a un reglamento tiránico que no podría desobedecer. Frente a ella los cristales empañados de un escaparate reproducían su imagen, con contornos vagos pero precisos. Al pronto no se reconoció. ¿Era ella aquella mujer flácida, de facciones abultadas, hinchadas, en medio de su demacración, con el rostro cansado, caído; cubiertas las mejillas por el paño amarillento que parecía también velarle los ojos, dándole esa expresión peculiar de las embarazadas; esa mirada opaca que parece convertir sus pupilas en los cristales de unos lentes a través de los cuales quisieran ver otros ojos?

Su cuerpo era sólo un enorme vientre, sostenido por las piernas, que parecían más cortas y débiles; los hombros achatados y deprimidos marcaban un ángulo como de goznes para incrustar el brazo flaco, casi perdido bajo el seno que se desparramaba marcando en la tela parda de la blusa y la levita raída un redondel húmedo por el rezumar de los calostros.

Se acentuó su miedo. ¿Iría a morir allí? Tuvo impulsos de arrojarse al suelo, como se arrojan los niños rebeldes que no quieren entrar en la escuela; pero hizo un esfuerzo, cruzó la calle y puso el pie en el escalón de la puerta. Su corazón se oprimía, la calle miserable se enfloraba como un bello paseo. A pesar de la miseria y la suciedad había en ella vida, exceso de vida; el ruido de gentes que iban y venían, las voces libres, en contraste con el silencio que adivinaba dentro, la atraía, la retenía, parecía impedirle entrar.

Pero era necesario aquel sacrificio. Era imposible resistir ya más. Desde que su *enfermedad* le había hecho dejar aquel cargo del Bazar que era su único medio de subsistencia había ido a vivir con Agueda en casa de su tía. Dormía en la misma cama que su amiga y compartía con ella su modesta comida. Isabel guisaba para las dos y la jóven hacía el sacrificio de andar y desandar a pie todos los días el largo camino para ir a comer a su casa.

Con gran delicadeza las dos mujeres la animaban. Ya buscarían entre todas el medio de vivir. Lo importante era salir del mal paso. Pero los meses pasaban, Isabel veía llegar el día de su alumbramiento, el cual reclamaba gastos que no podía costear. Se informó de lo que era necesario para ir a la Casa de Maternidad; pero Agueda se había opuesto a su designio diciendo que trabajaría para las dos. Isabel no podía consentir aquel sacrificio y se había escapado de casa de su amiga para ir a aquel refugio y no arrastrarla en su miseria. Era preciso entrar. Un hombre con uniforme galoneado le habló.

—¿Qué desea?

Apenas pudo balbucir unas palabras.

Ya sabía el hombre lo que significaban.

—Llame usted ahí.

Una monja, con toca blanca, manto de un negro ala de mosca, manguitos y delantal de lienzo azul, algo deslucido y de dudosa limpieza, la cual debía estar alerta a las llamadas, abrió instantáneamente y casi sin darle tiempo a que se explicara; después de una ojeada a su figura, le señaló:

—Por este lado.

La guió hacia la secretaría, a la izquierda de la puerta, donde en una salita había otras dos monjas.

—¿Trae dolores? –preguntó una.

Ella se sentía amedrentada.

—No... aún no; pero me han dicho que hoy es día de entrada... Estoy fuera de cuenta... esperando la hora de Dios...

—Sí... sí... ; eso dicen todas... si fuéramos a hacer caso...

—Madre, le aseguro...

—En fin, venga...; la reconocerá el médico... No sé si habrá cama... ¡Cuánta desdicha!

Se dirigieron otra vez hacia la puerta de salida y le hizo entrar en el enorme ascensor que ocupaba el hueco de la escalera, especie de habitación donde podían colocar una camilla en caso necesario. Subieron a la clínica donde estaban el médico y los internos. Avanzó tímida y vergonzosa, y tuvo que sufrir el reconocimiento hecho de un modo mecánico, sin mirarla más que como un *caso* cuyo *historial* apuntaba el doctor, con las observaciones que le habían de servir en caso de un parto difícil.

Hubo un momento de vacilación. No cabía duda de que estaba de nueve meses; pero a no sentir dolores era difícil ser admitida sin una buena recomendación. A veces los partos se retardaban y pasaban un mes en la casa.

—Si quiere usted estar en *distinguidas* –insinuó la monja.

—Dios mío... No...; yo necesito la caridad...

Había tal angustia en su voz, que el médico, aun acostumbrado a aquella atmósfera de dolor y de continuas peticiones, se conmovió. Abrió un libro, y después de consultar dijo a la monja:

—Hermana, llévela a la cama número 16 –y volvió la espalda bruscamente, dando el asunto por terminado.

La Hermana no se atrevió a desobedecer; tenían un respeto mezclado de temor a los médicos, que las hacían responsables de todos los descuidos y de todas las faltas. Era curioso aquello de que los buenos señores fuesen siempre más amables con las asiladas que con ellas; cada vez cundía más la herejía; hasta el punto de que muchos de los internos jovenes decían que no bastaba la caridad para saber asistir a un enfermo y poner un vendaje, y preferían a las enfermeras y las practicantes, que estudiaban con ellos, aunque éstas vivían en el mundo y no podían tener por las enfermas la dedicación de las que por el amor de Dios les consagraban toda su existencia. Los asistían sin pensar más que en aliviar los males físicos y sin curarse del alma, que era lo esencial.

—¿Trae ropa? –preguntó la monja.

—Dos camisas, madre.

—Hermana, hija, hermana... Bueno..., démelas...; le daré una bata para que se mude... No tenemos para todas. Esto de los niños es como las cosechas...: hay meses de recolección. Noviembre es de los que dan más trabajo... las locuras de Carnaval.

Le dió una de aquellas batas de cuadros, holgadas y lisas, con grandes bolsillos, que servía de uniforme a las embarazadas y que hacía que denominaran *las chicas de bata* a las asiladas de caridad para diferenciarlas de las *distinguidas*.

Cuando entró en el *costurero* todas la miraban de ese modo especial, hostil, con que se miran los viajeros que han de ir juntos en un tranvía o en el vagón de un tren. Otra más. Hubo un cuchicheo, unas risas, frases en voz baja que no se oían, pero cuyo dejo sonaba a burla.

Ella cogió una silla de asiento ancho y fué a sentarse donde pudo; pues las cercanías de las dos ventanas altas, de vidrios empañados, estaban ocupadas por otras mujeres que cosían o hacían encajes de bolillos y crochet o tejían medias a punto de aguja.

Las conversaciones, interrumpidas un momento a su llegada, se volvieron a reanudar. Algunas estaban silenciosas; pero las más hablaban y reían, entremezclándose las voces de los diversos grupos en un guirigay[95] ensordecedor.

—A ver si vas a ser tú de las *damas* que no hacen más que suspirar y parece que tienen a menos hablar con nosotras –dijo una embarazada ya de edad, cuya boca grande, rajada, con las comisuras llenas de grietas dejaba ver la encía desguarnecida, y que se ponía los brazos alrededor de la panza como si quisiera mostrar bien su volumen y lucir de un modo triunfal la maternidad que la rejuvenecía.

Mientras hablaba dirigía los ojos, iluminados de una luz de malicia malévola, hacia una jovenzuela pálida y rubia que, algo aparte de las demás, hacía crochet de un modo fervoroso sin pronunciar una palabra. Se veía que la alusión iba dirigida a ella.

—Es que será primeriza –dijo otra, gorda y desenvuelta–. Esto la primera vez espanta...; después, ya se va una acostumbrando. La Nati y yo venimos aquí a *veranear* casi todos los años.

—Y, la verdad –afirmó la Nati, una jovenzuela amarillenta, flaca, de grandes ojos negros, mas agrandados en sus ojeras de vicio, que se unían a los pliegues de las mejillas dándole un aspecto procaz y deshecho–, que cuando estamos aquí es cuando más se descansa...; a lo menos dormimos solas.

Isabel no sabía qué contestar; pero sonrió con tanta dulzura que desarmó a la mayoría de aquellas mujeres.

—Sí... primeriza.

—¿Eres de aquí?

—No.

—¿Tienes oficio...?

—¿Oficio...?

Antes de que acabase de hablar otras le preguntaban:

—¿De dónde eres?

—¿Tienes familia?

---

95 *Guirigay*: (col.) griterío o alboroto.

—No estás casada, ¿verdad?

La entrada de la monja, que no dejaba pasar mucho tiempo sin asomarse para velar por el orden, la dejó respirar.

Volvieron todas a su labor deseosas de congratularse con la Hermana; sólo algunas relapsas[96] continuaron hablando en voz alta sin hacer caso de la visita.

Isabel paseó la mirada por aquel grupo, formado por medio ciento de mujeres marchitas, macilentas, que parecían cansadas de tirar de sus vientres de hidrópicas, y la miseria que contemplaba le dió la idea cabal de su propia miseria. Algunas de aquellas mujeres eran casadas, que no contando con medios de asistencia iban allí; pero la mayoría eran las madres solteras, las engañadas, las abandonadas. Había mujeres viejas, reincidentes, que ya habían dejado allí varios *críos*, y veían sólo en su maternidad un accidente físico desagradable, puramente mecánico, del que era preciso salir como de un tifus o una pulmonía, sin sentimentalismos de ningún género.

Muchas eran criadas engañadas por los novios o por los señoritos y cruelmente abandonadas después, quedándoles sólo aquella maternidad como un estigma de sus amores, más o menos sentimentales.

Otras eran paletas, que pagaban con aquel dolor el engaño y el deslumbramiento de la llegada a la corte, la cena en el merendero, el baile de Carnaval o la cita secreta de la tarde del domingo.

No faltaban modistas sufriendo la pena del desengaño de los idilios estudiantiles o de su confianza en algún señorón que les ofreciera mejor suerte.

Entre todas se mezclaban las mujeres de vida alegre, las *mozcorras*, que habían tenido un *descuido* y aguantaban las consecuencias del percance, recriminándose un entusiasmo o una traición de la Naturaleza, que iba a hacerles conocer los tormentos de la maternidad. Ni ellas mismas podían conjeturar quién sería el padre de aquella criatura que iban a poner en el mundo con la calificación de *mancer*[97], como un hijo de mancilla.

¡Cuánta tragedia en todo aquello! Se perdía la idea del amor para quedar sólo la idea de la brutalidad, la bestialidad. La *Madre* tan líricamente cantada, aparecía envuelta en toda la realidad de su miseria física y repugnante. Pobres mujeres vejadas, atropelladas, víctimas de

---

96   *Relapsas*: reincidentes en un pecado por el cual ya habían hecho penitencia, o herejía de que habían abjurado.
97   *Mancer*: hijo de mujer pública.

deseos innobles, de la brutalidad de los hombres, que las arrojaban lejos de ellos después de la saciedad. Habían llegado a la maternidad sin amor, engañadas con un espejismo falso, y se amparaban allí llenas de vergüenza, de miedo, de desengaño. No se veía nada alto, levantado y conmovedor, sino toda la abyección, toda la vulgaridad, todo lo de brutal y bajo de las uniones sexuales. Era allí donde estaba toda la miseria de la hembra, triunfadora aun hasta en el lupanar, con el prestigio de su feminidad codiciada y miserable, pisoteada, abandonada, con su aspecto repugnante de opilación[98]. Desencajadas y caídas las facciones, abotargadas, cubiertas de manchas de paño y de manchas delatoras de repugnantes enfermedades; con las bocas rajadas, los ojos opacos, las ojeras hondas, violáceas, y los cuerpos deformados por la pleitud de los vientres. Eran como despojos míseros de caprichos, arrojadas y dspreciadas; piltrafas de mujer. ¿Qué había conducido allí a todas aquellas infelices? ¿Era el amor? Sentía repugnancia, un asco profundo de toda aquella miseria.

Silenciosamente las acompañó al comedor, donde dos monjas les servían la comida; apenas podía pasar la ración de carne con patatas ayudándose del vasito de vino que les servían.

—No hay que ser señorita –le dijo una rubia de aspecto bonachón, que se había colocado a su lado–. No hay más que esto...; y gracias que no es de los peores ...; otras noches son judías o lentejas... y un filetito como una oblea.

Algunas habían rebañado rápidamente sus platos y se quejaban de la escasez de la ración. Llamaban a la monja pidiéndole que les diese otra porción u otro pedazo de pan, que devoraban con ansia.

—¡Sor Catalina!

—¡Sor Catalina!

—Hermana más rezongona –dijo una morenaza, chula[99], con tono de enfado–. Si fuera para las *distinguidas,* ya sería otra cosa.

—Según –comentó otra–; las que pagan una cincuenta están sobre poco más o menos como nosotras. Los mimos son para las que pagan diez reales; a esas bien les regalan... platitos de miel y todo lo que se les antoja. Nosotras no vemos postre más que los domingos, y para eso una naranja agria o un puñado de galletas rotas, que son las más baratas.

—Pues gracias que nos lo dan –intervino otra jovencita–, que

---

98   *Opilación*: acumulación del humor seroso en el cuerpo, hidropesía.

99   *Chula*: mujer del pueblo obrero de Madrid, que se distinguía por cierta afectación y guapeza en el traje y en el modo de vestirse.

menos tenemos. Además, la que quiera y tenga dinero puede mandar traer lo que se le antoje, que nadie se opone a ello.

—Me río yo de que nadie malpara por deseos –dijo otra–. Aquí saldrían todos los *críos* con la boca abierta si eso fuera verdad.

—Pues no hay que reirse –añadió una–. Yo he visto casos en mi pueblo. Un chico salió con la boca abierta porque su madre deseó comer fritada de hígado, y no la cerró hasta que le pusieron sobre la lengua un pedazo de hígado mascado.

—Ya lo creo –dijo otra–. Una hermana mía tiene una rosa morada, grande como la palma de la mano, en la mejilla izquierda, porque mi madre deseó un cesto de higos.

—Y algunas hasta abortan –añadió la que había hablado primero.

La chulona, que estaba como rumiando en su interior los argumentos de la defensora de aquel régimen, exclamó de pronto:

—Me río yo de que menos tenemos y de que nos lo dan todo de caridad. ¿Pues quién sostiene todo esto? ¿Lo sacan las monjas y los médicos de su bolsillo? Buenas almas que por hacer un bien de caridad ponen su dinero; pero para nosotras, para las necesitadas, no para que se aprovechen otras.

—Tienes razón –exclamó otra escuálida y alta, que blasonaba de librepensadora y revolucionaria–. Lo que hacen es robarnos lo que es nuestro; nos dan las cosas como de limosna, como se le echan a los perros; a las *chicas de bata* se las trata de cualquier modo…, no son como las que pagan… ¡Valiente caridad!

Aquella idea de creerse su derecho a los socorros, que entrañaba un principio tan hondo, y al que ellas llegaban por una especie de intuición que suplía al conocimiento, estaba en la mente de todas. Se las socorría con lo suyo, con lo que la sociedad les debía, y todo lo que se mermara a sus necesidades era un robo que se les hacía, como si metieran la mano en la caja para quitarles sus haberes.

Del comedor pasaron al patio de recreo. Un patio desmantelado, de tapias altas, en el que aquella tarde otoñal se dejaba sentir un frescor húmedo bastante desagradable.

Las mujeres formaron grupos, y sin saber cómo, se encontró en medio de uno de ellos. Se fijó en sus compañeras. Casi todas estaban alegres; eran escasas las que conservaban aire de tristeza; parecía que el pedazo de cielo que se extendía como un toldo sobre los paredones del patio, con apariencia de espacio y de aire libre, les comunicaba mayor optimismo. Unas reían y jugaban con una alegría de chiquillas, dando saltos y cabriolas grotescas, que causaban gran complacencia en sus compañeras, como si quisieran hacer ver que *sus tripas* no les pesaban. La que más se distinguía por su agilidad era una pequeñuja y negrilla que parecía una bola de goma botando y rebotando del suelo.

—Esa pare esta noche –comentó una.

—Y según el tambor que tiene pare dos –dijo otra.

La monja las llamó al orden; no había que agitarse de ese modo para luego tener que sentir.

—Hemos tenido hasta la desgracia de que se lleven a Sor Josefa –dijo la chulona-. Era mejor que ésta.

—¿Dónde se ha ido? –preguntó ella por decir algo. La otra la miró extrañada pero contenta de trabar conversación y enseñar a una novata.

—De ejercicios espirituales sin duda, hija –dijo–; se cambian de oficio cada tres meses...; y figúrate cuando nos toca una que no sabe guisar. Hay para morirse.

—No creas que se matan –dijo la revolucionaria–; ellas hacen como que hacen; nosotras tenemos que hacerlo todo... y servirlas. El mundo al revés.

—¿Y hay muchas monjas?

—¡Anda! Un diluvio... No ves que lo pasan bien.

El tiempo del recreo había terminado.

—A la capilla.

—¿Otra vez? –protestaron algunas.

—Yo no voy –dijeron varias voces.

La revolucionaria gritó:

—Nos pasamos la vida rezando...; es como si nos fuéramos a morir y tuviéramos que estar bien con Dios... Y estamos mejor que ellas... No le hemos hecho mal a nadie... Hemos sido generosas y no tenemos las entrañas secas... Al menos ya sabemos lo que es mundo.

—Vamos, vamos, hija –dijo la monja poniendo un tono de mando en sus palabras de ruego. Hay que pedir a Dios Nuestro Señor que les dé una hora cortita.

Todas parecieron convencerse menos la revolucionaria.

—Es que las distinguidas no vienen a la capilla más que una vez y nosotras llevamos ya otras dos hoy.

Pero la monja, sin responder la acariciaba sonriente, dándole golpecitos en la espalda y repitiendo:

—Vamos, hijita, vamos.

Todo aquel rebaño miserable entró y se arrodilló a un lado de la nave, detrás de otro grupo formado por una docena de mujeres encinta también. Las monjas, arrodilladas al otro lado, permanecían silenciosas, inmóviles, con la cabeza baja, como sumergidas en la oracion.

Empezó el rosario, que dirigía el capellán y coreaban pecadoras y religiosas de un modo lento y mecánico. En la media luz de la capilla, entre el olor de cera requemada y de incienso de que estaba impregnado todo, las embarazadas dejaban volar sus pensamientos presas de pánico por lo porvenir y de tristeza por lo pasado.

Algunas que no podían soportar aquel olor y tenían que marchar presas de vahídos o de vómitos, y otras que no se podían arrodillar con sus enormes barrigas, trataban de permanecer de pie o se sentaban en los bancos. Las monjas tenían que conformarse y darles aquella libertad ordenada por los médicos, no sin murmurar:

—El demonio que las tienta y las aleja de las cosas santas.

Notó que al salir las chicas de bata trataban de acercarse a las distinguidas, parte por curiosidad de conocer aquella aristocracia de sus compañeras, parte porque muchas de ellas les encargaban recados y servicios remunerados. Una de las distinguidas llevaba toda la cabeza envuelta en una espesa mantilla.

—A esa no le hemos visto la cara desde que vino –comentó la chulona–. Se tapa para que no la conozcamos...; por lo menos es una duquesa.

—Pues yo te aseguro –exclamó la saltarina–que no se va de aquí sin que la veamos la facha.

—Será picada de viruelas

—Alguna vieja adefesio.

—Dejarlo de mi cuenta, que ya se sabrá.

—¡A la cama!

Con la rara obediencia que todas desplegaban a pesar de sus protestas, las *chicas de bata* se dirigieron a los dormitorios, y las *distinguidas* de *primera* y *segunda* se encerraron en sus habitaciones. La tapada penetró en una de ellas.

—Esa está sola –comentó aún la saltarina–; paga las dos camas que hay en cada cuarto, para estar solita, y nunca sale ni habla con ninguna. Eso es darse tono.

El hijo de la máscara

Apenas empezaba a dormirse oyó la orden de levantarse. A las cinco todo el mundo tenía que estar de pie para ir a la capilla. Empezaron las quejas.

—Estoy mala.

—Me duele todo el cuerpo.

—No he dormido.

—Tengo dolor de cabeza.

—No me puedo mover.

Todas querían quedarse en la cama; era como si al acostarse se hubieran despojado de sus barrigas y tuvieran que volver a ponérselas y tirar de su carga.

Pero era preciso obedecer; las monjas dispensaban la falta de agua que dominaba en la toilete en gracia a la brevedad. Nada de baños ni de limpieza obligatoria, como querían los médicos; lo primero era cuidar de la limpieza del alma. La capilla se llenó de un vaho pestilente, denso, con el olor a mujer y a ropa sucia, mezclado al olor de los tallos de las flores corrompidas en el agua, y los pábilos de las velas recién encendidas.

Las distinguidas no estaban allí aún; ellas tenían la libertad para levantarse a la hora que quisieran. Sólo la de la mantilla estaba en el confesonario.

—Mira la come-curas —exclamó Felipa—. Sabe Dios las cosas malas que habrá hecho cuando tanto tiene que contar.

Escucharon la misa medio dormidas.

—¡El desayuno!

—Sí, vamos a tomar el agua de fregar.

Cuando apuraron la taza de chocolate y el panecillo, empezó la limpieza de la casa. Aquellas pobres mujeres, que parecía que no podían moverse, tenían que limpiar puertas, ventanas y pisos, fregar las escaleras, sacudir el polvo y lavar los cristales. Daba pena verlas, como vencidas por el peso frutal del vientre, dolorido por el continuo revolverse del feto, cuyas evoluciones y saltos se distinguían bajo la ropa. Pero las monjas les hacían trabajar: aquel ejercicio les era conveniente. Gracias al número la labor se hizo menos pesada, y una vez concluída cada una pasó a ocupar la diferente tarea que se le encomendaba. Se aprovechaban sus aptitudes. Modistas, costureras y encajeras iban a los costureros, para hacer los vestiditos de los niños, las batas de las asiladas y las demás ropas de la casa. Las lavanderas se destinaban a los lavaderos, donde las esperaban montañas de ropas sangrientas y sucias, y las planchadoras pasaban a los talleres. Las que no tenían oficio se repartían, y por turnos iban a ayudar a la hermana cocinera para fregar los platos, cuidar de la lumbre y demás menesteres de pinche; una servía de *niñera* y llevaba los hijos de las distinguidas al piso superior, donde estaba la hermana que los empañaba[100].

Las mismas embarazadas tenían a su cargo la portería para recibir recados, envíos y cartas, hasta las cinco de la tarde; y las de más confianza se encargaban de la arqueta, especie de tiendecilla, y vendían por cuenta de la Comunidad papel de escribir, sobres y otras baratijas.

Casi a la hora de ir a comerse el puchero al medio día, se produjo un revuelo extraordinario entre todas las asiladas.

—¡El correo!

—¡Cartas de los Juanes!

Aquel momento parecía ligarlas a todas con la vida exterior. Hasta las que no tenían quien les escribiera se veían menos abandonadas en el concierto de las demás. Aunque las cartas fueran de padres piadosos que habían perdonado, o de familias inquietas y afligidas por la separación, se llamaban *cartas de los Juanes,* pues daba la casualidad de que la mayoría de los amados de las asiladas se llamaban siempre *Juan.*

---

100 *Empañar*: envolver a las criaturas en pañales.

Todas las cartas parecían estar firmadas por la misma mano, con las mismas palabras: «*Tu Juan*»; y ellas, en sus conversaciones, repetían siempre también: «*Mi Juan*».

Las conversaciones habían llegado a ser el tormento mayor de Isabel. Tenían todas el mismo prurito de preguntarlo todo; y gracias que tan vehemente como su deseo de saber era su deseo de contar, y olvidaban su curiosidad por el placer de referir sus aventuras. Cada una contaba su historia varias veces al día, deteniéndose con lujo de detalles en las escenas de la seducción.

Había, aunque pocas, algunas que irían al lado de sus amantes. Otras que volverían a servir cambiándose de barrio, y volverían a pasar por solteras. Unas tenían esperanza, llevándose al hijo, de conmover al padre y llegar hasta a casarse; otras no podían decir de quién era su hijo: el soldado que se volvió a su pueblo; el estudiante que las obsequió un par de semanas; el señorito que se quedó solo una tarde en casa, el novio que desapareció después de conseguir sus favores, y resultó haber dado un nombre falso. Hasta había casos sentimentales de olvido y de traición después de largos años de cariño y de haber empeñado la palabra de casamiento.

Después de aquellas evocaciones del pasado, cercano y ya tan lejos, venían las preocupaciones del presente... El parto que las asustaba, y el problema del hijo. El hijo tomaba cada vez mayor realidad; si nacía vivo tenía que estar al cuidado de la madre hasta el día de su salida de la *Maternidad*, en que ella misma tenía que ir a depositarlo en poder del director, que le daba su *número* y lo enviaba a la Inclusa.

¡Si no hubieran visto a los hijos! ¡Si se los hubieran llevado las monjas! Pero después de tenerlos aquéllos siete días, a veces algunos más, tener que entregarlos ellas mismas, era un tormento demasiado grande. Muy pocas tenían frialdad para dejar la criatura como un tumor que le hubiesen extirpado; y casi todas salían llorando, desoladas, de la Casa donde entraran llenas de temor. ¡No sería mejor morir allí! Y, sin embargo, la vida que iban a dar a otro ser a costa de su misma vida, parecía imponer con más tiranía el deseo ferviente de vivir; vivir después del parto, triunfar en el desdoble de su vida, vencer aquella ansiedad dolorosa del desgarramiento de las entrañas; sentirse libres de aquel ser que se revolvía dentro de ellas, de aquella carga que las abrumaba. El nacer del hijo era como un renacer de la madre: un doble nacimiento.

Con frecuencia en medio del trabajo, del recreo, en el comedor o en la capilla, una de ellas palidecía; acudía a la monja asustada e inquieta:

—Estoy mala...; me empiezan los dolores...; los siento aquí... en los riñones, y se extienden hacia delante rodeándome el vientre como un cinturón de alambre que me atravesara la carne.

—Serán calambres...

—No... no... ¡Ay! ¡Virgen Santísima! ¡San Ramón bendito![101]

La cara demudada, cadavérica, los ojos agrandados por el espanto y la expresión del dolor que atenazaba la pobre carne desgarrada causaba el pánico en las demás. Se miraban unas a otras. ¿Y ellas? ¿No les dolía también?

Gracias que las monjas se las llevaban apresuradamente, más bien que por la prisa de la asistencia por la premura de despojarla de la bata de cuadros, que debía servir para otra y era lástima que se pudiera manchar.

Cuando la parturienta se quejaba demasiado provocaba la indignación de las otras.

—¡Ay...! ¡Ay! –decían remedándola–. Pero hija, parece que nadie ha dado a luz más que tú. Aguántate que a nadie llamabas en otra ocasión...

Después ellas no sabían nada más; ignoraban si vivía o moría, y como no se encontrasen paridas en la misma sala no se volvían a ver.

Pero a pesar suyo todas sentían la tragedia de las otras. Sobre todo aquella crueldad que no las dejaba ver a sus familias. A veces en los casos muy graves, medio muertas, se las había llevado a la clínica para que muriesen entre los suyos. Se escudaban las monjas con el reglamento y con las damas de la Junta para no dejar ver a las enfermas. Las que iban allí deseaban el secreto y no podían exponerse a que las vieran extraños. No comprendían que con el régimen de promiscuidad que había entre las *chicas de bata,* y hasta con la compañía de dos en cada celda de *distinguidas* para hacer más productivo el terreno, el secreto no podía existir y seguían aferrados a la rutina. Bien es verdad que solían quebrantar el reglamento para satisfacer el capricho de alguna

---

101 *San Ramón Nonato*: patrono de las parturientas y las parteras debido a las circunstancias de su nacimiento, previo al cual su madre murió.

señorona que deseaba ver la *Maternidad* y hasta el de algún periodista osado, que, celoso de sus informaciones, penetraba en aquellas salas y las hacía ruborizar con sus preguntas, sus miradas y sus procacidades de hombre.

Isabel recibía con frecuencia las cartas de Agueda; la joven la exhortaba siempre a ser fuerte. Saldría de allí con la gloria de un hijo y ya tratarían de trabajar. Juntas las dos se prestarían apoyo y la vida sería para ellas más dichosa.

A pesar de aquel único punto de apoyo que la ligaba al mundo Isabel estaba triste, su sensación de abandono le granjeaba más el desprecio que la compasión de las que estaban en su caso, y especialmente de las que se mostraban orgullosas de que al salir de allí tenían quien las esperase. La más fiera e intransigente con todas era una casada que lucía orgullosa su barriga, con el *fruto de bendición* y hablaba arrogante con las monjas despreciando a las compañeras.

—Al fin y al cabo hay diferencia de unas a otras –decía–. La necesidad le hace a una venir a estas casas; pero mi hijo no es de *un Juan cualquiera,* y llevará los apellidos de su padre. No tengo una barriga de *extranjis* como esas.

Su fiereza de mujer casada se manifestaba a todas horas en el desdén con que trataba a las otras, sin perder la ocasión de humillarlas con su honradez.

La revolucionaria se indignaba:

—A ver si tú porque te haya echado la bendición el cura no has hecho lo mismo que nosotras.

—Pero ha sido con mi marido.

—Pues peor para ti, que tienes que aguantar sus borracheras y sus marranerías.

Y la otra, que en más de una ocasión había envidiado la libertad de las que no tenían que soportar la tiranía de un marido como el suyo, que se gastaba el jornal en bebida y le sacudía el polvo si se atrevía a quejarse, se quedaba sin saber qué contestar. Ya era el segundo crío que tenía en la Maternidad desde que se había casado. El primero se lo llevó a su casa junto con otro que le dieron a criar; pero los dos se le murieron de hambre. Ahora se veía otra vez embarazada sin saber cómo, entre aquellas constantes peleas y reconciliaciones mecánicas, hijas de las cos-

tumbres y la inconsciencia del sueño bajo las mismas mantas, y otra vez
había tenido que acudir a aquel refugio. Pero se daba el caso raro de
que cada vez que se separaban y no se podían ver Filo y su marido
sentían un extraordinario enamoramiento romántico. Él se pasaba los
días rondando por la calle de Mesón de Paredes[102] y enviándole bille-
titos a su mujer, y ella se hacía lenguas de su felicidad doméstica, llegando a creer en su mentira de buena fe a fuerza de repetirla.

Así, las palabras bruscas de la Felipa la desconcertaban y unas veces
la escena terminaba en una terrible pelea, en la que tenían que intervenir monjas y asiladas para que no se arrancaran los moños; y otras
echaba a llorar, se acogojaba y le daban desmayos que asustaban a su
contrincante, arrepentida del mal que había hecho.

Pero la indignación mayor era contra aquella *distinguida* que
ocultaba siempre el rostro en la mantilla, y a la que las monjas le permitían todo cuanto le daba la gana y podía ir y venir libremente, bajar
a buscar su correspondencia, y levantarse y acostarse a la hora que
quería.

A pesar de su deseo de enterarse las *chicas de bata*, lograron saber
únicamente que era extremeña, soltera y muy rica, y que había pedido
a las monjas, como favor especial, que en el momento de dar a luz se
llevasen la criatura a la Inclusa y no le hablaran de ella jamás. Era un
testimonio de pecado que no quería ver. Aunque aquello era contrario
al reglamento, las monjas habían accedido, edificadas por la devoción
con que se pasaba los días en la capilla y por la piedad que representaban las dádivas que hacía al establecimiento. Las asiladas no tardaron
en enterarse. *La niñera* se lo comunicó a las otras cuando vió que no le
daban el *crío* para empañarlo.

—No ha nacido muerto —los dijo—, porque yo lo llevé arriba
cuando nació. ¿Qué habrá hecho con él esa pécora? ¿Será capaz de ha-
berlo matado?

Todas las embarazadas, ansiosas de novedades, acogieron la
versión que produjo una especie de motín.

—Es preciso quejarse al director —dijo una.

—Y hacer que lo pongan en los papeles —añadió otra.

—Esa es la justicia —agregó Felisa—; mucha severidad con las
pobres, las infelices que porque no tenemos que comer estamos obli-

102 Cuenta Pedro de Répide en *Las calles de Madrid* (1918) que a comienzos del siglo XX
     en la Calle Mesón de Paredes abundaban las agencias de amas de cría, y añade un
     comentario crítico sobre la inocencia de las chicas de pueblo que perdían la doncellez
     en los prados del norte para poder así entrar en el alquiler mamífero.

gadas a dejar aquí los hijos. A esas que les den el pecho, que les tomen cariño, y que ellas mismas los lleven al torno...; que se retuerzan el corazón y se ahoguen y revienten. En cambio estas gamberras[103], que tienen con qué mantenerlos, son las que los dejan aquí y se marchan tan listas.

Al mismo tiempo que estallaba la cólera de las compañeras, la extremeña sufría también los tormentos de la Naturaleza. Un terrible dolor le hacía prorrumpir en gritos que se oían en todo el piso. Una fiebre altísima acompañó a la estéril subida de leche que se le apostemó[104] en los pechos, produciéndole agudos tormentos y haciéndole echar de menos la criatura, que se los hubiera descargado y que tal vez estaría pereciendo de hambre.

—¿Si se irá a morir? –decían algunas al escuchar sus lamentos.

—¡Cá! –respondían otras–. Esa se irá tan gorda y tan rozagante, y se casará con vestido blanco y flores de azahar.

—Eso es muy corriente –añadió Jesusa, una *distinguida* de diez reales que acostumbraba a pasar el tiempo con las *chicas de bata*, sobre las que tenía cierta autoridad porque les repartía naranjas y golosinas de vez en cuando. Era una muchacha ligera de cascos, a la cual le pagaba la pensión un viejo del que recibía cartas diariamente, al par que de un *Juanito* organillero, el amante del corazón, al que ella le enviaba para tabaco y otras menudencias, ya que el pobrecito estaba desamparado durante *su verano*.

Como ella andaba siempre detrás de las monjas, con las que se había congratulado por su carácter zalamero y por su pericia en la cocina, que le hacía guisar *patatas viudas* con gusto a gallina, y judías estofadas con sabor a perdiz, se había enterado de la historia de la extremeña, que no tardó en correr de boca en boca, coreada por el eco doloroso de los gemidos de la mujer infeliz.

Había venido a Madrid para pasar unos meses con una tía suya. No tardó en tener amigas, en sentir la curiosidad de la vida madrileña en su desbordamiento de los días de Carnaval. Fingiendo que iban de paseo en coche sus amigas la habían llevado al baile, uno de esos bailes de tarde que se celebran en los días de Carnaval, y que ella había deseado tanto ver. Se sentía dichosa entre el bullicio de aquella multitud alegre y regocijada, que parecía divertirse algo infantilmente con la

103 *Gamberra*: libertina que comete actos de grosería o de incivilidad.
104 *Apostemar*: hacer o causar postemas o abscesos.

mascarada. Sin saber cómo se encontró lejos de sus compañeras.

Al verse sola tuvo deseos de huir, de gritar. Se le acercó un en-
mascarado y le habló dulcemente. ¿Por qué tener miedo? Él la acom-
pañaría a buscar a la familia...; se puso a su lado...; le habló con respeto
y le decía unas cosas tan bonitas, tan dulces, que la joven se sentía
atraída hacia él con una vehemancia desconocida. Al pasar por el
ambigú le hizo tomar unas copas. Poco a poco ella se iba tranquili-
zando. Él le explicaba que aquello era frecuente. En los bailes es difícil encontrarse hasta que llega la hora de la salida. La invitó a bailar,
y ella se sentía desfallecer entre sus brazos; los empellones de la gente
que se movía con un extraño frenesí, como impulsada por una corriente
eléctrica, los lanzaban al uno contra el otro, en medio de las apreturas.
Estaba tan sofocada, que él la cogió del brazo y le dijo:

—¿Quieres que vayamos a un sitio escondido, donde podrás descansar...? No te verá nadie.

Con la cara descubierta se hubiera resistido...; así aceptó. El antifaz
le daba audacia. No la había de conocer nadie y sentía una gran curiosidad de verlo todo, de llegar al fondo de todo.

Se fué con aquel hombre al que no le había visto la cara. No sabía
adónde fueron. Un corredor largo, donde había tantas máscaras como
en el baile...

Entraron en una salita, y cuando ella se quitó la careta él le dijo:

—Eres más hermosa de lo que yo creía.

La joven le suplicó:

—Quítate el antifaz.

También le pareció muy guapo...: era pálido, rubio... Ella le dijo
quién era; pero él guardó su secreto. Se citaron para el día siguiente en
el café del Comercio[105]; pero él no fué... Lo esperó durante muchos días
y no apareció. Se decidió a recorrer la ciudad para ver si lo encontraba;
se sentaba en los bancos públicos o estaba horas y horas parada en la
Puerta del Sol, mirando mucho a todos los que pasaban... Tampoco lo
vió nunca. Al fin llegó un día en que comprendió que era inútil indagar
más; sus facciones se le habían desdibujado, perdido, no lo reconocería
aunque lo viera, a no ser que lo viera en un Carnaval; su recuerdo no
guardaba más que la imagen del hombre del antifaz negro.

De pronto una tarde sintió como el aleteo de un pájaro vivo en su

---

105   El Café del Comercio fue uno de los máximos exponentes de la Edad de Oro de los
      cafés de Madrid, coincidiendo con el período histórico de la Restauración. En 1903 fue
      modernizado y conocido como lugar de moda. Está todavía en la Calle de Sagasta en la
      Glorieta de Bilbao.

entraña izquierda. Fué un movimiento que la dejó absorta, parada, atenta a escucharlo de nuevo... A los pocos días se repitió. ¿Qué se movía dentro de ella? Se dió entonces cuenta de su malestar, su angustia, su desgracia. Era un hijo...; un hijo de la máscara. Aquel hombre del antifaz, por el capricho de un momento dejaba un hijo en sus entrañas. ¡El muy malvado! Había huido como un criminal lleno de miedo después de su hazaña. ¿Cómo se iba a presentar ella así delante de sus padres? Les hubiera costado la vida el saberlo...; la hubieran arrojado de su lado para siempre.

Sintió un odio muy grande por este hijo..., el hijo de un desconocido, y quiso matarlo. Hizo muchas cosas, muchas, por verse libre de él. No sabía cómo no lo había costado a ella la vida. Se dejó sangrar del pie izquierdo; se sometió a la punción de una sonda...: tomó la apiolina y todas las drogas conocidas... Todo inútil; el maldito estaba agarrado a sus riñones, nutriéndose en su sangre a pesar suyo, como un pólipo que no podía arrancar.

Aquella historia desarmó a la mayoría. El hijo de la máscara tomaba un carácter extraordinario, como si ya no fuese el hijo del hombre, sino un monstruoso engendro.

Sin embargo algunas insistieron.

—Sea como sea –dijo una que creía lavar todas sus culpas con la maternidad, engañada por el lirismo de los estadistas que han fomentado la cría humana como la cría caballar–, es menester entrañas de fiera para aborrecer a un hijo, después de estarlo sintiendo dar vueltas en la tripa de ese modo que parece que nos acaricia con las manecitas por dentro.

—Hijos del rey o del verdugo son hijos nuestros –dijo una.

—Mira –alegó otra–; yo tampoco sé de quién es el mío...; pero es mío... y me lo llevo... Ahora yo pasaré para sacarlo, y juego cuando sea grande él mirará por mí.

—Haces bien–contestó con su flema Felisa, como si fuese la encargada de fallar todos los pleitos–. A los hijos no se los quiere por su padre..., sino porque son nuestros... ¡Si no fuera por este querer qué pocos nacerían...!

El grito penetrante

Todas iban cayendo, iban pasando, iban siendo sustituídas por otras. Todos los días, en el comedor o en el recreo, que era donde se reunían todas, se veían caras nuevas y se notaba la falta de las otras. A ella se le retrasaba el parto de un modo increíble. Aunque fuese cierto aquello de que las mujeres no tienen que llevar más que una sola cuenta y la equivocan siempre, los médicos que la reconocieron el día de su entrada no se debían equivocar.

Esperaba llena de inquietud y miedo el momento de su crisis, sin atreverse a desear salir bien de ella y sin decisión bastante para preferir la muerte. La habían dedicado para ayudar a las monjas en la limpieza de la clínica. Era el orgullo de la casa el poseer aquel gabinete médico-quirúrgico con tan maravilloso instrumental moderno y un servicio de asepsia tan completo; pero la limpieza de aquellas piezas era al mismo tiempo su desesperación. El miedo de las monjas a los médicos era grande y procuraban presentar ante ellos todas las cosas lo más limpias que les era posible. Sabían que los médicos desconfiaban de su limpieza. Sus medias bastas, sus zapatones, los hábitos oscuros de estameña, tan encubridores de mugre y manchas, predisponían contra ellas. Se sabía de antiguo el santo horror al agua que tenían las religiosas; y algunos de los jóvenes que habían viajado por Europa, para estudiar en capitales del Extranjero, venían contando que las enfermeras asistían vestidas de blanco, compuestas y empolvadas que daba gusto verlas. Decían que la caridad no era austera y triste. ¡Pero valiente caridad tendrían todas aquellas mujeres herejes, sin religión, que lo hacían todo por ganar un salario! Deslumbramientos de los médicos jóvenes, conquistados por la belleza y la coquetería, gracias a la cual les toleraban todo lo que en las pobres monjas les parecía mal.

Allí era donde Isabel veía más claramente toda la miseria de las hembras. No sólo las embarazadas sino las mujeres de todas las edades acudían a operarse. Era necesario toda la escrupulosa limpieza y vigilancia de los médicos para evitar la propagación de enfermedades y terribles contagios. Se contaba el caso de que un médico que al operar a una enferma se había cortado con la lanceta. Se le vió palidecer y vacilar un momento. Los ayudantes intervinieron.

—Maestro; suspendamos la operación y desinfestemos su herida.

—¿Para qué? Esto no tiene remedio. Es la muerte segura.

Y en efecto, a las pocas semanas el doctor, inoculado por el virus de la mujer que había salvado, dejaba de existir.

¡Cuánta miseria! Llegaban allí las embarazadas que sufrían hijos, hemorragias, erupciones y males de boca, de ojos; enfermedades que atacaban al feto de manera que a veces nacía para morir, desollado, despellejado, como un pedazo de carnaza colorada y corrompida. Y no era lo malo los que morían, sino los que tendrían que arrastrar una vida enferma, a veces sana en apariencia, hasta que la terrible herencia que les corroía los huesos se manifestaba con todo su poder para aniquilarlos, destruírlos, dejándoles tiempo de transmitirla a su vez a otros seres. Era un intercambio entre los dos sexos, que aparentaba almacenar toda la basura en el vientre de las pobres mujeres.

Había que operar todos los días quistes, tumores, canceres. Siempre el bisturí cortando carne. Se tiraban cubetas enteras de sangre y pus, y quedaban amontonadas en un barreño[106] las piltrafas, como entrañas palpitantes y sanguinolentas.

Su sensibilidad y su estómago protestaban con igual repugnancia de aquel espectáculo de dolor y de suciedad; pero ambos se iban embotando en la continua contemplación de mujeres asustadas, desgarradas por crueles dolores, que veía entrar en la sala de operaciones y salir inertes, cloroformizadas, como cuerpos insensibles y muertos en los que los cirujanos habían cortado y rajado a su sabor.

---

106 *Barreño*: vasija de barro de bastante capacidad y generalmente más ancha por la boca que por el asiento.

Sin embargo, prefería este cargo que la alejaba de las otras, sobre todo mientras estuviesen allí Felipa y Filo, que la habían tomado con ella.

Pareció que aquellas mujeres que debían hacerse más bondadosas en su sufrimiento se hacían, por lo contrario, más violentas, más irascibles, más crueles. Necesitaban tener una víctima, alguna más pobre y desvalida que ellas en quien desahogar su mal humor y hacerle sentir sus rencores.

Desde que la extremeña había salido de la casa los odios se reconcentraban en una jovencita tímida que ocupaba la cama vacante en el cuarto de Jesusa.

La pobre muchacha se ruborizaba de que la mirasen y parecía llevar su vientre con la resignación del que sufre una enfermedad hereditaria.

El carácter dulce de la joven y los desplantes chulones de Jesusa no tardaron en chocar. En su deseo de confidencias Jesusa se lo había contado todo a su compañera y se consideró ofendida por el pudor con que la otra parecía no escuchar los puntos escabrosos y por la cautela con que esquivaba contar nada de lo que a ella le sucedía. Sólo un día que la estrechó con sus preguntas la joven repuso:

—Yo no soy culpable de esta mancha que ha caído sobre mí contra mi voluntad. Soy víctima de un abuso.

—¡Que te lo han hecho a la fuerza!

—Sí.

—Cuenta, cuenta.

Le había excitado su curiosidad de un modo voluptuoso, pensando escuchar detalles emocionantes de una escena de violencia; pero la otra suspiró y dijo:

—Se lo ofrezco todo al Señor.

La curiosidad defraudada se volvió odio. Vigilando los descuidos de la joven cuando salía a la capilla o se dormía, logró sorprender sus papeles. La gente de su pueblo creía que había tomado el hábito de religiosa en un convento y cuando volviera, pálida y deshecha por el parto, se diría que la vida del claustro, con su austeridad de reglas, no la probaba bien. Desde luego no había que pensar en llevarse el hijo ni volverse a ocupar de tal cosa. Era como si le extirpasen un tumor. Lo gracioso era que la joven sostenía correspondencia con todas las señoras del pueblo, y al responderles firmaba *Sor María*. Así, las cartas que llegaban traían siempre la ✝ en el sobre dirigido a *Sor María*.

Las monjas, halagadas por las remesas de frutas, dulces y recova[107] que enviaban desde el pueblo, y que tan gratas eran a los ojos del Señor, puesto que era una limosna piadosa, pensaban que era una muchacha buena y caritativa, y seguramente no se habían fijado en aquel abuso.

—¡Cuándo digo que sucede cada cosa! –decía Jesusa, después de contar la escandalosa historia a las *chicas de bata*.

Pero no se necesitaba ya más. El escándalo estaba sembrado, y ya que la extremeña se les escapó, se vengarían en ésta. Cuando salió de su cuarto al día siguiente *las de bata* la insultaron.

—Sor María –decía una fingiendo ese tono un poco gangoso y forzado del hablar de las monjas–. ¿Con que a la fuerza? ¿Eh?

—Pase, *hermana* –exclamaban varias con fingida ceremonia–. Pronto llegará a *madre*.

—Anda, anda, hipócrita, mojobobo [108] –añadía otra–; ya lo contaremos todo en tu pueblo.

—Más valía que te fueras al costurero de los padres a coser sotanas y no rezaras tanto.

Isabel, compadecida del aspecto aterrorizado de la joven, hubiera querido defenderla; pero no se atrevía.

—Vamos, pobrecilla, dejadla en paz –se atrevió a decir.

Todas las barrigas se volvieron hacia ella.

—Otra que tal–exclamaron algunas.

—También ésta es una señorita –dijeron varias.

—¿Se lo habrán hecho también a la fuerza? –preguntaron otras.

Tuvieron que intervenir las monjas, los internos y los criados para restablecer el orden, y se llevaron a la pobre Sor *María* presa de una congoja.

—Le habéis hecho un favor –dijo cuando se reunió con ellas a la hora del recreo la implacable Jesusa–, porque ha abortado un chico y ya está tan lista.

Isabel experimentó una gran piedad por la pobre muchacha. Sentía en torno suyo una especie de implacable odio de la mujer a la mujer, que se acentuaba más cuando tenía que hacer pagar alguna ventaja de belleza, nacimiento o educación.

---

107 *Recova*: huevos y gallinas.
108 *Mojobobo*: persona que llora fácilmente, una persona débil.

A la hora del recreo se alejaba de las demás para hacer crochet en un ángulo del patio; pero eso había producido indignación.

—Eso es, hazte la trabajadora para que le tomen las monjas el gusto y nos den a cada una un encajito.

Aquella tarde tomó un libro que le proporcionó una hermana. Era un libro de ejemplos y oraciones que la distraían e intentó leerlo; pero las otras no la dejaban.

—¡Mira qué señorita!

—¿Será una sabia? —decían unas.

Otras le cantaban alrededor entre las risotadas de las demás.

—Leo, leo, y cuanto más leo más burra me queo.

Una desgreñada, con cara de perro pachón, gorda y corpulenta hasta el punto de estar redondeado el volumen de su panza con el sebo sobrante en todo su cuerpo, se le puso delante.

—A ver..., ya que eres tan leída, si me aciertas este *acertajo:*

«Estudiante que estudias Filosofía,
dime cuál es el ave que pare y cría.»

—Yo no lo sé —exclamó, levantándose con indignación y ya resuelta a afrontar lo que pudiera sobrevenir y no aguantarlas más, para que no creyeran que era miedo lo que no era más que prudencia.

Por fortuna la atención se había desviado de ella atraída por el extraño acertijo. Todas querían adivinarlo.

—La mujer —exclamaron varias.

—¿Las mujeres somos aves acaso? —respondió la gorda.

—La gallina —dijeron algunas.

—¡Qué tontería!

—Di lo que es.

—¿No lo acertais?

—No.

—¿Os dais por vencidas?

—Sí.

—Os meteis y os sacais por la boca del tío Chilindrolo...[109]

—No.

—Entonces no lo digo.

—Sí, sí —gritaron casi todas, a impulso de la curiosidad.

—Bueno...; pues el ave que pare y cría es el murciélago.

---

109 *La boca del tío Chilindrolo*: juego popular musical en las verbenas de la época que consistía en poner y sacar sacos pequeños, uno de ellos con un regalito adentro, hasta que cese la música y la persona con el saco con el objeto de valor es el que gana.

Resonó un ¡ah! de desencanto. Muchas de ellas no sabían lo que era un murciélago. Una de Toledo que vivía frente a los muros de una iglesia antigua y veía entrar y salir de sus agujeros todos los crepúsculos a los repugnantes animalejos negros, como ratones con alas de goma, se los describió a las demás. Esto dió origen a un nuevo juego. Las desdichadas hicieron corro y como si no tuvieran ninguna preocupación se dejaron vencer por la infantilidad que había en ellas para entregarse a adivinar el nombre de los objetos por su descripción.

—Ciminicerra[110] –decía una–, en mi tierra hay un árbol que echa una fruta...

Venía la descripción del objeto, y cuando lo acertaban, otra que había estado preparando el suyo volvía a empezar con otro.

—Ciminicerra, en mi tierra...

Isabel vió que no se fijaban en ella y se alejó por una especie de callejón que había en uno de los extremos del patio, a cuyo fondo se veía un gallinero. Ya otra vez había intentado entrar y una compañera la había detenido.

—No vayas por ahí.

No se le había ocurrido preguntar el porqué se lo impedían creyendo que lo tendrían prohibido las monjas; pero al ver que nadie le prestaba atención se decidió. Allí la dejarían en paz y lo pasaría mejor.

Se encontró en un segundo patio interior de altos muros, al que daban ventanas de la Casa de Maternidad y de otro edificio, igualmente sombrío y ennegrecido. Debía ser la Inclusa. Miró hacia aquellas ventanas, algunas de las cuales estaban abiertas y dejaban ver uno de esos comedores fríos y desguarnecidos de los asilos, con las largas mesas y los bancos propios de esa clase de estancias. Era el comedor de las niñas de la Inclusa. Se sintió llena de una gran ternura. ¿Tendría que decidirse a dejar allí lo que naciera de su vientre en la imposibilidad de poder alimentarlo, puesto que no sabía qué sería de ella? No podía seguir abusando que sería de la bondad de Agueda. ¿Dónde iría cuando saliera? Miraba con cierto cariño aquel amparo que se ofrecía a su hijo, hasta que ella pudiese ir a rescatarlo, cosa que sin saber por qué todas creían segura siempre.

Apartó de allí la vista y se fijó en el gallinero. Subía de él ese olorcillo al estiércol, un poco caliente y tónico, peculiar de las aves; un olor-

---

110 *Ciminicerra*: juego infantil de calle, en el que hay que averiguar el nombre de una fruta.

cillo a las plumas y a la carne de la gallina. Las vió a todas reuniéndose para acostarse, esponjadas y tratando de subir en los palos donde, con una pata encogida y la cabeza bajo el ala, pasarían toda la noche en equilibrio, con su sueño asustadizo, como si estuvieran dispuestas a cacarear y correr en todo momento.

Isabel se entretenía mirando la variedad de plumajes y de formas de las gallinas: una blanca, de encendida cresta, enana, con las patas cortas y calzadas de plumas, el cuerpo muy gordo y el buche saliente. Otra rubia, que daba sensación de carne pecosa, con una cola muy abierta, en cucurucho, y las patas largas y zancudas. Había otras negras, cuyas crestas lucían como flores de coral en las cabecillas levantadas y airosas; y algunas con plumas blancas y negras, que les daban un aspecto de pavo real. Parecían inquietas de su proximidad y la miraban con recelo, enarcando el pescuezo para enfocarle un ojo con un movimiento semejante al de los que usan monóculo.

Oyó caer un objeto a su lado. Eran unas cascaras de castaña que sin duda habían arrojado desde las ventanas; se volvió rápidamente y distinguió la figura de unas muchachas vestidas con delantales de cuadros azules que se asomaban a las ventanas del comedor. Eran las incluseras; las que ya convertidas en mujeres habían perdido la esperanza de ser reclamadas por sus madres.

Los chicos salían de allí cuando eran grandes; pero las chicas era raro que pudieran abandonar aquella casa. ¡Era tan pobre, tan monótono, tan abrumador aquel destino! ¿Merecía la pena de nacer para vivir en un mundo tan pequeño? No ver del mundo más que aquella casa, aquel recinto, y vislumbrar la gran ciudad las veces que de dos en dos salían a la calle, con sus vestidos de uniforme, bajo la custodia de las monjas, con las cabezas bajas, como deslumbradas y entontecidas por el ruido, el sol, el aire y el ir y venir de la gente y de los carruajes. Eran como presas, condenadas a cadena perpetua desde su nacimiento.

Algunas podían escapar del Hospicio profesando en conventos donde hacían falta músicas o cantoras, y a veces por un matrimonio, en el que un hombre iba a buscarlas como van a buscar las bestias a las ferias cuando las necesitan.

En esos casos una monja les preguntaba las que tenían vocación de casadas; y a las que la confesaban, llenas de rubor, las alineaban en la sala donde pasaba su revista el pretendiente, que escogía la novia con la que se desposaba dejando la amargura de su vencimiento en el alma de las otras pobres vírgenes.

Su abandono se volvía odio contra las madres; las aborrecían a ellas más que a los padres. Cada una de las embarazadas que veían en el patio de la Casa de Maternidad les recordaba la figura de la madre desconocida, a la que no amaban ni compadecían; y el sentimiento filial que no había podido esplayarse en ternura, convertido en odio, en rencor, en amargura, se excitaba contra ellas. Cada vez que las veían cerca les arrojaban cuantos objetos encontraban a mano, gritándoles:

—¡Infames! ¡Canallas! ¡Por otras como vosotras estamos nosotras aquí!

Isabel oyó las brutales palabras y experimentó un terror que paralizó su sangre. Eran un anatema, una maldición que resonaba dentro de su propia conciencia; bajó la cabeza y echó a correr huyendo de las infelices que la apostrofaban, como si ella fuese su madre, como si todas las mujeres estuviesen unidas y confundidas en una maternidad común con las mujeres que habían abandonado a sus hijos.

Llegó donde estaban las otras asiladas en el momento que salían para ir a la capilla. Algunas se fijaron en su semblante pálido y en su expresión de angustia y se sonrieron. Ya sabían lo que era aquéllo; por eso no se acercaban jamás a aquel lugar. Huían todas llenas de miedo ante la aparición acusadora de las pobres incluseras, que eran como un grito penetrante de su conciencia.

La madrina

Sintió toda la mañana aquel dolor agudo y punzante que se extendía desde los riñones a la delantera del vientre como un calambre; pero no se atrevió a quejarse ni a decir nada, temerosa de equivocarse y provocar el enojo de la comadrona, que se molestaba cuando la llamaban sin motivo.

Eran cada vez más continuos sus dolores y más violentos los saltos que daba en su vientre aquella criatura, demandando su entrada en el mundo, y a la que ya amaba familiarizada con ella a fuerza de sentirla bullir dentro de sí

De pronto le pareció sentir un chasquido dentro de su vientre y un dolor tan vivo que le hizo lanzar un grito. Acudieron las monjas y las compañeras alarmadas e intentaron levantarla; pero ella no se podía mover y los dolores no cesaban. ¿Cómo era posible un parto tan repentino? A la fuerza se había empeñado en disimular y aguantar hasta el último momento para ponerlas en un compromiso. Había muchos casos de las que no querían que las llevasen a la sala de partos. Una vez una viuda se empeñó en dar a luz sobre las rodillas de una compañera, alegando que mientras vivió su marido todos los hijos que tuvo habían nacido sobre las rodillas del padre. Era la costumbre de todas las paletas que se asustaban de verse en las camas destinadas a los partos.

Acudió la comadrona, y a duras penas pudieron llevarla a la sala de San Ramón. El santo *no nacido* estaba allí en un testero, tendiendo su manto sobre las pobres mujeres de vientres plenos que imploraban a sus pies.

Allí las asistía la comadrona, a no ser que el parto difícil hiciera llamar al interno o avisar al médico.

Ella se sentía morir presa de una angustia inmensa y de aquel dolor que le rajaba las entrañas; de pronto experiméntó una sacudida como si le vaciasen el vientre, como si la desgarrasen, y en seguida una sensación de alivio, de bienestar, una dulzura inesperada, que le hizo perder la conciencia de lo que sucedía.

Cuando volvió a recobrar sus facultades estaba tendida en una cama de la sala de paridas, la larga sala de grandes ventanas en la que había dos hileras de camas. Levantó trabajosamente la cabeza y miró a su alrededor. Todas las camas estaban ocupadas; había en cada una una mujer que tenía lado un paquetito. Miró cerca de sí. También había allí un paquete. Se lo oprimió el corazón con un sentimiento indefinible que no sabía si era de contento o de pesar. ¡Tenía un hijo! ¡Un hijo!

Sentía deseos de verlo, de ver cómo era, de saber si era niño o niña. Se acercó una monja que velaba a su lado, y le dijo con voz cariñosa.

—Vamos, hija mía; ya pasó el mareillo. Ahora, a dar gracias a Dios Nuestro Señor, a su Santísima Madre y a San Ramón bendito, que la han sacado con bien.

—¿Qué es? –preguntó Isabel cuando la emoción le dejó articular aquellas dos palabras.

—Una niña.

Sintió que se le oprimía el corazón. Sobre el egoísmo que vela en la niña una compañera, una especie de reproducción de ella misma, triunfaba su cariño de madre y se afligía de poner en el mundo una hija, una mujer más; otra que reproduciría su tragedia y la tragedia de todas las hembras malogradas siempre, lo mismo en su entrega que en su integridad. Aquel sentimiento se condensó en una frase:

—¡Una niña¡ ¡Pobrecita!

Repetía maquinalmente la frase de la monja, sintiendo una gran compasión por su hija, a la que pedía inconscientemente perdón por haberla traído al mundo.

La monja destapó suavemente el embozo de la cama y aproximó un extremo del paquetito de carne liada en trapos al rostro de Isabel. Ella vió una masa tierna y rosada, en la que apenas se acusaban las facciones, y una cabecita cubierta de un cabello débil y sedoso, como plumón de pajarillo, pero de un negro intenso y de más de un centímetro de largo. La monja notó lo que miraba, y apartando el gorrito de la recién nacida, dijo:

—Ve...; se le puede hacer un moñito... Vamos...; bésela.

Le acercó a los labios aquella carne blanda, calentita, con un olor a óleo, a causa del paño con aceite que habían pasado sobre ella. Isabel besó... y rompió a llorar. Había sentido entonces por primera vez la realidad del hijo; le había abrasado el corazón aquel beso... ¿Podría separarse de aquel pedazo de ella misma, que se le había arrancado de las entrañas? Vinieron todos los recuerdos, todas las amarguras..., y él..., ¡él!, Fernando, marcando un sello indeleble en su vida con su paternidad, viviendo aún para ella en aquella criatura, que le había producido una sensación de calor y suavidad semejante a la de sus besos. Conforme antes había experimentado todo el dolor y la miseria de la maternidad física, ahora sufría todo el dolor y el desencanto de su maternidad moral. La sentía pesar sobre ella, imponiéndole las más duras obligaciones, y esclavizándola por un sentimentalismo del que no se podía liberar.

Lloró desconsoladamente.

La monja volvió a dejar la niña a su lado y le acarició la frente, diciéndole afectuosa:

—¡Pobrecita! ¡Pobrecita!

Aquella caricia fué un gran consuelo en el abandono en que se encontraba. Había tenido suerte en que la asistiera Sor Angeles; era la más cariñosa, la más comprensiva de las hermanas; porque entre tantas monjas se encontraban todos los caracteres, que no se habían modificado con las ropas, y que seguían siendo tiernos o despóticos, delicados o groseros, a despecho de la mesura que se querían imponer.

Desconcertaban muchas veces aquellas monjas que se acercaban con tanta serenidad a los misterios más hondos de la vida y trataban con todas las mujeres pecadoras, enfermas, encenagadas en vicios, oyendo las palabras más crudas e interviniendo a veces en las más escabrosas cuestiones. Parecía que había en ellas una fuerza de inocencia que les hacía pasar sobre todo sin contaminarse. A veces una asilada se complacía en decirles barbaridades, con el deleite de verlas ruborizarse; pero las monjas sonreían siempre ante los cuadros más lúbricos. En vez de rencor tenían una palabra piadosa, que les hacía callar arrepentidas y confusas.

—¡Desgraciada!

—¡Pobrecita! No había en ellas ese pudor falso, acomodaticio, que trata de mantener a las vírgenes en la ignorancia de los misterios de la reproducción y hace que se les diga que los niños vienen en cestitas de París o los traen las cigüeñas de un país desconocido. Tenían la serenidad de mirar cara a cara la verdad y no ignorar las funciones naturales, tan sencillas y contundentes, con serenidad y pureza.

Luego, más tarde, cuando sintió a su hija pegada al pecho, alimentándose con su jugo, le pareció que estaba aún tan unida a ella como si aún la tuviese en sus entrañas. Estaba quizá más en sí misma, más dentro de su corazón.

Al día siguiente las monjas le hablaron de bautizarla; era un cuidado que no descuidaban nunca. Lo que más les interesaba era enviar angelitos al cielo. Morían los niños recién nacidos con una proporción alarmante y había que velar por que no murieran sin bautismo, abrir ante ellos la puerta de la Gloria para regocijo del Señor, como si sólo para eso hubieran sido hechos.

Desaparecían los pobres paquetitos de un modo que no se explicaba qué fin habían llenado con venir a la vida. Era como el paso de una estrella fugaz; un absurdo de nacer para morir como si no tuvieran más misión que la de conocer el dolor. Unos estaban acatarrados de un modo alarmante, otros no tomaban bien el pecho. Los médicos apenas les prestaban atención, perdida quizá un poco la compasión a la infancia entre tan abundante cosecha. Todos los días se escuchaban lloros y gemidos de las madres que veían morirse a sus *críos*.

Las que no querían que bautizasen sus hijos en la capilla de la Maternidad pagaban siete pesetas en San Millán[111] y una peseta a la comadrona, en cuyos brazos recibían el agua bautismal la mayoría de los niños.

La casada, acostada unas cuantas camas más allá de Isabel, no dejó perder la ocasión de humillar a sus compañeras.

---

111   La Iglesia Parroquial de San Millán y San Cayetano está en la Calle de Embajadores, 15. San Millán, Patrón de Castilla, aparece en la portada de la parroquia con un libro en las manos como maestro de la vida espiritual, con unas cabezas moras a sus pies.

—Mi hijo se bautizará en la iglesia e irán sus padrinos y su padre para ponerle los apellidos –dijo con orgullo, peleando con las monjas que no consentían en legalizar los niños que nacían allí, temerosas de un engaño, ya que no podía investigarse la paternidad.

Los que deseaban reconocer a los hijos tenían que ir con los testigos a inscribirlos en el Registro Civil.

Isabel guardaba silencio. La monja se aproximó a su cama.

—Vamos a llevarnos esta morita[112] –dijo–para traérsela hecha una cristiana. Su madrina espera.

—¡Su madrina!

La monja se sorprendió de su extrañeza.

—¡Cómo! ¿No sabe usted?

—¿Qué?

—Ha venido una joven–; dice que es parienta de usted...; ha pagado el bautismo..., y está esperando... Se llama Agueda Martínez.

Isabel lloraba, conmovida de aquel rasgo de ternura de la amiga. La monja volvió a preguntar con desconfianza:

—¿Pero no lo sabía usted?

-Sí, es mi hermana..., mi hermana del corazón.

—Por cierto que ha encargado que diga usted cómo quiere que se llame la niña.

—Agueda.

Depositó un beso sobre la cabecita de la niña, y así que vió salir a la hermana con ella, cerró los ojos. Agradecía con toda la fuerza de su sangre la atención de su amiga, que acogía a su hija y parecía redimirla de la mancha original de su nacimiento.

Cuando pasaban los minutos crecía su desasosiego, su impaciencia por que le devolvieran la niña ¿Se la cambiarían? Era una duda que la asaltaba cada vez que la llevaban a empañar y le hacía esperarla ansiosa siempre. Ya no concebía la vida sin aquella criaturita a su lado. Se había refugiado en ella toda la ternura de su corazón.

Entre tanto Agueda sufría una emoción parecida, esperando la llegada de la comadrona en San Millán. La iglesia tan grande, tan desmantelada, tan en sombra, tenía un aspecto de cueva húmeda, un ambiente pegajoso, triste, pobre.

Delante de una capilla, a la izquierda del altar mayor, estaban arro-

---

112 *Morita*: dícese de la niña que todavía no ha sido bautizada.

dilladas dos monjas, con los rostros ocultos por las grandes alas blancas de sus tocas, con los bustos erguidos, las cabezas inclinadas, en una inmovilidad de estatuas; delante de ellas una docena de chicuelas vestidas de ese azul oscuro y triste de las hospicianas, estaban arrodilladas, inmóviles también, como atrofiadas y entontecidas. Agueda las miró con pena. ¿Por qué no las dejarían consolar su miseria enviándolas libres y solas a jugar en los jardines? Detrás de ellas unas cuantas mujeres viejas, como refugiadas allí, coreaban también con voz gangosa las *Aves Marías* del rosario.

Cuando se abrió la puerta del fondo, con ese ruido estridente con que suenan las puertas de los templos, y apareció la figura voluminosa de la comadrona, llevando en brazos aquel envoltorio de trapos, sintió latirle con fuerza el corazón. La mujer avanzaba hacia la sacristía, haciendo sonar sus pisadas fuertes sobre las losas. Agueda la siguió.

Pasaron un largo corredor lleno de candeleros de madera dorados, con lágrimas de cera, que despedían a la par un olor a iglesia y a cadáver, y penetraron en una estancia grande, desmantelada. La comadrona, que era una horrible mujer gorda y desnarigada, se dejó caer con su carga sobre un banco de madera, cerca de una mesilla vieja, donde un hombre enteco [113], mezcla de sacristán y sepulturero, sin saludarlas siquiera, empezó a llenar las casillas de un libro, de acuerdo con la apuntación que le dió la comadrona. Al llegar a un punto se detuvo y preguntó:

—¿El nombre es Agueda?

—No –repuso con viveza la joven. Es Fernanda, María del Carmen, Ramón.

Mientras el hombre escribía, continuó como si quisiera explicar su pensamiento:

—Se llamará como su padre, y además el nombre de la Virgen, el del abogado de las madres y el del día.

—San Benito.

—Benita.

—La madre quería Águeda –dio la comadrona.

—Sea; Fernanda, María del Carmen, Ramón, Agueda, Benita.

El hombre escribió la larga lista refunfuñando.

—Pues eche usted nombres. Ni que fuera de la familia real.

---

113 *Enteco*: enfermizo, débil, flaco.

Le parecía demasiado lujo tantos nombres para aquella niña nacida en la Maternidad.

—Vamos a la pila.

Penetraron en una pequeña estancia llena de bancos y candeleros de aquellos que había visto antes, y que debían haber servido en alguna fiesta, y se acercaron a la pila. No tardó en entrar un cura flaco, de facciones abultadas, que parecía escapado de una página de *El Motín*.[114]

La comadrona, aquella mujer que le causaba repugnancia, como si estuviese impregnada de la miseria de los partos, le puso en los brazos el cuerpecillo, que parecía casi chafado por el peso del mantevuelo.

Entonces miró a la niña por primera vez, con los ojos llenos de lágrimas, buscando en ella rasgos de su madre o de Fernando. Sentía una gran ternura por la criaturita, a la que le parecía haber salvado de un peligro no dejando que la amadrinase aquella mujer, que la hubiera hecho hospiciana.

Maquinalmente hizo la promesa que se arrancaba por su medio a la recién nacida, contestando el *sí quiero* en el latín que lo dictaba el monaguillo, sin saber lo que decía:

—Bolo.

—Bolo.

Rezó el Credo, vió cómo le ponían en la boquita la sal, le hacían las cruces del crisma, y el sacerdote viejo y apergaminado arrojaba sobre la cara de la niña un aliento capaz de marchitarla. Le costó trabajo volver en sus brazos el montón de trapos, con miedo de lastimar aquel cuerpecillo blando, como sin huesos, para que le echaran el agua.

—Pobrecita, se va a constipar más... Debían templar el agua para todos los niños.

No pudo acabar al ver la mirada del cura. ¡Pues no quería delicadezas! Eso se hacía sólo con los niños ricos, para complacer a los padres, porque el agua bendita no podía hacer daño. La pequeña Fernanda respiraba trabajosamente; con ese catarro de los niños de la Casa de Maternidad, en cuya limpieza no se andan con mimos.

Una vez acabada la ceremonia, tuvo que dar la propina al acolitillo, ridículamente vestido con su falda roja, y entregó la niña a la comadrona, al par que una moneda que le hizo sonreír agradable y atenta:

---

114 *El Motín*: *El Motín Libertario*, periódico satírico, republicano y anticlerical, fue redactado entre 1881 y 1924 por José Nakens Pérez (1841-1926). A partir de 1908 llegó a tirar 20.000 ejemplares cada semana.

—Si la señora quiere algo.

—Dígale usted a su madre que me avise su salida para esperarla. Que le tenemos preparado su cuarto y la canastilla de Fernanda... Dígale usted que se llama Fernanda. Le dio un beso y se alejó por el templo triste, en el que seguían rezando las viejas, las monjas y las niñas envueltas en su mísera envoltura de tela azul.

Isabel abrió los ojos al oir la voz de la Hermana:

—Aquí tiene hecha una buena moza, a Fernandita.

—¿Fernanda?

—Sí –dijo la comadrona–; lo ha querido así la madrina, que dice que la espera con su cuarto preparado y la canastilla hecha.

Ella no dijo nada; pero inclinó la cabeza y lloró, besando a la niña, y ofreciéndola como regalo la blancura de su pecho.

Deseaba tanto salir de allí que por un esfuerzo de voluntad se restablecía rápidamente. Las conversaciones de cama a cama eran siempre las mismas: se contaban lo que habían sufrido. No se oía hablar más que de *la bolsa de las aguas*, de las secundias y de los dolores...

Se estaban quejando continuamente de los pechos apostemados, de las grietas de los pezones y de todo el cortejo de miseria en que se envolvía la maternidad. Se daba el caso raro de que a la hora de la visita de los médicos era cuando menos se quejaban. Las invadía un orgullo maternal y mostraban sus hijos:

—Mire usted qué guapo es, don Miguel.

—Más hermoso es el mío.

—Fíjese qué pelito tiene.

—Vea qué gordo está éste.

Sólo las que tenían las criaturas flacas, esmirriadas, llenas de costras, callaban con una especie de vergüenza, como si algo les avisara, en medio su inconsciencia, que ellas eran las culpables de toda la miseria de sus hijos. Como si se sintieran responsables del crimen de poner criaturas desdichadas en el mundo. ¿No sería mejor abortar que tener esos hijos destinados a la miseria, a la enfermedad y al sufrimiento desde que nacen? La librepensadora formulaba sus ideas.

—Si no fuera porque mi compañero y yo estamos sanos y tenemos para mantenerlo, lo hubiera ahogado antes de echarlo al mundo y tener que abandonarlo.

Se veía allí el crimen de tener hijos enfermos, miserables, cuya responsabilidad parecían asumir las madres, que eran las menos culpables, por como les alcanzaba una parte tan grande en su sufrimiento. Muchas, en su dolor, tenían palabras de maldición para los hombres que las habían conducido a aquel estado y en otras vencía aún el amor, sobreponiéndose a todo otro sentimiento.

Casi todos los pequeñuelos se veían atacados de oftalmía purulenta por el contagio del puerperio maternal; otros tenían la boca mala, con aquella especie de hongo blanco que les cubría los labios y la lengua, y que era preciso arrancar despiadadamente. Era un espectáculo doloroso y repugnante al mismo tiempo el contemplar toda la suciedad y todo el agobio de la maternidad. De vez en vez una protestaba:

—¡Y que seamos las mujeres tan tontas que nos veamos así!

Otra decía:

—Si hubieran de parir los hombres y pasar estos trabajos se acabaría el mundo. Ya supo Dios lo que se hacía.

A veces una, con más filosofía, profundizaba en la llaga:

—¡Pobres hijos!

—¡Pobres inocentesl

Unas a otras se preguntaban continuamente:

—¿Te vas a llevar el *crío*?

Las que podían hacerlo respondían con orgullo un ¡ya lo creo! que daba a entender que siempre abrigaron los mismos propósitos.

Algunas contestaban con un «Sí...» tan vacilante que se veía en él la resolución recién adoptada, que las iba a lanzar hacia lo desconocido con el hijo en brazos.

No faltaban las que, llenas de ardor maternal, decían:

—Sí. Me lo llevo aunque nos muramos de hambre juntos.

Otras, menos valientes, suspiraban:

—¡Qué remedio! No lo puedo llevar.

Contaban sus cuitas: consideraciones de familia... imposibilidad de poderlo criar...

Casi siempre repetían:

—Pero en cuanto pueda vendré a buscarlo.

Lo decían de buena fe, como si ellas mismas trataban de engañarse y de tranquilizar su conciencia.

Cerca de su cama había una jovencita morena, de ojos grandes y una rara belleza tan débil, tan enferma, que no se movía ni hablaba apenas. Si tenía un momento de energía era cuando la hermana enfermera le acercaba el hijo a mamar. Se revolvía furiosa:

—No, no; no quiero... No tengo leche.

—Vamos, hija –decía la monja, con paciencia–; no sea mentirosa, que Dios Nuestro Señor castiga, y si no quiere darle la leche al niño, le saldrán postemas.

La amenaza asustaba a la mujer dolorida que se dejaba acercar la criatura al pecho y sufría como un martirio el dejárselos descargar, poniendo siempre un gran cuidado en no mirar al hijo.

Las otras, tan enamoradas de los suyos, o tan entristecidas por tenerlos que abandonar, odiaban al *número 8* por ser tan desnaturalizada.

Isabel tuvo la suerte de que su hija no padeciera mas que un ligero catarro, casi inevitable, dado el descuido con que los lavaban y empañaban las monjas, y a los cinco días pudo ya levantarse de la cama. Al ponerse de pie experimentó una sorpresa. ¿Y su barriga? No se había dado bien cuenta de que no tenía su barriga. Se encontraba vacía, alisada, de modo que inconscientemente se amagaba, se inclinaba hacia adelante, sintiendo una tirantez, un hueco en el sitio donde tuvo el peso de su barriga.

Se acercaba el momento de salir. A los siete días, estando bien, los médicos daban el alta y las ponían en la puerta de la calle, vestidas con la ropa con que entraron, sin cuidar lo que sería de ellas.

Pero durante aquellos siete días trataban de encariñarlas con sus hijos, haciendo que les dieran el pecho; procuraban que sintieran el impulso de no abandonarlos, obligándolas a entregarlos ellas mismas; pero no se cuidaba de proteger a la madre deseosa de conservarlos, y que tenía que doblegarse ante la pobreza y la falta de medios de vida. Nada que protegiera a la madre, que la ayudase a lactar. Sobre todo a la madre soltera, que había de ocultar la maternidad como una vergüenza.

Le explicaron todas las condiciones. Si había de dejar allí la niña, tendría que ir a entregarla al director, y desde la Casa de Maternidad pasarla a la Inclusa. No tenía que depositarla en el torno. Bastaría con ponerla en aquella máquina que las monjas llamaban la *guillotina*, con la que ajustaban a su cuello el precinto de la medalla en que constaba el número que había de servir para reconocerla. Muchas tenían miedo de que les cambiaran los hijos; pero con aquel procedimiento resultaba imposible. Podían estar tranquilas; los niños quedaban atendidos, y se los daban a criar a amas, a las que pagaban tres duros mensuales; pero no los dejaban ver de las madres, que sólo una vez al mes, el primer domingo, podían saber noticias de ellos; noticias lacónicas, de una sola palabra, dicha con igual indiferencia a todas las que formando interminable cola se acercaban a la ventanilla:

—¡Vive!

—¡Ha muertol

Unas se iban tranquilizadas para un mes y otras se apartaban deshechas en lágrimas en las cuales entraba por mucho el remordimiento. Sólo las que pagaban seis duros a la Inclusa eran las que tenían derecho de ver a sus hijos cada quince días. Pero hasta las que se quedaban a criar en la Inclusa no podían criar a sus propios hijos.

Aquello indignaba a Felipa.

—¡Qué sociedad! –decia–. De todo esto tiene la culpa el que las mujeres no piensan. ¿Por qué no han de dejar que las madres vean a sus hijos...? Además, con esos tres duros que le dan a una extraña muchas mujeres no tendrían que abandonar a los suyos y los criarían ellas.

Tenían tal fuerza sus argumentos, que las monjas no se atrevían a contestar más que con aquellas ideas escasas que tenían estereotipadas bajo las tocas.

—Tiene que ser así.

—Lo manda el reglamento.

El reglamento para ellas era una cosa intangible, tan inatacable como el misterio de la Trinidad.

La nueva vida

Se deslizó fuera de la alcoba sin hacer ruido, dejando en la oscuridad a Fernando y la niña, y se dirigió a la cocina.

—Buenos días.

Le respondió la voz soñolienta de una muchachuela desgreñada y sucia, que trataba de encender la hornilla.

—Buenos días, señorita Isabel.

—¿Has lavado los pañales de la niña?

—Sí, señora.

—Bueno, pues baja a comprar el pan mientras yo hago el desayuno y pongo el cocido. Hoy es sábado y tengo que ir con Fernandita a la «Gota de Leche».

La muchacha se disponía a salir, cuando Isabel reparó en ella.

—¿Pero no te has peinado?

—Sí, señora.

—Estás con los pelos colgando y la cara sucia.

—Sólo hace dos días que me lavé.

Sin aguardar a más escapó corriendo escalera a abajo, después de dar un portazo. Se oyó en la alcoba la voz de Fernando.

—¡Pero Isabel, hija, que todas las mañanas tiene que ser ésto y no dejar dormir a nadie... ¿Qué hora es?

—Las siete.

—Podías no haberme despertado hasta las ocho y media. Vosotras, las mujeres, como no tenéis que hacer nada más que estar en casa, no os hacéis cargo de que las personas que trabajamos necesitamos reposo... No os importa que reviente uno...

—Por Dios, Fernando, qué cosas dices.

—Sí, ponte ahora a llevarme la contraria. Es el momento para eso...

—Duérmete.

Iba a entornar la puerta, cuando de la cuna, colocada al lado de la cama, salió el débil

—Enga, enga, enga, de un pequeñuelo.

Estalló de nuevo la cólera del hombre.

—Empieza ahora el canario de alcoba. Después de la noche que ha dado...; esto es insoportable.

—¿Estará mala?

—¿Que estará mala? ¿Qué dices?

—Hoy es sábado y la verá el médico.

Él se calmó como por encanto, alarmado por la idea de la enfermedad de la pequeñuela.

—¡No faltaría más! Te descuidas demasiado con la muchacha... A ver si le da un golpe... o le da de comer algo...; las criadas son el demonio..., y como estas criaturitas no hablan...

—No te asustes..., son los dientecitos...

—¡Los dientecitos! Y lo dices tan tranquila. Los dientecitos. ¿Sabes tú los niños que mueren en la dentición?

—Voy a darle el biberón.

—Hasta esa desgracia...; no poder criar tú... Sería mejor que se la llevase un ama.

Pero Isabel había vuelto a la cocina, arrullando en sus brazos a la niña, que seguía con acento de dolor su incansable «enga, enga, enga».

Sonaron unos discretos golpes, dados con los nudillos en la puerta. Abrió sigilosamente.

—¿Cómo está la moza? –exclamó Agueda entrando en la cocina y precipitándose sobre la pequeñuela, a la que meció con una fuerza y un entusiasmo que debieron ser de su agrado, porque dejó de llorar y empezó un runruneo a modo de canto, que expresaba satisfacción.

—Parece que conoce a la madrina –dijo Isabel abrazando a su amiga.

—¡Ya lo creo que me conoce! Y que me quiere. ¡Tengo ya unas ganas de que diga *ajo* y *mama* y *papa*! Y empieza a hacer gracias. La verdad es que los hijos son la alegría de la vida.

—¿Lo crees?

—Natural. Yo quisiera poder tener uno yo sola, sin necesidad de que tuviera padre. ¿Sabes? No me quiero casar, pero siento la necesidad de un hijo.

—¡Si ésta fuese niño!

—¡Qué tontería! Los niños son más del padre... y de la calle...; las hijas son más de la madre, de la casa. Dice el refrán que más vale una hija mala mujer que cien hijos canónigos.

—Pues si vieras con qué pena la miro por ser mujer. «Otra mujer» –digo–. «Si no creciera» –pienso a veces–, «si fuera siempre un angelito como ahora». Hasta desearía que fuese muy fea para que no la quisiera nunca nadie. ¡Qué sé yo!

Agueda se había puesto de pie porque no olvidaba la hora de entrar en el Bazar. Mientras besaba ruidosamente a la niña dijo:

—Pero ¿qué te pasa, Isabel? En los días que eras más desgraciada que ahora te he visto más animosa.

—No...; no es nada... ; ya hablaremos... otro día.

—Si quieres vendré mañana.

—No, no, mañana no... Es domingo...: otro día.

Parecía tener una prisa que se esforzaba por disimular en despedir a su amiga. Cuando cerró la puerta tras ella dió un suspiro de satisfacción y apretando a la niña contra su pecho rompió a llorar, con lágrimas silenciosas, abundantes, que parecían arrastrar sus dolores como las aguas corrientes arrastran el fango, para dejarle limpia el alma.

—Tiene razón Agueda –suspiró–; ahora que he llegado a conseguir casi toda la felicidad que puede tener una mujer, cuando he logrado lo que me parecía un imposible, es cuando me encuentro más desgraciada, más sola...

Ella misma no se daba cuenta de lo que sentía. Sentía el vacío de su falta de independencia, de su servidumbre, de su desigualdad respecto a Fernando.

Todo aquello había sido obra de Agueda. Fué ella la que de un modo hábil había preparado la encerrona que puso frente a frente a los dos amantes cuando Isabel no quería hacer nada para atraerlo. En los primeros momentos había sido un desconcierto para él verse ante la realidad del hijo. No lo había comprendido antes como lo comprenden las madres. Miró con curiosidad la carita mal delineada en la carne blanda, de un color rosado, buscando en ella rasgos suyos o rasgos de Isabel. Poco a poco creía distinguir un parecido, como si se mirase en un espejo empañado... Sentía despertarse en su alma un movimiento de ternura. Sabía que era su hija porque lo decían. No se había desprendido de sus entrañas como de las de Isabel, y, sin embargo, la creía tan suya como de ella. En su ternura había como una soberbia de creador, un orgullo de verse reproducido. Alargó un dedo y lo introdujo en el puño cerrado de la niña. Su calor, su blandura, lo hicieron estremecerse y se inclinó para besar aquella carita, sin decir una sola palabra.

Después sus ojos buscaron a Isabel. Le pareció una mujer nueva; pero más suya que la otra. Era como si al dar aquella vida la joven tuviera toda la madurez y la lozanía de las plantas que han florecido y dado su fruto, ofreciéndose a otra nueva floración.

Su largo cuello aristocrático, que con tanta gallardía sostenía la cabeza, estaba más firme, más lleno; se asentaba sobre un busto desarrollado, un talle de mayor esbeltez. La belleza de la niña se había convertido en la belleza de la mujer.

Fernando, sin querer confesárselo, sintió un nuevo enamoramiento por Isabel. No se tomó la molestia de pedirle perdón por su abandono. Era como un derecho suyo el poderla tomar o dejar a su capricho. El hijo era como una huella, una marca de esclavitud que él había puesto sobre su cuerpo. Le pertenecía la cría y esto lo haría dueño de la madre. Ella debía transigir con el deber de aceptar al padre de su hija.

Las primeras semanas transcurrieron en una especie de noviazgo. Él, atraído por la belleza de la madre, que se traducía como cariño a la hija, quiso que vivieran juntos. Su proyecto de formar aquel hogar la entretuvo en los primeros días para no dejar de ver todo el desencanto con que ella volvía a aquel amor, después de su primer desengaño.

Fernando tenía un modesto sueldo de empleado y había de mantener su casa con lo mismo que gastaba en la casa de huéspedes. En realidad no hacia más que cambiar de alojamiento; una patrona bella, capaz de satisfacer todos sus deseos, una casa de la que se sentía dueño y señor absoluto.

Isabel era, como lo es casi siempre la mujer en los matrimonios de la clase media, una especie de patrona de casa de huéspedes, una criada distinguida, una ama de gobierno para servir al señor.

Así la pobre mujer tuvo que tomar aquella criadita treintarrealera para que le hiciese los mandados, lavase los pañales y cuidara de mecer a la niña, a la que ella no podía atender, ocupada continuamente en guisar, lavar, planchar, coser y arreglar la casa, sin darse punto de reposo.

No veía a Fernando más que a las horas de dormir y a las horas de comer. Cambiaban pocas palabras sobre las necesidades de la casa o de la niña, a la que criaban con biberones de la Gota de Leche.[115] Él no le hablaba de sus proyectos, de sus empresas ni de sus diversiones. Se sentía molesto por el ambiente frío, triste, de la casa de paredes desguarnecidas, desnudos de esteras los suelos, con escasos muebles viejos las habitaciones y más que escaso menaje de vajilla y de lencería.

A pesar de todos los esfuerzos de Isabel, la mezquina asignación no bastaba a cubrir gastos. Se esforzaba por ponerle a él principio y por servirle de noche un par de huevos y chuletas con tomate, mientras ellas se contentaban con el cocido solo, o con el plato de patatas o judías. Pero él era el hombre, el señorito. Necesitaba el vino, el café, el postre... No le podía faltar el tabaco, y era preciso hacer milagros para tenerle la ropa limpia e impecable. Se enfurecía si le faltaba camisa limpia, o si un cuello no estaba bien planchado, insultando por igual a la criada y a Isabel.

Además, Fernando se hacía exigente, disfrazaba su despotismo con la máscara de los celos. No quería que los visitase tanto Agueda. Aquellas amigotas no eran de su agrado.

—Lo que tengas que decir, me lo dices a mí. No necesitas a nadie más. En casa de mi madre jamás ha habido entrantas ni salientas.

No se atrevía Isabel a oponerse a sus deseos ni a rebelarse contra su servidumbre. ¿Para qué? Estaba segura de que él no la amaba ya. Pasaba noches enteras sin ir a la casa y apenas se dignaba disculparse. Se daba cuenta de que había entre los dos algo incompatible, compa-

---

115 *Rafael Ulecia y Cardona* (1850-1912) funda en Madrid el Primer Consultorio de Niños de Pecho y Gota de Leche en enero de 1904. Antes de poner en marcha el proyecto había visitado el Consultorio de Budin en París y el Dispensario de Vairot en Belleville, copiando para su institución las técnicas de «maternización» de la leche de vaca por medio de desnatadora, centrifugadora y esterilizadora.

tible sólo en la hija. Los dos amaban a la hija; era lo único que los unía. Conforme pasaban los días creían ver en ella nuevos rasgos de inteligencia.

—En cuanto oye la voz del padre vuelve la cabeza –decía la joven.

—Ayer me oyó y dejó el biberón para mirarme –decía él, ufano.

Ambos se extasiaban cuando, dándole golpecitos en la barbilla, le hacían decir:

—¡Ajooo...!

O reír con esa risa callada de los niños.

Se acercaban a la cama a verla dormir.

—Di *Dios te bendiga* y no la mires mucho mientras duerme, que es malo –advertía la madre.

Fernando sonreía, sin hacer caso de supersticiones; y solía preguntar mirando la carita movible de la pequeñuela, que en su sueño movía los labios como si mamase o contraía el rostro con gestos de llanto y de risa:

—¿Qué soñará este muñeco?

Un día se lo explicó la tía de Agueda.

—Es que se acuerdan de lo que han sufrido para nacer, y por eso lloran.

—¿Y cuando ríen?

—Ven al ángel de su guarda en sueños.

Toda aquella contemplación, aquella personalidad de la hija que se iba desenvolviendo los esclavizaba. Le hacía a él volver a la casa, y a ella soportar todas las pesadumbres. Se acostumbraba ya a mirar en el hogar un refugio, en el que no tenía que luchar para ganar el sustento; como si todo aquel trabajo no fuese un esfuerzo que mereciese la recompensa. Creía que trabajar en su casa no era trabajar, y seguía en su vida de domesticidad mecánica, casi irracional, acostumbrándose a ella, sometiéndose a ella, para perder hasta la noción de la libertad.

La vida les dominaba con su fuerza mayor que la de querer separarse.

Y a medida que los días transcurrían él se iba sometiendo también a la costumbre, y ella sentía la necesidad de mantener aquel hogar tan trabajosamente formado. La hija se convertía para ella en una especie de escudo. Por la hija se podría hasta casar. Fernando, que cada día era más extremoso y más amante de la niña, no podría dejar que llegase un día en que ésta preguntase su nombre y no se lo pudiera decir.

Tendrían que casarse para que Fernandita no se avergonzase en el colegio de sus padres... y para más adelante... cuando se hubiera de casar ella. A pesar de que el matrimonio era remachar su cadena deseaba casarse, firmar su contrato de una esclavitud de que aún podía redimirse; pero el casamiento era una especie de triunfo sobre él y sobre todos. Era el medio de hacer callar a los hipócritas. A veces pensaba en lo hermoso del gesto de la mujer soltera que con un hijo en brazos desdeñase al amante y supiera vivir sola. ¿Pero cómo? ¿Podría lanzarse a la lucha una mujer pobre con un niño en brazos? Tendría un millón de probabilidades en contra suya. Se habría de resignar, y su única liberación era el matrimonio y se aferraba a la chica, cuidándola con un amor egoísta; inquieta siempre de ver desmoronarse toda su vida al contemplar a la pobre niña triste y malucha, como si estuviese maculada para siempre por su nacimiento en la Casa de Maternidad. Tal vez era que ella no amó a la hija lo bastante antes de nacer que no la cuidó entonces bastante. Le había faltado la leche, seca en sus pechos apostemados, para poderla criar. En vez de acallarla con su pecho tenía, cuando no le daba el biberón, que darle a mamar aquella especie de pezón de goma que la engañaba y la entretenía hasta que le hacía dormirse cansada y exhausta de chupar en vano. Parecía que aquella leche de las botellitas de cristal, dosificada, descremada, con la prescripción de la hora a que había de tomarla no sentaba bien a la niña.

A despecho de todos los cuidados se la veía cada vez más flaquita, las piernecitas secas, el vientre abultado, los brazos como alillas sin plumas y el pescuezo delgado como un hilo que no pudiese sostener el peso de la cabeza, que se balanceaba de un lado a otro. La carita de un blanco de cera se demacraba hasta tomar el gesto de una cara vieja y a los ojos tristes parecía asomarse el alma pensativa, alojada allí, que deseaba escapar.

A la pobre madre se la oprimía el corazón. La niña tenía todo el aspecto de esos pajarillos a los que, para que no vuelen, se les retuerce un ala.

La Gota de Leche

Formaba cola, con su hija en brazos, entre aquel grupo de mujeres que esperaban que se abriese el consultorio. Se reunían allí todas las semanas para que los médicos encargados de la Gota de Leche reconocieran a sus hijos, les dieran consejos y les señalaran la ración de alimento.

No había quien las convenciera de que sus hijos tenían bastante alimento con aquella media docena de biberones que les daban. Todas sufrían la pesadilla de creerlos con hambre, y sin hacer caso de los consejos de la ciencia para no fatigar el estomago de los niños con más cantidad de la que podían digerir, todas procuraban darles papillas, harina lacteada o añadir a la ración otro poco de leche. Eran raras las madres que aparecían sonrientes con sus hijos saludables y lozanos. La mayoría llevaba en los brazos criaturas pálidas, de ojos tristes, con los cuerpecillos flácidos, que se doblaban entre sus manos como peleles.[116]

Todas las conversaciones eran un lamento, entre el que disonaba la jactancia de las pocas felices, en cuya cacareada disciplina no creía ninguna, porque todas tenían su secreto: el secreto de su desobediencia.

No podían hablar de otra cosa las pobres mujeres cuya vida toda estaba pendiente del amor a los hijos, ese amor que esclaviza a la mujer, que la domina casi irracionalmente, y al que no se puede sustraer, quizá

---

116 El mantenimiento de la salud infantil a través de la higiene moderna fue un tema constante durante la carrera de Carmen de Burgos. Según la biografía de Núñez Rey, la autora dio a luz a cuatro hijos: Arturo, quien falleció a las trece horas de vida (1890), María del Mar, quien sobrevivió solo dos días (1891), Arturo José, quien vivió ocho meses (1893), y María, nacida en 1895, la única hija que logró esquivar la muerte durante su infancia. En 1904 de Burgos publica su texto más conocido sobre el tema, *La protección y la higiene de los niños*, declarado de mérito y utilidad por el Consejo de Instrución Pública y por la Real Academia de Higiene.

porque es como el refugio del ideal de la pureza de todos los amores.

Cambiaban impresiones de sus angustias:

—El mío ha pasado la noche llorando.

—Este tiene fiebre.

—Me lo están matando la diarrea.

—Es la dentición.

—No quiere mamar y está con los ojos cerrados.

—Este llora porque se lo traga todo en dos sorbos y quiere más. Necesitaba una vaca.

Sin embargo, todas esperaban llenas de esperanza la mirada del médico, como a algo sobrenatural que los sanaría por su propia virtud.

Pasaban horas enteras de mortal angustia esperando su vez para hablar con el facultativo. Cada una tenía miedo de la vecindad de las otras. Miraban con recelo a aquellos niños con el rostro o la cabeza llenos de pupas, con los vientres hinchados, y aquellas toses que los sacudían convulsivamente o que parecían salirles de lo hondo del pecho.

—¿Tiene la tos ferina? –preguntaba alguna inquieta.

Siempre la interesada negaba.

—No. Es debilidad.

Cada una estrechaba con miedo al suyo, dominada de un temor aprensivo que molestaba a su vecina.

Se veía allí el calvario de la madre. La servidumbre y la tristeza de la maternidad. Los padres no iban nunca. Eran ellas, las pobres mujeres, las que soportaban todo el fardo de los dolores. Había una circunstancia en la que ninguna parecía fijarse y que aterrorizaba a Isabel: la renovación de personas.

Todas las semanas faltaban compañeras de las que asistieron la semana anterior y ocupaban su lugar otras nuevas. Quería engañarse a sí misma pensando que habrían dejado de ir voluntariamente; pero algo le decía que no era cierto; que los niños habían sido víctimas de su miseria; que por eso no volvían y que tal vez ella misma habría de dejar a otra desdichada su puesto vacante.

Después de la consulta iban todas esperanzadas y todas se despedían «Hasta el sábado» con una confianza que tenía algo de deseo, de sugestión, de fuerza que dominara y doblegara al porvenir.

Cuando el mísero cuerpecillo de Fernandita reposó en la cuna que servía de balanza, Isabel miraba con tal ansia el rostro del doctor, que no pudo dejar de apercibir la sombra de desagrado y de tristeza con la que a pesar de su costumbre de contemplar a los niños dolientes veía siempre su miseria.

—¿Está peor, verdad?

—No.

La vacilación de la voz lo daba valor de afirmación al monosílabo. Ella no quería entender. El médico miraba el libro donde estaba anotado el peso anterior.

—¿Qué pesa?

—Unos gramos menos.

Después, de un modo mecánico, por la seguridad de que todos, con verdad o con mentira contestaban lo mismo, demandó:

—Le ha dado usted de comer algo.

—No, señor.

—¿La baña usted todos los días?

—Sí, señor.

—Toma con regularidad los biberones?

—Como usted lo ha mandado

—¿Y llora mucho?

—Nada. Está siempre durmiendo. ¿Será malo tanto dormir?

—No..., no...

Vaciló un momento, y luego, cuando con la niña en brazos ella parecía aguardar la última palabra, añadió:

—Nada..., nada más...; que siga así, y hasta el sábado.

Ella no se resignaba a irse sin un remedio.

—¿No le manda usted nada?

De buena gana el médico hubiera contestado que no. Sabía que los remedios eran inútiles; que todo lo había de hacer la Naturaleza, sabiamente ayudada de la alimentación y la higiene. La medicina no tenía lugar cerca de aquellas criaturas que ya nacían esquilmadas, raquíticas, empobrecidas por las miserias de las madres y con la sangre envenenada por su anemia o sus sufrimientos. Pero la mirada ansiosa de la pobre mujer lo conmovió y extendió una receta, que le había de servir de consuelo.

Pasó entre las dos filas de mujeres dolorosas que aún esperaban y emprendió lentamente la subida de la calle de San Bernardo, estrechando a su hija contra su pecho. Algo le decía que ella era culpable de la debilidad de aquella vida, de la que no se había preocupado antes de que naciera, inconsciente de su misión de madre como lo había sido antes de su propia misión. Vió con un movimiento de odio su figura gallarda y fuerte reflejada en el cristal de un escaparate. Su rostro tenía un color rosado y en sus ojos, a pesar de la tristeza, brillaba la salud. Era como si el nacimiento de la hija hubiera arrastrado todas las impurezas de su sangre, dándole nueva lozanía. La apretaba contra su pecho más y más, deseando infiltrarle con su calor la savia de su vida, darle parte de su misma existencia; una especie de transfusión de alma y de sangre.

Al llegar frente al Hospital de la Princesa, casi tuvo que apartarse para dejar paso a una camilla de la Casa de Socorro. Detrás de ella caminaban tres mujeres llorosas, como si acompañasen un entierro.

—¡Agueda! ¿Qué es esto?

La joven, al ver a su amiga, la arrojó en sus brazos y rompió a llorar con desconsuelo.

—¡Mi tía...; mi pobre tía!

—¿Pero qué sucede?

—Una hernia...; se le ha estrangulado una hernia.

Isabel entró detrás de ella en aquel edificio de ladrillo rojo, de cuyos muros parecía desprenderse una frialdad y una tristeza que agobiaban. Un alma dolorosa que estaba impregnada en ellos, ese alma que se le presta a las cosas, y que es capaz de sensibilizarlas, como el flúido de las manos a las mesas de madera.

No las dejaron pasar de aquel patio claustral, a cuyo alrededor se abrían las salas. Los encargados llenaron una hoja, y después uno de ellos dijo a la sobrina:

—Sala de Santa Rita, número 6; puede usted venir el jueves, de doce a tres.

—¿Pero de aquí a entonces?

—No se puede otra cosa. Es el reglamento.

Isabel intervino; ya sabía ella lo que tenía de inflexible y de tiránico el reglamento. Era inútil luchar contra él.

—Hay que resignarse; verás cómo está mejor.

—Pero es lunes hoy –insistió Agueda–. ¿Cómo vivir con esta intranquilidad?

—Puede usted venir a preguntar todos los días. Le daremos noticias.

—¿Y si estuviese peor..., si se muriese...? ¿No me dejarían a su lado...?

El hombre callaba para evitarse una negativa.

—Me ha servido de madre..., no tiene a nadie más que a mí.

En su expansión dolorosa contaba a su amiga cómo su pobre tía venía padeciendo los tormentos de la hernia, que se abría al menor movimiento. Sin duda había hecho algún esfuerzo y se le había estrangulado. Se le presentó el mal como un cólico... Aquellas dos vecinas que la acompañaban decían que era un cólico *miserere*. Llamaron al médico de la Sociedad, que tardó un día en ir...; y al día siguiente no volvió. La enferma empeoraba y sufría atroces dolores. Cuando fué a buscar de nuevo al médico éste se incomodó.

—Su tía no tiene remedio –le dijo bruscamente–. Tengo varios niños enfermos, y entre ellos y una vieja...

Había sentido una gran indignación hacia aquel hombre, que no apreciaba la vida más que como un factor social; pero disimuló para contestarle:

—¿No la pueden operar?

—¡Phes! ¿Qué sé yo? Mejor sería dejarla tranquila...

Por fin, ante su insistencia, había dado el pase para el Hospital. Era el último recurso, y por eso la llevaba allí.

—¿Por qué no me has avisado? –dijo Isabel.

—¿Para qué? No podías hacer nada.

—Estar a tu lado..., consolarte.

Agueda le apretó la mano.

—Tú ya no eres libre como antes...

Después, volviendo a su idea dominante, añadió:

—¡Mi tía... mi pobre tía... ha sido tan buena y ha sufrido tanto... Ahora mismo, enferma, llena de achaques, no deja aún de trabajar... y estaba tan malita.

—No lo parecía...; exageras.

—No lo creas... Tenía la hernia..., varices..., las miserias que trae la vejez para las pobres mujeres, como una cruz laureada del trabajo y de la maternidad.

—¿Tuvo hijos tu tía?

—Una que se le murió pequeña.

Al oír aquello, sintió un miedo que le hizo apretar más contra ella a la niña. Le parecía que la contaminaba la atmósfera del Hospital. Tenía miedo de que se posase sobre ella una mosca o de que la rozara algo.

El conserje parecía impacientarse. ¡Si fuéran a oír las historias de todas! ¡Eran siempre tan parecidas!

—Vamos, Agueda, ten paciencia. Yo te llevaré a tu casa... Verás como el jueves la encuentras mejor.

Agueda se dejó conducir, debilitada por el dolor, murmurando entre sollozos:

—No..., no la veré más. Morirá ahí, como murió mi madre..., como murió su otra hermana... como moriremos nosotras...

La *Fusil*

Los temores de Agueda se habían cumplido. La pobre anciana no resistió la operación. Isabel aprovechaba todos los momentos para estar a su lado cuidándola en la fiebre nerviosa que la tenía enferma en la cama.

Dejaba la niña en casa de la vecina que ocupaba el piso enfrente del suyo, encargándole que le diese el biberón; hacía aprender a la greñuda y arisca muchacha la lección, en la que ella ponía toda la buena voluntad que tienen las sirvientes para engañar a los señoritos.

—Dices que no he hecho más que irme. ¿Sabes?

La ausencia de Fernando, fuera siempre de casa, hacía innecesaria la mentira. Ella se iba, sin embargo, siempre inquieta y murmurando:

—¿Por qué habrá que mentir para una cosa tan justa y tan sencilla?

Pero sabía cuánto le hubiera desagradado a él que se pasaba el día en la calle sin que nadie le pidiera cuentas el que ella hubiese salido.

Encontró aquel día ya levantada a su amiga.

—¿Por qué no estás en la cama?

—Tengo que ir al Bazar.

—¡Estás loca! Tiemblas de fiebre y apenas te puedes sostener de pie.

—Es preciso. Don Prudencio ha enviado un recado para que vaya. Dice que no puede prescindir de mis servicios so pena de poner otra empleada en mi lugar.

—¿Pero sabe...?

—Fué a verlo doña Enriqueta y le hizo presente mi enfermedad y la pena que me acongoja con la muerte de mi pobre tía... ¿Sabes lo que contestó? «Delicadezas de señoritas. Yo necesito gentes menos sensibles y que no tengan familia.»

—¿Eso ha dicho?

—Sí, eso...; ya ves si es indigno...; y hay que aguantarse..., hay que ir, a menos que se resigne una a morirse de hambre.

Hubo un momento de silencio penoso.

—Si encontrarás otra cosa –suspiró Isabel.

—¿Dónde? Te crees que ya no lo he visto todo.

—En Telégrafos, en el Crédito Lyonés, en el Banco..., en Teléfonos.[117]

—Todo eso exige un examen, una oposición, tiempo..., y luego es tan pobre todo. En el Crédito se ingresa con diez duros, se va ascendiendo de dos en dos... Hay ya casas de comercio que ofrecen iguales o más ventajosas condiciones; pero ¿se puede vivir con ese sueldo? No suponen que las mujeres tenemos que sostener una casa; que hay a veces una familia entera que depende de nosotras. Se nos hasta paga menos que a los hombres en todo caso, hasta en el Bazar.

—Yo creo que si alguna vez nos dan trabajo es por eso, porque les cuesta menos, no por lástima.

—Sin embargo, luego dicen que somos más puntuales, más cuidadosas; que no pasamos las noches de diversión para llegar cansadas y llenas de preocupaciones..., y resulta que confesando que trabajamos más nos pagan menos.

La puerta se entreabrió discretamente.

—Dan ustedes permiso.

—Adelante, doña Enriqueta.

Apareció una extraña figura de mujer.

Era una vieja señora que vivía en el piso de al lado de Agueda, en

---

117   En 1882 el gobierno español declaró que las mujeres podrían trabajar en las oficinas de Correos y Telégrafos. Sin embargo, las mujeres no pudieron participar en los procesos oficiales de selección (oposiciones) para puestos civiles hasta el 1917, y aún si las ganaban, sólo podían servir de ayudantes. En su estudio *La condición de la mujer en España*, Margarita Nelken describe la situación de esta clase numerosa: «Empleadas españolas: mecanógrafas, tenedoras de libros, cajeras, dependientas, todas vosotras, tan humildes en vuestro pobre traje de señoritas, venidas a menos, tan anémicas y tan fieles y tan valientes, tan altas y demasiado empequeñecidas, sois la más pura y la más desconsoladora representación de la condición social de la mujer en España» (38-39). La sociedad española de la época asumía que todas las mujeres iban a casarse eventualmente, y que el empleo femenino iba a ser temporal, según Nielfa Cristóbal.

una habitación que más por caridad que por lucro le tenían alquilada. La infeliz mujer, a pesar de su desgracia, que despertaba la compasión, tenía un tipo tan grotesco que movía a la risa.

Su silueta era la de esos palos a cuyo extremo se clava una cabeza postiza para servir de maniquí; tal era de alta, delgada como si su esqueleto se hubiese estirado y, sin carne alguna ni más cubertura que su arrugada piel, se moviera igual que las muñecas de goznes que andan con resorte. Sobre aquella armadura la cabeza parecía postiza, y más voluminosa con su peinado cuidadoso de rizos blancos y el sombrero redondo de tul y encajes, con ala estrecha y copa ancha. Ese sombrero característico de las damas viejas que a toda costa quieren conservar su señorío y guardan como distintivo el sombrero complicado, achatado, pardo, del que no se quieren desprender.

Doña Enriqueta, que decía siempre que era viuda, confesaba en la intimidad que no sabía si aún vivía su esposo, el cual desapareció un día, sin que hubiese vuelto a tener noticias de su paradero. Lo contaba gesticulando con su rostro seco y su boca desdentada, de un modo que atraía la hilaridad. No se comprendía bien que hubiese podido ser joven. Tal vez de joven esbelta y fresca se había convertido en aquella mujer disecada, de cabeza postiza, y se explicaba que hubiera escapado el pobre marido.

Desde entonces doña Enriqueta, incapaz de hacer nada, se buscaba la vida acompañando señoritas. Cuarenta años de ser Fusil, de cruzar todos los días las calles y los paseos, estirada, tiesa, detrás de las niñas que acompañaba, haciendo esfuerzos por seguirlas en sus pasos ligeros con sus pobres pies cansados. Se vanagloriaba de haber casado a quince de las señorítas que acompañaba. Quince idilios románticos desarrollados a su lado y que no habían dado por fruto un agradecimiento que la llevara consigo. Su aspecto grotesco la hacía incompatible en todas partes. Lo único que tenía eran los restos de los vestidos de seda que desechaban sus acompañadas. Se combinaba con ellos fastuosas toilettes, más tristes, más lamentables en su opulencia que los vestidos pobres y sencillos de las obreras. Había más miseria y más dolor en las sedas viejas.

Su ilusión de toda la vida, que aún esperaba conseguir, era que le diesen el cargo de guardadora de un W. C. de señoras en algún teatro.

Cansada de tanto trotar calles su ideal estaba condensado en la quietud de ese empleo. La pobre *Fusil* rogaba siempre a las señoritas que acompañaba, a sus novios y a sus papás para que le consiguieran aquel cargo, que no alcanzaba nunca porque siempre para cada vacante se cruzaban las recomendaciones de personajes en favor de señoritas de buena casa que lo solicitaban como una salvación.

—Esto, para las mujeres, es como un ministerio para los hombres –decía doña Enriqueta–. No hay que hacer más que sentarse. No se necesita más. Y tienen sueldo... y propinas. El Teatro Real[118] es una verdadera canonjía...

A veces sentía cierta repugnancia de aquel empleo, pero bien pronto se sobreponía a ella las concesiones que había de hacer a la necesidad. En medio de todo, ella conservaría su señorío, su sombrero.

—¡Quién sabe quién es cada una!

Aquel ideal de su W. C. sostenía ahora más que nunca la esperanza de doña Enriqueta, que de día en día iba viendo no disminuir sus acompañadas. Ya ninguna de las que podían pagar una señora de compañía cara la quería a ella. Por una parte, se encontraba demasiado en ridículo cerca de aquel esperpento[119], y por otra doña Enriqueta no era bastante condescendiente con ellas, encastillada en su señorío, en su moral austera.

Sólo las que por economía se resignaban a tenerla disculpaban su aspecto extravagante, hallando en ella el aire de distinción de una *miss* inglesa.

Ahora Enriqueta no tenía más que una señorita, que le daba cinco duros al mes por acompañarla un día sí y otro no. Con aquel dinero se había de sostener. Buena cumplidora de sus compromisos pagaba sus tres duros de alquiler y el medio duro de limpieza y luz. Tenía que arreglarse para vivir con treinta reales. Un real diario.

—¿Cómo hace usted ese milagro? –le preguntaron las dos jóvenes asombradas.

—Ahora, en verano, no se pasa mal –respondió resignada–. Compro quince céntimos de pan, cinco de tomate y cinco de escarola; las aliño con sal y tengo para dos veces.

Sin darles tiempo a ningún comentario, añadió:

---

118 *El Teatro Real*: teatro lujoso de ópera, abrió sus puertas en 1850 durante el reinado de Isabel II y tomó ese nombre por ser la reina su promotora, edificándolo frente al Palacio Real en la Plaza de Oriente.

119 *Esperpento*: género literario creado por Ramón del Valle-Inclán, en el que se deforma sistemáticamente la realidad, recargando sus rasgos gotescos y absurdos, a la vez que se degradan los valores literarios consagrados.

—Y lo peor es que Pepita también se va a casar y me quedaré sin esto... Yo espero que me den el W. C.... Tengo allí mi solicitud...; pero si tarda y me llevan a un asilo me moriré el día que menos lo esperen.

—No...

—No...

Contestaban sin convencimiento, por decir algo, helada de pavor ante la situación aquella. La anciana continuó:

—Así muere mucha gente todos los días. Las mata el hambre; pero se dice que estaban enfermas, y a nadie se le inquieta la conciencia.

La miseria de la anciana había hecho que las dos amigas se compadecieran de ella. Ahora, Agueda, sola, la llamaba con el pretexto de que le ayudara para hacerle tomar un vaso de leche o un plato de sopa; pero guardando las formas más escrupulosas para no ofenderla. La buena señora, que transigía con encargarse de un retrete y que soportaba las impertinencias de las señoritas que acompañaba, no hubiera transigido con hacer servicios domésticos, prefiriendo morir de hambre.

—Venía a ver si Aguedita quiere que la acompañe al Bazar, ya que tiene que salir.

—Sí, señora...; se lo agradezco.

La presencia de doña Enriqueta en aquellos momentos era lo que con mayor elocuencia les podía hacer resignarse con su pobreza. Aún podía ser mayor. El ejemplo de la vida de la señora las aterraba como una amenaza de lo porvenir.

Silenciosamente Agueda se envolvió en su velo de luto y pálida, débil, se apoyó en el brazo de Isabel y emprendieron el camino del Bazar. Al lado de ellas, recta, con su paso acompasado de señora de compañía que hasta para andar acomoda el ritmo a la voluntad ajena, caminaba la pobre *Fusil* con la majestad de su sombrero empenachado, como si fuese el fantasma amenazador de su propia vejez, que las amedrentaba.

El talismán de la reina

A pesar de su malestar, Isabel no se atrevía a echar a la calle a aquella mujer. La había conocido en casa de la vecina suya donde dejaba la niña cuando tenía que salir.

Aunque Paquita era pobre la prendera[120] no dejaba de visitarla, tal vez porque le gustaba el cariñoso recibimiento que le hacía, agradecida a la lealtad con que seguía guardándole las mismas consideraciones que en los tiempos de su opulencia.

Por más que estuviese Isabel acostumbrada a ver la miseria de las obreras, de las sirvientes y de las mujeres de la clase media, la impresionaba profundamente la miseria de su vecina. Había en ella algo superior a todas las otras desgracias, algo de ese prestigio de privilegiadas que hace que las gentes hambrientas compadezcan las desgracias de las majestades caídas, de las princesas arruinadas, aunque en su caída y su ruina posean yates y palacios.

Paquita había sido una gran actriz, una de esas reinas famosas de la multitud que ella había soñado siempre aureolada de genio y de esplendor. Hubo un tiempo en el que fue un ídolo del público Tenía a sus pies la riqueza, la gloria y el amor. Recordaba haber oído hablar en su niñez de la famosa retirada, como una apoteosis, con que se despidió del arte. Había aceptado el amor del capitalista más rico de España, que deseaba permitirse el lujo de guardarla sólo para él.

Paquita se instaló en un gran palacio, tuvo coches, criados, bri-

---

120 *Prendera*: prestamista, persona que comercia con muebles, alhajas o prendas.

llantes, pudo viajar y deslumbrar con sus toilettes; pero no fué feliz... Le faltaba su vida, su mundo y lo faltaba también el amor porque su amante, una vez desprovista de la aureola de sus triunfos, se cansaba de ella; buscaba otras admiraciones; y le parecía hacer bastante con abrirle la bolsa para que gastara todo cuanto quisiera. Ella veía, aunque tarde, que ninguna mujer debe cambiar el medio en que ha sido amada; pero se contentaba con las satisfacciones de amor propio que la generosidad de su amante le proporcionaba.

No era sólo generoso con ella. Entre todas se dieron tan buena maña que el opulento banquero, que tenía barrios enteros suyos en Madrid y los mejores vinos y fincas de España, se arruinó y se dió un tiro.

Paquita se encontró de repente lanzada de la opulencia a la mendicidad.

No dándose cuenta de los quince años transcurridos, pensó en volver al teatro. Tuvo el buen sentido de no querer trabajar en Madrid, como veía hacer a otras después de falsas retiradas. Formó una Compañía, y fué a arrastrar sus colas de gasa por carreteras polvorientas y a representar en teatros de ciudades modestas. Pero ni aun así tuvo aceptación. No era ya joven; la habían olvidado, y era imposible volver a resucitar para el arte. No podía resistir la comparación con el recuerdo de ella misma.

Vendió sus joyas, se creó una renta modesta, y fué a vivir a aquel pisito interior de seis duros, donde habitaba sola, sin criada, saliendo ella misma a la compra y guisando su comida.

Privada de todos sus lujos, obligada a renunciar a todas sus ambicicnes, sólo había conservado la afición a la buena mesa. Toda su renta la gastaba en comer. Sabía dónde estaban los bocados más exquisitos, los mejores dulces, el mejor jamón, los quesos más delicados. Prefería vivir con miseria, sin muebles, sin sirvientes, sin ropas, para poderse gastar diez o quince pesetas en su mesa. Pasaba el día guisando y comiendo, lo que le había hecho engordar de tal modo, que naufragaron entre sus masas de carne los restos de su antigua belleza.

Costaba trabajo imaginar que tal bola de sebo había sido una hermosura célebre y triunfadora.

En torno de ella acudían artistas de su época, pobres viejas, actrices y cantantes, que contaban sus miserias en tono de voz plañidero y declamatorio, como si representaran un papel.

Isabel pensaba que ninguna vejez era como la vejez aquella. Los gestos graciosos y estudiados les daban muecas grotescas, sin la nobleza y el reposo de las expresiones de las nobles viejas.

Sus arrugas eran más hondas, los surcos de sus facciones más pronunciados. No podía compadecer sus dolores, expresados con aquellas inflexiones de voz tan artificiosa, que en vez de salir de sus corazónes salían de sus gargantas.

Todas tenían la riqueza de un pasado para refugiarse en él. Hablaban constantemente de sus triunfos, de sus viajes, de sus riquezas. Estaban llenas de sus anécdotas. Jamás ninguna de ellas elogiaba a otra de los presentes; todas se elogiaban a sí mismas. Las obras que habían salvado, las coronas que les ofrecieron, los reyes que las llamaron a su palco, los poetas que les ofrendaron versos.

Se animaban recordando todo aquello. Daban la sensación de estar entre muertas, que venían a contar sus historias.

Así olvidaban la miseria presente, apenas disimulada; con los vestidos viejos, las botas rotas, los sombreros antiguos. Era como si en ellas mintiese todo: la voz, el gesto, el traje, la palabra; hasta su misma vejez, que parecía esa vejez de teatro que desaparece con las pinturas que cubren el rostro. Todas llevaban pelucas, se pintaban con blanquete, y sobre los labios, casi secos, había pinceladas de carmín, que aún las hacía más marchitas, más acartonadas.

Muchas veces acudían también jóvenes principiantes. ¿Cómo no se asustaban de aquellas ruinas? ¿Cómo no las amedrentaba el espectáculo de la cómica vieja? Ninguna vejez tan lamentable. Habían envejecido frente a un público indiferente, hostil olvidadizo, se veían solas después de sacrificar todos los efectos nobles de su vida por la ilusión de los aplausos que satisfacían la vanidad.

Casi todas tenían hijos e hijas. La mayoría habían seguido también la carrera del teatro; estaban alejados de ellas. No los unía el lazo que se forma cuidando de la infancia, y todos les eran ingratos, extraños.

Sin embargo, las jovencitas las miraban como glorias; sentían la aspiración de ser lo que ellas habían sido. Hablaban de sus esperanzas, de su tragedia, la mayor tragedia que hay en el teatro: la tragedia de no tener papel.

Traían como un ambiente vivificante para las viejas toda la chismografía de entre bastidores: las pequeñas intrigas, los odios, las envidias.

Las viejas sentían aún sus rencores, y aparentando desdén se vengaban de las *estrellas* que no las trataban con la consideración de maestras, revelando a las otras sus comienzos y sus vergüenzas olvidadas.

Paquita, sonriente y bonachona, con una bondad de mujer gorda que no tiene gana de molestarse en nada, había ya renunciado a toda idea femenil de amor o coquetería. No tenía ambición ni zozobra para lo porvenir, y se sentía dominada sólo por la gula.

Todas las otras hacían aún dengues[121], tenían pretensiones de mujer, pensaban en ser pretendidas, en ser amadas por aquellos que les habían sido fieles años y años, y les amenazaban con el suicidio.

Los hombres, los artistas, se salvaban de la miseria de ellas porque en su fracaso podían acogerse a un destino, a un empleo cualquiera y borrar las huellas de su profesión que había sido en ellos más accidental. Ellas estaban llenas de supersticiones ridículas para adivinar el porvenir, para hacerse amar, para mejorar su suerte. Iban cargadas de reliquias, de talismanes, y se entregaban a las prácticas más absurdas.

De aquella tendencia se aprovechaba la prendera: una mujerona robusta, morena, lujosamente vestida, que iba de casa en casa con el enorme fardo de vestidos a medio uso, desechados por cómicas y aristócratas, que vendía a las muchachitas virtuosas aún, o que tenían amantes pobres, y sufrían el martirio del traje, no pudiendo costear su lujo con los míseros sueldos.

La prendera les daba los vestidos a plazos, a precios baratísimos, después de encarecer su mérito y la dignidad de su procedencia.

—Este es de la marquesa de Aguila Fuerte, que no se lo ha puesto más que una noche para ir a Palacio.

—Este es de la duquesa del Balcón, que ha caído de luto.

—Este se lo han traído de París a la señora del gobernador del Banco.

La mujer lo vendía todo: zapatos, sombreros, joyas. A veces fiaba a alguna de las jovencitas más lindas, al par que le traía el eco de la admiración de algún señorón o de algun viejo rico.

Además, cuando tenía confianza, vendía talismanes de amor y

---

121   *Hacer dengues*: afectar delicadezas, males, y, a veces, disgusto de lo que más se quiere o desea.

buena suerte; sabía echarles las cartas; y en caso de apuro aconsejaba la manera de evitar un nacimiento inoportuno, o de preparar a una muchacha para hacer un matrimonio dichoso.

Sentía Isabel una gran repugnancia por aquella mujer, a la que no gustaba de encontrar en sus visitas casa de la vecina.

Paquita la disculpaba con su bondadosa mundaneidad.

—No tienen más remedio que ser un poco alcahuetas para ganarse la vida. En la mujer no hay más que una cosa atendible: la belleza y la juventud. Las que no tienen esos dones necesitan ser sus parásitas.

Iba Isabel a casa de sus vecinas atraída por el medio, por la distracción que encontraba allí, por lo que le gustaba oír las historias y los recitados de las pobres viejas. Satisfacía su curiosidad viendo aquellas galas de la prendera, que a veces le ofrecía lindos vestidos; de buena gana los hubiese comprado y pensaba en que ya podría adquirir alguno barato cuando criase a la niña y su salud no le inspirase tanto temor. ¡Si se casara con Fernando! Entonces ya sería otra cosa, tendría amigas y donde ir, no como ahora que sólo en aquella sociedad desaprensiva la recibían sin investigar su situación.

Poco a poco fué ella trabando también amistad con la prendera. Un día que la niña lloraba, encogiendo las piernecitas y plegándolas sobre el vientre que se retorcía de dolor, la prendera la sanó con una untura de su mano al par que murmuraba una oración.

Se sintió invadida por las supersticiones de todas. Quizá la superstición era una cosa necesaria a las mujeres como una defensa de su vida indefensa.

—A mí no me gustan las brujerías –decía Paquita–. Yo todo lo hago según la ley de Dios. Cuando estoy en un apuro acudo al Jesús de los frailes Capuchinos. Pidiéndole tres cosas el primer viernes de mes es seguro que concede una.

—Pero, ¿y si no te concede lo que más deseas? –preguntó una.

—Será que no le conviene –repuso otra.

—Lo engaño un poco –dijo con inocencia Paquita–, y le pido tres veces lo mismo.

—Pues yo –dijo la primera–, creo que el Cristo de San Luis es mejor que ése. Da dinero siempre que se lo piden.

—No; para dar dinero no hay nadie como la Virgen de la Flor de

Lis, que está en la cripta de la Almudena. Esa no falla.

Pero la defensora del Cristo de San Luis no se dió por vencida.

Contó casos milagrosos: un jugador arruinado, a quien el Cristo le entregó una bola de dinero cuando fué a llorar a sus pies. El jugador volvió a la casa de juego y perdió el dinero sagrado; pero, vuelto a la miseria, acudió de nuevo a los pies del Cristo. Este permanecía impasible por más que el pecador lloraba y suplicaba. Al fin, desclavó la mano con que antes había dado la bolsa y señaló la puerta. Se creía desahuciado y añadió tambaleándose, pero en la puerta tropezó con la duquesa de Sevillano, que le preguntó qué le sucedía; y, enterada de su aventura, lo tomó bajo su protección.

Cada una exponía su creencia.

—Yo le rezo a San Expedito.

—Ese no es santo ya.

—Pues lo he visto hacer milagros.

—Yo le rezo mejor a San Judas Tadeo, abogado de las cosas difíciles; es más viejo y tiene más crédito.

—Yo prefiero a San Antonio.

—Para los imposibles, Santa Rita.

La prendera las oía con sonrisa un poco incrédula.

—Está bien rezar. Pero, a Dios rogando y con el mazo dando. Yo sé algo mejor.

Y aquel día estaba allí, en su casa; había dejado el lío sobre la mesa, y le decía con misterio:

—Hija mía, le traigo aquí un tesoro, la felicidad de toda la vida.

Miró con curiosidad.

—¿Qué es eso?

La mujer sacó de su abundante pecho un envoltorio de papeles de seda, y mostró lo que iba oculto entre ellos.

—¿Un ajo?

—Sí... un ajo... que no es ajo... Es: el talismán de la Reina.

—No comprendo.

—Es un ajo macho, hija mía; un ejemplar maravilloso, uno de esos que aparecen de tarde en tarde... Yo tuve uno, y lo vendí en cien pesetas a la Reina... Lo lleva entre el corsé, y no lo daría por los diamantes de la Corona. ¡Cómo que con él tiene todo! ¡Belleza, salud, amor...¡

Ella estiró la mano; la mujer lo retiró.

—No lo puede tocar nadie más que quien lo haya de usar... Yo lo traigo para vendérselo a usted porque veo lo que sufre. Con ésto no faltará el pan en la casa, la niña tendrá salud, todo le saldrá bien.

—¿Y...?

—¿Qué?

Iba a preguntar si Fernando se casaría con ella, pero no se atrevió.

—Nada.

—Dígamelo –insinuó amable y persuasiva la prendera.

—¿Me amará mi... marido?

—¡Ya lo creo!

—Y... ¿hará lo que yo quiera?

—Para esto es mejor otra cosa.

—¿Cuál?

—La piedra que come.

Sacó una cajita de reloj y mostró una piedra azulosa colocada sobre un polvo rojizo y dorado, como si se hubiese mezclado purpurina y polvos de quina.

—Esta piedra, no es piedra –dijo la mujer mostrando la caja–. Esta piedra está viva, tiene alma. Es preciso echarla de comer y cuidarla para que no se muera.

—¿Cómo?

—Ese es mi secreto. Estas piedras me las traen a mí de la Oceanía...; y me traen esta raíz que hay que mezclar con polvo de oro para que no se muera. Tengo también remedios para cuando se enferma...; y éste es un secreto que no puedo revelar.

—¿Pero de qué sirve esa piedra?

—¿De qué sirve? –repuso la mujer a su vez como enojada de su ignorancia–. Con ella se tiene todo lo que se quiere. Se domina la voluntad de todos... No hay hombre que se resista. Cuando un novio se va, vuelve; cuando un amante es rehacio, se le hace casarse...; los maridos son fieles...

—¿Pero y si se pone mala?

—La cuido yo. Todos los meses voy de casa en casa... No llevo más que una peseta al mes.

—¿Y la piedra?

—Por ser usted..., y *como sé lo que pasa*, se la daré en cinco duros.

—¡Cinco duros!

Era una cantidad enorme.

—Yo puedo cobrarla a plazos por ser usted.

—¿Y el ajo?

—Lo daría para usted en lo mismo...; la Reina dió cien pesetas...

—¿Qué será mejor?

—La piedra...; no hay que dudar...; la piedra que come. Mire usted qué azul tan lindo. Sí no tuviera que estar entre estos polvos podría hacerse una sortija.

A ella también la seducía más la piedra, más rara y exótica que el ajo. Su deseo la decidió.

—Me quedo con la piedra.

—¿Me dará usted hoy algo? Siquiera un duro.

—Hoy no puedo...; hasta primero de mes...

—Bueno, entonces yo se la traeré el día primero...; no es desconfianza..., es que estas cosas...

—Bien...; pero..., yo la quisiera ya... Puedo darle tres pesetas.

La mujer se resignó. Le explicó que debía llevar consigo la cajita siempre oculta, y encomendarse a la piedra cuando deseara cualquier cosa.

—Ya me dará usted las gracias.

Tomó el lío y se disponía a salir cuando se oyó ruido en la escalera. Isabel retrocedió asustada de que fuese Fernando. Sabía el odio que su amante profesaba a aquellas mujeres. ¿Cómo podría explicar su presencia? Pero los pasos se alejaron escalera arriba. Sacó fuerzas de flaqueza para decir a la fiadora:

—No venga usted a casa más. El día que convengamos yo iré casa de doña Paquita. Si mi marido se enterara de algo tendría un disgusto.

—Descuide usted, hija mía, su marido no se enterará si usted no da lugar... Usted cumplirá... Ya conozco yo esto...; la de todas. Las mujeres tenemos que andar siempre con escondites. Por algo dice el refrán que: «al hombre del codo y no del todo».

La protectora

Cada vez era más insostenible la situación de Isabel. La enfermedad lenta de la niña, la consunción [122], el raquitismo, que iba haciendo su obra de agotamiento ante sus ojos sin que todo su esfuerzo lo pudiera detener, la desesperaba. Estaba sola para sufrir su dolor. Sus amigas le decían que era aprensiva y exagerada con su hija. Aquella opinión había sido muy del agrado de Fernando, que se amparaba de ella egoístamente, para no tener que inquietarse.

Se enfadaba cuando ella le hablaba de sus temores.

—Has tomado la costumbre de estarte siempre quejando; cuando no es por una cosa es por otra; no se puede parar aquí.

Isabel callaba. Estaba cada día más sola. En aquella época en la que sólo veía a Fernando algunos días de la semana, estaba más unida a él que ahora. Los minutos que le dedicaba eran para ella, para ocuparse de su amor, de su alma; ahora estaban llenos de cosas externas, de cuidados, de preocupaciones. A veces, en fugitivos destellos de ternura, él le solía decir:

—¿No eres como si fueses ya mi esposa? Estamos juntos siempre. Fíjate que de veinticuatro horas paso diez y seis a tu lado.

No se convencía él de que aquellas diez y seis horas son de esas que no se pasan con nadie. Eran las horas de comer, de dormir, de asearse. No departía jamás con ella, ni la llevaba de paseo ni al teatro. ¿Y aquello era ser como su mujer? Más le hubiera valido continuar en el puesto de amante.

---

122 *Consunción*: término antiguo para designar a la tuberculosis.

Conocía, sin embargo, que amante ya no hubiese podido serlo. No tenía para él los encantos que le ofrecía lo desconocido, ni se había afianzado a su espíritu con una convivencia de amistad. No sabía nada Isabel de sus esperanzas, de sus ilusiones, de sus proyectos. Fernando, como la mayoría de los hombres, prefería hablar de todo lo que le afectaba en la mesa del café con sus amigos, a confiárselo a la mujer. Creía que las mujeres no estaban capacitadas para comprender los anhelos de los hombres, y debía dejárselas en su soledad moral, inferiorizándolas con el culto a su belleza y la satisfacción de las frivolidades que constituían su último recurso.

Pero aún éste le estaba ya negado a Isabel. Pesaban sobre ella demasiadas tareas y preocupaciones para tener tiempo de cultivar su coquetería. La escasa asignación que le daba Fernando no bastaba para atender a todas las necesidades. Había tenido que ir a buscar más de una vez a la buenísima doña Concha, que, excusándose de no atenderla, por tener una porción de asuntos desagradables, la había servido de un modo mezquino, que sin sacarla del apuro había hecho más penosa la situación.

Un mes había dejado de pagar al carbonero, otro al tendero, al siguiente pidió dinero a la cambianta. Se había tejido en torno suyo una maraña de débitos, de líos, de complicaciones, de las que no sabía cómo salir. Entre tanto, faltaba todo en la casa; apenas había ropa para mudar las camas, no se podía comprar un mantel; y, a veces, ni reponer los tenedores o los vasos que se rompían.

Fernando se enfurecía de aquella penuria, que le hacía desagradable la casa y aumentaba su deseo de no estar en ella. No se conformaba con la comida escasa, repetida y desustanciada. Él creía que con la miseria que daba se podía vivir mejor, y culpaba a Isabel de ser una señorita manirrota[123], que no sabía dirigir una casa; cuando unas, con menos sueldo y más familia, lo pasaban muy bien.

Las criadas, por su parte, contribuían a aumentar la atmósfera de malestar y hostilidad que sentía en torno suyo. Era inútil que se esforzara en pagarles corriente y en que comieran abundante. La falta de comodidad en el menaje las hacía ser descaradas, negligentes; no reconocían la autoridad, falta del prestigio que la penuria y estrechez de su situación le robaba.

---

123 *Manirroto*: demasiado liberal, pródigo.

Así, ya no se vestía, se perfumaba y se peinaba como en otro tiempo para recibir a Fernando. Estaba delante de él sin corsé, con el cabello enmarañado, con sus vestidos deslucidos y pobres, ocupada en las tareas más humildes. Él apenas parecía reparar en eso. La encontraba bien, como si ella no necesitara para gustarle el recurso de embellecerse. Sin embargo, Isabel notaba que era sólo indiferencia, que era inútil ataviarse, puesto que lo mismo había de gustarle de un modo que de otro.

Aquella falta de aprecio a su belleza se tornaba en ella rencor. Era como si repercutiera en su alma la falta de la ilusión que no inspiraba. Un desencanto que la alejaba más de Fernando, un abandono como el de las personas que, cansadas de luchar y conociendo lo vano de su esfuerzo, se entregan a la corriente de un modo fatalista.

Toda la fuerza sentimental de su alma se había reconcentrado en el amor de aquella niña enferma y moribunda, que era para ella como un remordimiento, porque creía que los disgustos, las intranquilidades y la falta de atención de que estuvo rodeada en su gestación habían perjudicado a la hija. Aquella idea de que ella era la culpable de que Fernando tuviese que sufrir el no haber dado a su hija una madre más sana, más fuerte, que le hiciera conocer las delicias de la paternidad sin las zozobras y temores con que ella lo afligía en su hija le hacían aceptar con mayor resignación, como una expiación voluntaria, todos sus pesares.

Lo que más le dolía era el alejamiento de Agueda, ofendida por el desvío injusto y grosero de Fernando. La joven había llegado a notar el embarazo de Isabel cuando la recibía y la serie de tapujos y combinaciones que estaba obligada a hacer para ir a verla. De un modo injusto, en la amargura que ésto le causó envolvió también a su amiga. Creía que Isabel debía haber defendido su causa con mayor energía y mantener con toda integridad su cariño. Había dejado de visitarla y parecía esquivar las ocasiones de encontrarse. A las sinceras quejas de Isabel había respondido reprimiendo la expansión de su alma.

—¿Qué le hemos de hacer? Tú no eres libre. No nos vamos a querer menos por esto. Tú ya no me necesitas.

Sólo alguna que otra vez enviaba a doña Enriqueta para saber de la niña. Tenía un cariño maternal por la hija de Isabel. Ese cariño de las hermanas a la hija de la otra hermana, que viene a ser por eso una hija de las dos.

En su soledad Agueda había cedido las habitaciones que ocupaba antes su tía Petra a la anciana, y así había continuado viviendo en aquella casa llena de recuerdos melancólicos que le hubiera sido muy triste dejar.

Doña Enriqueta aceptaba aquel favor como si ella fuese quien lo dispensaba. Tenía una gran idea de su dignidad, de su señorío, que no comprometía nunca por hacer algún pequeño servicio a sus amigas. Todas las noches le ofrecía su proteccion Agueda, persuadida de que pronto iba a mejorar su situación, porque ahora tenía una protectora que se interesaba con el Ministro para conseguirle la deseada canonjía del W. C. del teatro Real.

Mientras que no agradecía el albergue que le proporcionaba Agueda, ni el continuo socorro de partir con ella su modesta comida, realizando un verdadero sacrificio, recibía llena de emoción los regalos de su protectora, que consistían en un cintajo pasado, una pluma vieja o un bolsillo roto.

Doña Enriqueta evitaba hacer nada en casa de Agueda; se limitaba a limpiar su cuarto y a cuidar el cocido, que la joven dejaba puesto al irse al Bazar. Ella costeaba un real de carne y comían juntas las dos.

Cansada de su trabajo, Agueda había de limpiar la casa, componerse la ropa, lavarla y salir por la compra para preparar la comida, aceptándolo todo con su natural bondad y la comprensión superior que había en su espíritu, y que se tornaba tolerancia para todos.

Sin embargo, en casa de su protectora, doña Enriqueta era servil. [La protectora] se sentía impresionada por la posición de aquella solterona, hija de un ex ministro, que vivía en el palacio sombrío, cuyos balcones no se abrían jamás, rodeada de viejos muebles suntuosos y de pesadas y polvorientas cortinas, que no dejaban pasar la luz.

Los criados con aire de grandes señores; el aparato de la audiencia que concedía todos los meses a los pobres que la solicitaban, y a los que recibía con una bondad teatral, forzada, sin socorrerlos jamás, pero proporcionándoles las recomendaciones con las cuales su prestigio les conseguía de vez en vez algún remedio.

Ningún servicio le parecía bajo a doña Enriqueta para halagar a la ilustre señora.

Le agradecía la distinción que le dispensaba recibiéndola de

cuando en cuando con mayor intimidad que a las otras, compla-
ciéndose en oírle contar las intimidades de las familias amigas suyas a
las que había acompañado. Sobre todo, le gustaba oír las pequeñeces
de orden interior y las cosas que por algún concepto provocaban su escándalo. Agradecía al solaz de chismorreo que le proporcionaba doña
Enriqueta, le había ofrecido ocuparse en alcanzarle el deseado cargo
de guarda-retrete que ambicionaba.

Pero iba pasando el tiempo y nada conseguía, mas que esperanza.
Un día, compadecida de la miseria de la vieja la protectora le regaló las
medicinas que habían quedado de una hermana que se le había muerto
de cáncer.

Doña Enriqueta llegó a su casa tan satisfecha como si hubiese ha-
llado un tesoro. Se tomaba con fe los hipofosfitos, la carne líquida, ya
pasada, y hasta las medicinas todas, ajustándose a las prescripciones del
prospecto.

—Nada de esto puede ser malo cuando me lo ha dado ni protectora –decía.

Agueda se asustaba de verla tragar gotas, píldoras y sellos; creía
que las medicinas que curan la enfermedad al que la padece podían
causar la misma enfermedad en los sanos que las tomasen sin necesidad. Estaba indignada con aquella *protectora*, que tenía un duro de
sobra y sin embargo, sólo había dado aquel desecho.

—Pero, doña Euriqueta –decía–, ¿y si le hace a usted daño eso?

—¡Daño! –respondía con asombro–. ¡Pues a fe que no las han re-
cetado médicos de fama! Lo más escogido de España.

Era necesario dejarla, para ella su protectora era indiscutible. Esperaba de ella la independencia de sus últimos años. Su destino era para
ella la opulencia. Así se mostraba agradecida de aquellos míseros regalos; se había vestido de luto por la difunta, y acudía a los rosarios, a
las misas y a las novenas que se hacían por su alma, llorando, conmovida, delante de su protectora.

En vista de su tenacidad Agueda desistió de convencerla; pero tuvo
la precaución de sustituír los líquidos de los frascos por agua clara y
llenar los sellos de migas de pan.

Doña Enriqueta seguía tomándolo todo animada de la mejor fe, y
algunos días le mostraba aquel hueso descarnado de su brazo, diciéndole:

—¿Verdad que estoy más repuesta? Las medicinas.

Inflaba las hundidas mejillas y levantaba con energía la enorme cabeza abrumada por el peso de la peluca sobre su flaco armazón.

Agueda lo daba la razón pensando si sería fatal que las pobres mujeres débiles y abandonadas llegasen a cometer todas las humillaciones, todas las ruindades, a aceptarlo todo sin darse ya cuenta de lo que hay en ello de indigno y de vejatorio.

Su miseria les hacía perder todo el sentido moral, y en realidad no eran ellas sólo las responsables, sino todos los que las empujan, las vejan y las abandonan.

El peor mal de las mujeres solas era el envejecer. Así como las ricas son pródigas de su fortuna, ellas debían serlo de su vida; derrocharla con la alegría de la juventud para no llegar a la vejez. Veía cómo era necesario el sacrificio para hacer algún ahorro a la mujer pobre, aunque por un singular contraste ellas eran más dadivosas, más llenas de generosidad que todas esas damas ricas que parecen ejercer la caridad, y están encastilladas en su egoísmo sin ser capaces de socorrer y remediar una miseria. Ellas, las pobres, partían con las necesitadas sus míseros haberes, mientras las otras, que pasaban por las protectoras, no daban jamás nada a los suyos.

Separación

¿E ra vivir aquella vida suya desde la muerte de Fernandita?

Se le había apagado entre los brazos por agotamiento de la vida y se la habían quitado de ellos cuando cansada de sufrir y llorar, medio entontecida por el dolor ya no se daba cuenta de nada.

Aquellos días estaba la puerta abierta, y todas las vecinas, las conocidas, las antiguas amigas entraban y salían atormentándola con sus preguntas y con sus consejos. Cada una le contaba un caso semejante al suyo, una curación milagrosa de un niño desahuciado por la ciencia y que se salvó con una fórmula sencilla: una untura, una oración.

—Pruébalo...; eso no le puede hacer daño.

Ella lo ensayaba todo desesperada, y repetía con convicción profunda:

—No...; no...; mi hija se muere.

Las amigas la recriminaban.

—¡Claro! ¡Si a ti te falta la fe!

Otras le decían:

—No te apures, los niños son como la flor de la maravilla, que parece a la noche que está seca y amanece fresca y lozana.

Pero la niña no se curaba. Se le había acabado la voz y permanecía inmóvil, sin más señales de vida que un gemido débil y profundo que indicaba sufrimiento. A veces, cuando el quejido cesaba, la madre la movía con violencia, asustada de que ya hubiese muerto, y la criaturita abría los ojos, unos ojos tristes, dolorosos, en los que había como una súplica. Era una mirada que se le clavaba a la madre en el alma, que se le quedaría allí, que no se lo borraría jamás. En algunos momentos deseaba verla cesar de sufrir, fuese como fuese; pero luego, espantada de esa idea, apretaba el cuerpecillo entre sus brazos. No quería que se muriese; mientras tuviese vida tendría esperanza.

La prendera le preguntó:

—¿Es usted devota de la Virgen del Carmen?

La miró asombrada.

—¿Devota...? No...

Ella no tenía tiempo de ser devota de nada. Iba de prisa, empujada fatalmente por la rampa de su vida y no había tenido tiempo de pararse a contemplar nada en su espíritu. Acogía lo mismo las prácticas religiosas que las supersticiones de la piedra que come o de la baraja que adivina el porvenir.

—Entonces –repuso la mujer–lo que tiene penando a la niña, sin poder separar el alma del cuerpo, es que no ha venido la comadre. Es menester llamarla.

No había ido Agueda ni ninguna de sus antiguas amigas. Ni las niñas de doña Evarista, ni Angelita y Rosa, ni ninguna de sus conocidas la trataban ya desde que vivía con Fernando. Se dispensaba todo lo que era encubierto, disimulado; pero no el alarde de vivir así públicamente.

Cuando Agueda llegó, la mirada cruzada con la suya decía todo el cariño que se guardaban aunque ya no podían vivir unidas. No era ya libre Agueda tampoco. Detrás de ella estaba Joaquín, al que Isabel no había visto en tanto tiempo. Se dió cuenta en seguida de que los dos estaban unidos por el amor. A pesar de la tribulación del momento notaba el aire de reposo, de paz que había en ellos. Estaban centrados, completados en una unión extraordinaria de esas en que rara vez se encuentran seres únicos.

Agueda le hizo solemnemente la cruz a su ahijadita que, como si efectivamente esperase eso y ya hubiera realizado toda la misión de dolor que trajo a la tierra, cesó de respirar.

No fué cuando se la quitaron ni en los primeros días cuando Isabel sintió toda la amargura de la pérdida de la niña. Estaba tan cansada, tan atormentada que no se daba cuenta. Se dormía rendida, y al despertar buscaba aún a su lado el cuerpecillo. Se despertaba a las horas de darle el biberón y, ya despierta, le parecía escuchar sus gritos y sus lloros. ¡Cómo era posible que una criatura tan pequeña hubiese podido dejar tantos recuerdos, capaces de llenar una vida!

Calmados los primeros arrebatos, cuando ya las gentes oficiosas que habían intervenido los dejaron solos, Fernando y ella se miraron como si no se conocieran bien, con una mirada de extrañeza. Se había ido algo de los dos, lo que los ligaba, lo que los mantenía unidos. Veían bien claro que ya no se amaban en sí, se amaban en la hija. El amor de la niña en vez de unirlos los había separado, era un amor más fuerte que el suyo, y los dos, en vez de amarse el uno al otro, habían amado a Fernandita; la hija se había llevado todo el cariño que ellos pudieran profesarse, los había curado de su afecto mutuo y ahora, muerta ella, era imposible hacer revivir su ilusión.

Eran penosos los momentos en que tenían que estar frente a frente los dos, sin la pantalla de la hija. Se hacían entre ellos los grandes silencios, llenos de indecisión, violentos, en los que aún dominaba en él el respeto para la madre de Fernandita y en ella la resignación de la impotencia y de la costumbre. Fueron las circunstancias materiales que les apremiaban las que provocaron más de prisa la ruptura. Los gastos de la enfermedad y el entierro venían a hacer más aflictiva la situación económica. Se despidió a la muchacha, y la pobre Isabel tomó sobre sí todos los quehaceres. Pero durante aquel tiempo había abandonado la serie de combinaciones con las cuales ocultaba a Fernando la penuria de su hogar. Ahora ella se proponía sujetarse a todas las privaciones para nivelar su situación, pero no les dió tiempo; alarmados los acreedores la hostigaban, la perseguían, llegaban cuentas y cuentas; gentes a las que no podía despedir; que se obstinaban en ver al *señor* y gritaban y se insolentaban reclamando lo suyo.

La primera en dirigirse a Fernando revelándole la trampa hecha a espaldas suyas fué la *buenísma* usurera de a peseta por duro al mes, la cual se vanagloriaba de tener la especialidad de saber cobrar. Ella perseguía a sus acreedores con una fiereza que superaba a la de todas las usureras habidas y por haber. Iba a sus casas, les enviaba recados cinco veces al día, les escribía tarjetas abiertas en las que les hablaba de sus trampas; les seguía en las visitas, en los teatros, en los paseos. Iba a buscar a los hombres a casa de las novias. No había más que matarla o pagarle. Uno de sus deleites era provocar aquellos conflictos a las que tenían que ocultar sus deudas y la vergüenza de tratar con ella.

Entonces surgió la especie de antipatía, de odio latente que había entre Isabel y Fernando.

En su desamor, Fernando aparecía tal como era. Brusco, seco, dispuesto a no continuar. Le recriminaba brutalmente todas aquellas deudas, que sólo representaban el esfuerzo de la pobre mujer para sostener la casa sin que nada faltase, echando sobre ella todo el fardo de cuidados, apuros y responsabilidades. Él comprendía que los hombres, en sus compromisos, pudiesen contraer deudas; pero no lo concebía en las mujeres. De las recriminaciones pasaron a los insultos, a la injusticia, a los escándalos y los malos tratos, de un modo ruidoso, del que se enteraban los vecinos.

—Jamás ha habido una deuda en mi casa –vociferaba él, como si eso hubiese sido un timbre de honor–. Las mujeres buenas y honestas, como mi madre, no contraen una deuda jamás, y menos a espaldas de su marido. No estiran el pie más que hasta donde llega la sábana.

Contaba cosas verdaderamente asombrosas por la brutalidad egoísta que acusaban, y que a él le parecían muestras de entereza y voluntad. Llegaba a privarse de todos los gustos, a pasar hambre, a no comprar medicinas a un enfermo. Todo antes que contraer deudas.

—Lo que no se puede, no se puede.

Cuanto había de noble en Isabel protestaba de aquella humillación constante. Muchas veces sentía el deseo de huir, de escapar de allí; pero se creía retenida aún con un deber para con el padre de su hija.

Sin duda, Fernando experimentaba los mismos deseos de echarla, y se contenía por igual respeto. Aquella vida de desamor, de odio más bien, no podía prolongarse.

Un día él salió y no volvió más. Le anunció en una carta que no volvería. Le dejaba la casa con los cuatro trastos viejos, que no bastaban para atender a sus deudas, y con cuya venta no tendría para comer ocho días. Se creía así un perfecto caballero que podía vanagloriarse de su conducta.

La caza

Volvía de pasar la velada con Agueda y Joaquín. Había tenido miedo de ir a estorbarles con su visita, recordando cuánto le disgustaba a Fernando que recibiera a sus amigas; pero se tranquilizó al ver la cariñosa acogida que le dispensaban, la insistencia para que volviera y el gusto con que los dos se esforzaban por distraerla y alentarla.

La unión de Agueda y Joaquín no era de esas uniones vulgares, precipitadas, en las que el ardor de la juventud es el único factor que las regula. Era la unión formada por el mutuo afecto, la semejanza de gustos y la estimación. No había entre ellos aquel recelo que sentía Fernando de que Isabel pudiera formular quejas o hacer comparaciones. Era un amor firme, seguro, sincero. Los dos trabajaban con alegría y la casa estaba llena de luz y de bienestar.

Doña Enriqueta seguía ocupando su habitación, muy contenta de tener su deseado empleo, que le producía para poderse cuidar y del que se enorgullecía hasta el punto de haberse mandado hacer tarjetas

ENRIQUETA PÉREZ
EMPLEADA DEL ESTADO

Isabel trataba de ocultar su mala situación y defender su vida alquilando habitaciones en su casa, aunque la modestia del pisito no atraía a los huéspedes y cada semana estaba obligada a vender alguno de sus escasos muebles: la mesa del comedor, la artesa, la cama grande, los colchones.

Aquella noche caminaba lentamente arrebujada en su bufanda, hundiendo la cara entre sus pliegues impregnados del aliento gaseoso que formaba el aire de su respiración al contacto del frío, y encogida, con ese gesto de subir los hombros y esconder el cuerpo, como si quisiera meterse dentro de sí misma para librarse del frío.

Las calles estaban casi desiertas, intransitables, entre los barrizales y los montones de escombro de que estaban llenas, en aquel continuo arreglo que sufren constantemente las calles de Madrid. Los faroles escasos daban una sensación de oscuridad, esa oscuridad trágica de las grandes ciudades que no es la sombra amplia de los campos. El cielo encapotado y oscuro lucía una negrura intensa en la que no brillaba ni una sola estrella. Cerca de los edificios cuyas puertas no se abren de noche veía grupos de personas que dormían tendidas en el suelo, sobre las losas frías y duras, resguardándose de la escarcha con el amparo de los paredones a los que se arrimaban.

Al pasar junto a las tabernas oía el ruido de voces de las gentes que bebían y jugaban dentro. Las puertas abiertas de las churrerías ofrecían un aspecto agradable con su atmósfera saturada de olor a aceite y masa frita, y con la visión de su gran fogón repleto de ascuas, en contraste con el frío de la calle; de buena gana hubiera entrado algunas veces; pero no se atrevía, conociendo el mal papel que una mujer sola hacía en todas partes. La mirarían todos al entrar, con una curiosidad molesta, como si no hubieran visto mujeres jamás y no tardarían en atreverse a faltarle el respeto sin que protestase nadie.

Como para corroborar su temor sentía detrás de los suyos los pasos de hombres que sin apenas verle la cara ya la venían siguiendo y deslizando en su oído frases que se esforzaba por no entender.

En todas las esquinas, y a lo largo de las aceras, se veían paradas o paseando lentamente pobres mujeres, que se ofrecían como mercancía, con esa impudicia consentida que forma la vergüenza de las grandes ciudades.[124]

---

124   En el Madrid de Burgos, hubo dos barrios muy conocidos por la prostitución: Huertas y Embajadores / Mesón de Paredes. Como cifra orientativa, cabría decir que por 1872, el número de las mujeres que ejercían la prostitución en Madrid, según el estudio de Vahillo de ese mismo año, fue de un total de 17.000 – un 7% de la población femenina. Las causas que Hauser y Folguera Crespo dan a este número elevado son varias: la aglomeración humana que genera el pauperismo, la falta de trabajo, muy bajos sueldos, y la costumbre de frecuentar los prostíbulos por parte de las clases adineradas (*Historia de las mujeres en España* 476-80). El primer reglamento de vigilancia especial acerca de

Había entre ellas niñas apenas llegadas a la pubertad y ya marchitas y degradadas; otras mujeres envejecidas en plena juventud y hasta horribles viejas desdentadas y llenas de pintura siguiendo aún su oficio.

En el atavío de todas reinaba igual confusión. Unas iban con vestidos lujosos y abrigados; otras, desafiando el frío, llevaban los trajes llamativos y vistosos a cuerpo gentil. Con abrigos unas; otras luciendo faldas de seda o envueltas en mantoncillos raídos; estaba allí todo aquel ejército de vicio y de miseria pregonando con más elocuencia que los más severos moralistas la iniquidad de los que así vejaban a la mujer.

Al contrario de lo que le sucedía a las otras, ella no tenía odio ni desprecio por aquellas desdichadas. Conocía tanto la miseria de la mujer, que hallaba disculpa para todo. No se las había dejado producirse en la vida con nobleza, se las había inferiorizado; se les había hecho conocer que sus únicas armas para vencer eran la belleza y la astucia. Ellas se defendían del modo que les era posible.

La mujer está como en un andén de la vida; parece que pasa entre piropos, y pasa entre asechanzas y desconsideración. Por eso sentía una especie de odio por aquellos hombres que venían hostigándola y siguiéndola tenazmente.

No condenaba a las otras. Ella había cumplido su destino, y en el fondo no se arrepentía. Bella aún, era ya una de tantas mujeres bellas y marchitas que no tienen fuerza para rehacer su vida. Vería pasar ante ella las que habían de renovar su novela, como ella había renovado la de otras. Vería su alegría y su ceguera sin indignarse, y, aunque pudiera, no les abriría los ojos. Las cosas no podían suceder más que así. Era la única alegría que les estaba permitida a las mujeres pobres, y no podía haber bastante prudencia para evitarla. Era una cosa necesaria, porque si no, con la plétora de vida y de ambición que se siente por natural facultad en el fondo del pecho, siempre se padecería de estar con el ansia de ello. La atroz presión del no ceder era peor que el ceder; se obraba más de acuerdo con la Naturaleza. Era necesario despojarse como era necesario morir. ¿Qué cosa había peor que morir? Era justo ir llegando a la muerte un poco desengañada y sin fuerza. Había que debilitarse sometiendo a los golpes rudos de la vida las ilusiones del vivir.

Veía con un dolor supremo la descomposición, lo grotesco, lo

---

la cuestión se aprobó en 1865, para intentar parar la epidemia de cólera tan devastadora en los barrios donde abundaban las casas de prostitución; más tarde se amplió en 1889. Así el Ministro de la Gobernación empezó a someter a las prostitutas a una inspección médica periódica, y prohibió que las mujeres frecuentaran ciertas calles o paseos públicos.

arrastrado de la mujer cuando encontraba alguno de los dos o tres tipos de mujeres atormentadas que viven en la ciudad.

—Estamos desfallecidas y abrumadas, estamos indignificadas –pensaba–. En estas mujeres quedamos vejadas todas..., todas... Nos sentimos vencidas y desposeídas.

Como si algo hubiera querido confirmar su idea, vivió de pronto un gran revuelo que no sabía a qué atribuir. Las mujeres corrían despavoridas, como si las amenazase un gran peligro, tratando de ganar las bocacalles cercanas y perderse en ellas. Sin saber lo que hacía, ella sintió miedo y deseo de huir también; corrió en la dirección que veía correr a las otras. Un repliegue de las que iban delante la contuvo; retrocedían como si se viesen cortadas en su fuga por sus perseguidores. Se vió sujeta entre las otras y rodeada de guardias que se rieron brutalmente, como si les divirtiera aquella caza de mujeres.

Entre las que el azar había hecho sus compañeras y los cazadores se cruzaron groserías e improperios. Se dió cuenta de lo que se trataba. Era una leva de pobres mujeres que se llevaban al depósito, por el delito de estar en la calle. Su miseria, su oprobio las tenía como reclusas en las inmundas casas en que sólo servían de diversión, como cuerpos sin alma. Y, sin embargo, aquellas infelices estaban reglamentadas, su vileza constituía un oficio y pagaban una contribución al Estado, de la cual se destinaba una parte para obras de beneficencia.

La escena era repugnante: unas suplicaban, otras se debatían, arañando a los que querían sujetarlas y dando origen a repugnantes violencias en las que las maltrataban despiadadamente. Algunas se habían amparado de hombres que pasaban cerca y cogidas a sus brazos querían hacer valer su derecho, puesto que no iban solas.

Isabel estaba entre aquel barullo, detenida por los guardias, sin fuerzas para hablar y deshacer el error. Sentía arder su cara de vergüenza y le parecía que la conocían todos, que sabían quién era, que el mundo entero se desplomaba sobre ella.

Acudieron más guardias, y por un procedimiento semejante al de los mastines que asustan al rebaño dando vueltas en torno suyo y lo agrupan y reúnen, estuvieron bien pronto apelotonadas todas las mujeres que hacían la carrera en las calles cercanas. Las empujaron en tropel, como al ganado. Isabel quiso protestar.

—Yo no estaba con éstas... Yo soy una mujer decente que iba a mi camino.

Los guardias rieron.

—Sí, ya sabemos lo que es ésto...; se lo contarás al comisario.

Protestaban las otras.

—¡Decente! ¿Qué te habrás creído que somos las demás?

—¡Pues nos ha fastidiao la señoritinga!

Tuvo que resignarse a seguirlas hasta el Gobierno Civil, donde no dudaba poder probar su inocencia.

A su paso por la calle Mayor los transeúntes las insultaban.

Protestó una:

—Vaya unos *cabayeros*. Con pobres mujeres presas se atreverán.

Como Isabel lloraba, una de aquellas infelices se le acercó.

—No le digo a usted que se apoye en mí porque... no sé si usted quiere...; pero me da lástima verla... Yo ya sé que no es usted de las nuestras...; no se apure, que el comisario tiene buen ojo y nos conoce bien a todas... Usted saldrá en cuanto entre; lo malo es para mí, que no hay quien me libre de una quincena.

Animada por la atención de Isabel, la mujer la contó las miserias de su vida.

—Y encima de todo todavía nos persiguen y nos inquietan. A las que son del gusto de los guardias las dejan escapar; pero a las que no, pasamos la noche en el depósito, y por la mañana, unas a la cárcel y no pocas a San Juan de Dios.[125]

—¿Ha estado usted en San Juan de Dios? —exclamó Isabel sin poder contener un movimiento de repulsión al oír el nombre del terrible hospital al que iban a parar casi todas aquellas infelices, llenas de llagas y podredumbre.

—¡Anda! ¡Pues ya lo creo! Y las veces que iré... La primera vez que nos llevan ninguna quiere ir. Si no fuese porque nos meten en el coche celular, nos escaparíamos...; pero luego hasta se le toma cariño a aquello. Nos cuidan bien...; los médicos son muy cariñosos, y al salir ya vamos como nuevas... Hasta otra.

Conforme hablaba la mujer, Isabel la miraba. Tenía un semblante dulce, inteligente, bondadoso, aunque en sus ojeras y en los pliegues de las mejillas aparecían ya signos de degeneración y de cansancio, y por

---

125 El Hospital San Juan de Dios estaba situado sobre una amplia manzana entre la calles Ibiza, Doctor Esquerdo, Doctor Castelao y Maiquez. Continuó así la tradición del hospital que en 1552 fue fundado por Antón Martín en la Calle Atocha, conocido como institución especializada en el tratamiento de enfermedades venéreas e infecciosas como la tiña o la sarna.

momentos su expresión se apagaba en una mirada entre procaz e idiota.

Iba recordando las veces que había visto las largas filas de mujeres que los guardias llevaban a la cárcel por las mañanas, con los semblantes pálidos, deshechas de la vigilia en el depósito, con los vestidos chafados y los rostros desteñidos, con churretes de carmín y blanco sobre las mejillas y los labios.

Recordaba también las veces que había visto cruzar el coche celular cerrado y sombrío, sin pensar que conducía pobres mujeres enfermas y doloridas, a las que se trataba como a presas. Al oír la última palabra, no pudo reprimir la respuesta.

—¿Y por qué hasta otra? ¿No puede usted trabajar, hacer otra vida?

En su deseo olvidaba las dificultades que encontraba la mujer en su camino y que la empujaban por la rampa de ese modo cruel con que se sentía empujada ella misma.

La otra contestó como un eco de su conciencia:

—¡Trabajar! ¡Eso se dice pronto! Pero, ¿en qué? Además, todas tenemos amas. Nos han dado de comer cuando no ganábamos, nos han comprado ropa y hay que pagarles. No nos dejarían escapar.

—Pero yo he oído –repuso Isabel–que hay señoras que se ocupan de pagar por ustedes y las libertan.

—Sí... las de la Trata de Blancas y otras...; pero no nos convencen...; son demasiado místicas...; todo son sermones y reglamentos...; que si por aquí..., que si por allá... Quieren convertirnos en santas... Es salir de Herodes para entrar en Pilatos.

—¿Cómo?

—Le diré... Así estamos mal, pero tenemos más libertad... Si esas señoras nos dieran para salir de la vida y nos dejaran en paz, bueno... porque se puede no ser ésto y no estar metida como en un convento... rezando a toda hora... No es eso... ¡Y si viera usted algunas qué simpáticas son! Hay una condesa que parece una santita de porcelana, pequeñita, rubia, con unos ojos azules que acarician y lloran. Esta se acerca a nosotras, nos habla, nos toca. Una hermana de allí dice que le parece a Santa Isabel, la Reina de Hungría; y yo pensaba a veces que quizá sería ella, porque tiene los cabellos rubios como una corona de oro.

—¿Y por qué no se va usted con ella?

—¿Irme con ella? De buena gana. Llega al corazón con su vocecita de niña, y se siente que se mete dentro... Todos los sábados va y ella misma toca en el armonium una Salve... Nos pone a su lado a las que sabemos cantar... y cantamos como ángeles. ¡Si usted viera! ¡Parece mentira que mujeres como nosotras le cantemos a la Madre de Dios! ¿Verdad?

Isabel estaba conmovida.

La otra siguió:

—Pero irme con ella no sería posible. Somos tantas. Yo estoy segura de que si nos dieran a todas para poder vivir tranquilas y como quisiéramos, no seguía ninguna en la vida. Pero como eso no puede ser...

Calló un momento, y después, como si temiese haber sido demasiado sincera, o como si ella misma quisiera olvidar todo lo que de mortificante había en su vida, hizo un mohín procaz y exclamó:

—¡Bah! Dentro de cien años todas estaremos calvas.

PESADILLA

Estuvo enferma y tuvo que guardar cama varios días de resultas del susto y de la vergüenza pasadas. No le costó poco trabajo convencer al inspector de su inocencia. Aquellos hombres le parecía que no tenían la misión de amparar a los buenos, sino de perseguir a los malos, tratando de hacerlos más malos cada vez para perseguirlos con más razón.

No quiso avisar a Agueda de su enfermedad, ni de lo sucedido, que ocultaba como una vergüenza. Pasó aquellos días sola, presa de la fiebre, haciendo una recapitulación de su vida, una especie de balance, del que le quedaba un deber insuperable ya. Veía en su imaginación una multitud de mujeres vestidas de luto que daban vueltas a la ciudad en una manifestación imponente y solemne, pero silenciosa; una manifestación sin objeto ni conclusiones, andando como quien callejea todo el día sin pararse a comer ni a descansar. Veía a las mujeres como seres prostituídos y empequeñecidos por el solo hecho de ser mujeres, seres sin personalidad, rendidos, disminuídos. ¿Cómo lo podría ella explicar...? Eran unos seres con los que se comete injusticia, que nadie comprende en su magnitud porque no hay sensibilidad que la reconozca.

Era desesperante que las mujeres no merecieran nada por su personalidad; todo se lo tenían que pedir a los hombres, a sus enemigos, a sus vejadores, y sólo por concesión especial y condescendencia de ellos lo podían obtener.

Advertía que aunque las mujeres no sean las queridas del hombre, siempre las tratan éstos como a queridas, y hasta en su respeto hay más desdén que consideración, como si las respetadas no merecieran la pena de concederles los favores.

Ya ella iba formada, iba detrás de la procesión de las abandonadas, de unos seres humanos que no tienen derechos ni caminos y sufren la injusticia infinita, la cobardía cometida por los fuertes con los más delicados.

Las mismas mujeres no se daban cuenta de eso, carecían de su dignidad un poco rebelde, habían renunciado a ella y todas querían vivir, unas a costa de caricias, otras a costa de ruegos y de humillaciones que les parecían un deber.

Se horripilaba de aquella inseguridad, de aquella pequeñez que había que tener al entrar en la lucha que la mujer mantiene para ganar la vida.

Y cada día en su delirio seguía viendo a las mujeres como hileras de pobres, de beatas que llevaran una vela en la procesión de la miseria, empujadas por la necesidad apremiante de vivir y comer. Aquella necesidad le haría a ella ir a confundirse y perderse con las demás, no sabiendo nada de su mañana, sin poder formarse una dignidad y un alma independiente, por más que barruntaba las cosas mejor que las otras; pero sin tiempo y sin serenidad, sin firmeza en sí misma para cultivar la personalidad que desearía tener.

Era imposible formarse esa personalidad donde todo aplasta a la mujer, la rebaja, la llena de abyección y la abandona.

Entre ellas mismas, entre las lanzadas al acaso y la nada, reinaba la más mortal desorientación; carecían del ideal de redención, de la unión y la fraternidad necesarias para redimirse. Los hombres, a veces, solían sentir esa fraternidad entre ellos, unos respecto de los otros; pero las mujeres no.

Cuando pudo dejar el lecho examinó toda la tristeza de su situación. Todo lo que había hecho en su vida resultaba inútil. Estaba otra vez sin nada; mejor dicho, ahora tenía menos que nada, porque le faltaban su alegría y sus ilusiones.

Su hija la había protegido a ella; si la tuviera aún la necesidad de ampararla le daría fuerza; completamente sola, todo su esfuerzo le parecía vano, infecundo; pero era preciso vivir.

Volvió al calvario de buscar... Esta vez no encontraba nada... ¡Nada!

Se decidió a ir a una agencia de colocaciones; se ofrecería como señora de compañía..., ama de gobierno..., y si no, doncella o cocinera. Había que someterse y empezar su descenso: primero sirviente; después mendiga...; luego...

El ama seca

Caminaba lentamente como si quisiera retardar el momento de la llegada. Otra vez había caminado así, cuando entró en la Maternidad. Le habían buscado colocación en la Agencia. Se necesitaba un ama seca casa de unos burgueses ricachones y no tuvo más remedio que aceptar aquella servidumbre penosa: tenía que cuidar tres niños mimados y consentidos, que la maltrataban de palabra y de obra. En vez de ser respetada por ellos había de sufrir todas sus impertinencias, sus faltas de respeto y contribuir a que desde pequeños se creyeran superiores y dominantes.

Aceptó su puesto en la mesa de la servidumbre, su camaradería con los criados, que la miraban con recelo al verla tan poco comunicativa.

—Se creerá que es de mejor casta –comentaba un lacayo, herido por su desvío.

—Tiene humos de señorita –decía la cocinera. Isabel ocultaba cuidadosamente todo su pasado; allí era tan peligroso que supieran que en vez de proceder del pueblo procedía de la burguesía acomodada, como que llegasen a entender algo de su vida anterior.

Había cortado toda clase de relaciones con sus antiguos conocimientos; no sabía nadie dónde estaba, ni siquiera Agueda, que era ya madre de un hermoso niño y que había caído en esa especie de egoísmo que domina ante el llamamiento tiránico de la vida feliz y enamorada de los suyos.

Tenía la seguridad de que no la conocerían si la vieran en la calle con el uniforme de ama seca que le hacía llevar la señora. Aquella especie de librea, con el gran delantal, los largos pendientes y la cofia tan rara, que le hacía parecer una máscara.

Había aceptado aquella vida con esa resignación con que las hermanas de la caridad cumplen sus votos; en su deseo de agradar, de acomodarse al medio, no se daba punto de reposo.

Se levantaba temprano para preparar los desayunos de los pequeñuelos y las ropitas que ella misma limpiaba y cosía. Los acompañaba durante todo el día, prestándose a sus caprichos, los llevaba al Retiro[126] o al Parque del Oeste[127] y se sentaba en un banco, uno de aquellos tristes bancos de las inválidas de la vida, que habían vuelto a tomar para ella su primitiva significación. Llevaba siempre consigo su labor de crochet o de punto de aguja, destinada a guarnecer la ropa de los niños, en la que trabajaba con un celo que le había granjeado el afecto de la señora, de suyo descontentadiza e irascible.

Los criados la trataban ahora con más respeto, con esa acomodación fácil de la gente servil, pronta siempre al respetar a todo favorito. La Agencia, por el dinero que le había producido su colocación, había dado todos los informes necesarios al gusto de la ricachona, y ella se había tenido que prestar a la superchería ya aprender la lección que se le daba. Tan buena maña se dió que no sospecharon de sus palabras y ya, creyendo saberlo todo, no la inquietaban con nuevas preguntas.

Pero cuando trabajaba con tanto ardor, ocultando el rostro con el pretexto de su labor, sin mirar a nadie de los que pasaban cerca de ella, lo hacía dominada por el miedo de encontrarse frente alguno de sus antiguos amigos que pudiese reconocerla. Sobre todo, la aterraba el volverse a encontrar frente a Fernando. Hubiera deseado verlo, pero estando ella bella y triunfante; no así, humillada y envilecida. A veces, pensaba que verla así debía ser una vergüenza y un remordimiento para él, que le había hecho perder su colocación en el Bazar y había deshecho su vida, privándola hasta de la esperanza de hallar a su paso un amor honrado.

Seguía bella, más bella que nunca; con su cuello erguido, su cabeza

---

126 *El Retiro*: Los Jardines del Buen Retiro es un parque de 118 hectáreas situado en Madrid cuya consctucción empezó en el siglo XVII. Es uno de los lugares más significativos de la capital.

127 El Parque del Oeste fue iniciativa de Alberto Aguilera, en 1906 alcalde de Madrid, quien pidió al paisajista Cecilio Rodríguez el trazado de un lugar para el paseo y el descanso. Está situado entre la carretera de A Coruña, la Ciudad Universitaria y la zona de Moncloa y ha sido, después del Retiro, uno de los espacios verdes más importantes de la capital.

de facciones nobles, con su corona de cabellos castaños y sus ojos color tabaco, tan soñadores y tan dulces. Su cuerpo se había formado, su talle adquiría esa elegante redondez que no tienen las niñas; aún despertaba esa fácil simpatía que sigue el paso de la hembra, y aún al pasar sonaban frases de amor en sus oídos. Pero Isabel no quería oír aquellas frases. Tenía ya el desencanto del amor, sin haber amado en realidad, y la desconfianza de todos los amores. Su uniforme de ama seca la revestía de la castidad de un hábito que la alejase de todas las pasiones.

Amaba a los niños, y confundía con la imagen de Elvirita, la niña menor, la imagen de su hija. La seguía con mirada triste en sus juegos, siempre absorta en el recuerdo de lo que hubiera sido su hija a su edad; y luego al acostarla, al bañarla, al rodearla de cuidados y mimos, sentía cierta pena, cierto desconsuelo, al pensar que su hija no hubiera podido disfrutar aquellos cuidados. Si viviera sería una niña, anémica, débil, sufriente, destinada a desearlo todo y a carecer de todo...; y si pasaba de la infancia, ¿qué sería de su juventud?

La mujer, por ser mujer, era siempre desgraciada. Tenía que estar dominada por la esclavitud de su sexo. Se veía hasta en casa de la señorona. Esta, joven y bella, soportaba la misma vida, la misma soledad moral que sufría ella cuando vivió con Fernando. El señor era brusco, indiferente, apenas paraba en la casa ni se ocupaba de su mujer. Ella parecía tranquila e indiferente; era como una muñeca llena de vanidades, desde la vanidad de la toilette hasta la vanidad de la filantropía. Ocupaba su vida en todo aquello porque su vida estaba vacía y no podía ocuparla en los grandes ideales, para los que no estaba capacitada. Por ser mujer, todo se hacía pequeño en ella; hasta la misma caridad se tornaba en sus manos un juego. Había que valerse de fiestas: abonos de teatro, bailes, tómbolas para excitar la caridad de los demás. Había que recurrir a los hombres que les dieran los medios para su obra, desplegando para conmoverlos sus tristes preeminencias de mujer que parece que se da y se ofrece siempre que pide o suplica.

Escuchaba contar entre las criadas escandalosas aventuras de su amo. Aseguraban que la señora las sabía y que le eran indiferentes; pero ella creía que no debía ser así porque algunas mañanas al entrarle los niños para que los besara la veía con los ojos enrojecidos y el rostro pálido, y adivinaba en ella el callado sufrimiento que la sociedad en que vivía imponía a la mujer. Se le toleraría la venganza con la misma arma que la hería; pero no se comprendería la pasión, los celos, el amor al marido, que la pondría en ridículo. No se comprendía que se amara al marido ni al amante.

Esa sería luego la suerte de la pobre niña; sería mejor no hacerle conocer horizontes más amplios y aspiraciones más nobles para tropezar con la vulgaridad, con la impotencia, con su mísera condición de mujer.

Ya desde pequeños, en su misma casa, estaba establecida la desigualdad. Dieguito dominaba a las dos niñas, Marta y Elvira, que tenían que ceder a sus caprichos. El niño era travieso, autoritario, despótico, se hacía servir de las hermanitas, a las que maltrataba si no lo obedecían y las obligaba a ceder. Lo raro era que no sólo el padre, sino la madre daban siempre la razón al niño. Él era el hombrecito, el heredero, tenía más alta misión que cumplir y merecía otras consideraciones.

Era la idea de la importancia del hombre que se les inculcaba desde niños. ¿Cómo iban a ser justos con las mujeres si se educaban en un hogar donde reinaba la injusticia y veían tratadas a las madres en un plano secundario e inferior?

Perduraba el concepto del hogar latino, con el hombre dueño y señor, sin saber hacer un uso justo y ecuánime de su soberanía. Las pobres mujeres estaban acostumbradas a obedecer sin discutir.

La ricachona, aparte su vanidad y endiosamiento, era una mujer digna y discreta. Una mañana Isabel sorprendió una conversación con una de sus amigas íntimas, que le aconsejaba una dulce venganza.

—¿Para qué? –había respondido la señora–. No vale la pena de cambiar. Casi todos son lo mismo, y al fin y al cabo mi marido me estima. Los otros no me estimarían siquiera.

La borracha

Había llevado los niños al teatro de polichinelas en aquella tarde lluviosa, y los acompañaba ya a su casa oyendo los comentarios de las pequeñuelos respecto a las comedias hechas por aquellos muñecos que tomaban tanta vida en su representación.

Era lo que más la molestaba de todo aquellas tardes en que tenía que llevar a los niños al teatro o al cinematógrafo. En el primero tenía miedo de encontrar a personas que la conociesen; en el segundo hallaba demasiados recuerdos: el recuerdo de su primer beso. ¡Si encontrara a Fernando acompañando a otra!

A veces sentía el deseo de verlo, fuese como fuese. Recordaba aquella historia del hijo de la máscara, que tan honda impresión hizo en su espíritu cuando estaba en la Casa de Maternidad: la evocación de aquella mujer tratando de hallar al padre de su hijo entre todos, y declarándose, al fin, impotente porque se le habían borrado sus facciones y ya no lo reconocería. La aterraba pensar que dentro de algunos años ya sería Fernando un desconocido para ella, y que podrían verse dentro del olvido, de la indiferencia, después de sus días de pasión. Era cruel sobrevivirse después de una crisis así.

Tal vez su miseria, obligándola a la lucha, liberándola de la costumbre, la había salvado de la desesperación.

Cuando entró en la calle donde vivían sus amos oyó un clamor de multitud, ese chillerío de los muchachos que antecede a todo tumulto o manifestación.

Corrió a ponerse delante de las niñas, que se agrupaban contra ella, asustadas de los gritos y del bullicio. Estaban casi bajo los balcones de su casa, pero no podían entrar, detenidas por la muchedumbre.

Por el centro de la calle avanzaba una mujer que, más bien que andar, se arrastraba, sujeta por dos guardias que la mantenían derecha, impidiendo que cayese cuando sus piernas se doblaban sin poderla sostener. El cuerpo, sin fuerza y sin voluntad, iba de un lado para otro, en ese balanceo de los que andan mareados sobre las cubiertas de los barcos, y arrastraba en sus bandazos a los dos guardias, provocando la risa y la chacota de los chicuelos y mocetones que la seguían.

Se veía bien claro que era una borracha. Su ropa sucia y desgarrada, su cabello colgando, su cara congestionada e idiota, con ese aire de estupidez de los alcohólicos, y sus ojos brillantes y sin expresión, con una brillantez de vidrio, decían bien claro la embriaguez que la dominaba.

Su labio inferior se había convertido en belfo, y su voz desgarrada, opaca, tenía el acento monótono, mecánico, de fonógrafo descompuesto que tiene la voz de los borrachos.

A veces trataba de reaccionar, por un débil instinto de dignidad, casi apagada por la borrachera, contra los insultos que le dirigían en torno suyo.

—¡Borracha!

—¡Pellejo!

—¿Yo...? ¿Yo... ? –balbuceaba–. ¿Borracha yo?

Y hacía esfuerzos por ponerse derecha y tomar un aire grave y respetable, que hacía resaltar más lo dramáticamente grotesco de su situación.

—¡Yo borracha! Jamás... jamás... Es verdad que he tomado una copa de pardillo [128]...; a mí me gusta una copa de pardillo como a cada quisque. ¿Verdad, guardias...? Es un pícaro este pardillo... Se sube a la cabeza y calienta el estómago...; es la sangre de los pobres que no comen carne. ¿Verdad, guardias...?

Otras veces entonaba cantos o pronunciaba discursos, mientras seguía avanzando lentamente, casi a rastras, o bien contestaba con insultos a los insultos que recibía.

---

128 *Pardillo*: vino dulzón entre blanco y tinto.

—¡Hijos de mala madre...! Con una pobre mujer os meteréis vosotros... Andar a la taberna con vuestro padre... Guardias, esos chicos
me insultan... ¡Viva el pardillo...!; la sangre de los pobres.

Luego empezó a canturrear:

> Cuando se emborracha un pobre
> le dicen «el borrachón»;
> cuando se emborracha un rico
> «¡qué alegrito va el señor!»

Sintió Isabel una gran conmiseración hacia la pobre mujer. Sin disculpar su falta se le hacía simpática al verla perseguida de aquel modo
por todas aquellas gentes que parecían una trailla de perros ham-
brientos y rabiosos como contra su propia madre.

La descomposición, lo grotesco, lo arrastrado de la mujer se veía
en esos dos o tres tipos atormentados que viven en la ciudad y que dan
la nota lastimosa y desgarradora, como la Tonta de la Pandereta o
Madama Pimentón. [129]

Todo el mundo se burla de ellas, las acosa, contribuye a exaltar su
locura o sus vicios. Nadie las salva, las cubre, las esconde. ¿No era esta
una falta que debían reputar todos como cometida por ellos?

La pobre borracha que pasaba gritando con su voz estridente,
aguda, esa voz que atraviesa toda el alma, ¿merecía un trato más co-
barde, más ensañado que el que merecen los borrachos? No. Y, sin embargo, en ella se cebaban más; la mordían más los chicos, la excomul-
gaban más todas las gentes.

Notaba una vez más el ensañamiento con la mujer. Aquella misma
tarde en el teatro guiñol, de donde venían, a través de la comedia ingenua, había visto el mismo ensañamiento contra las mujeres, y hacía
pocos días, viendo un ventrílocuo, había visto ese mismo sentimiento
reflejado en el tipo de la muñeca del ventrílocuo, que sufre todas las
groserías del muñeco de al lado; haciendo reír a todo un público que
parece ansioso de burla de mujer, de escarnio de mujer, de gitanerías
en las que insiste el muñeco representante de los hombres, como la
muñeca lo es de todas las pobres mujeres desealabradas y burladas.

¡Oh! Si ella hubiese tenido una casa suya, con cuánto gusto hubiera abierto la puerta a la infeliz borracha para librarla de todos; de
los guardias que se reían de ella en vez de defenderla, y de aquella mul-

---

129 *La Tonta de la Pandereta* fue una cantante castiza bien conocida de la ópera callejera.
Madama Pimentón fue una ex-prostituta venida a borracha empedernida, tan popular
que cuando falleció recibió un homenaje por parte de los periodistas de la época.

titud que la perseguía. Hubiera librado a aquella multitud de su propia vergüenza.

Los niños, animados y repuestos ya de su susto, al saber lo que sucedía, unían también sus vocecitas a las voces de los otros para gritar a coro:

—Borracha, borracha, borracha.

Al ver a aquellos niños bien puestos, rozagantes y ricos insultar a la pobre mujer, no pudo Isabel contenerse, y olvidando su situación levantó la mano y la descargó sobre el niño mayor y después sobre los otros; les pegaba con fuerza, secamente, con deseo de hacerles daño, haciéndoselo. No podía contenerse; saltó sobre su hipocresía de todos los días; perdió la paciencia, que no le habían hecho perder las malas intenciones embozadas, las ruindades inaguantables ni la atmósfera de mezquindad del palacio de los ricachones; lo que todo aquello no había podido hacer, lo logró el grito en que los niños aristocráticos y distinguidos se uían a todas las gentes que hacían befa de la borracha.

Les pegó con un deseo de justicia, de grabar en ellos una lección, un recuerdo que los hiciese mejores en lo sucesivo, de un modo seco y silencioso.

Pero los niños lloraron con locura, no sólo por el dolor que los golpes les producía, sino por la soberbia herida de verse así tratados por la sirviente, de quien tenían un concepto tan inferior.

Era inútil querer acallar aquellas barraqueras ruidosas, e inútil tratar de consolarlos; los llevó a su casa casi a rastras, deseosa de que sucediera lo que había de suceder y de que se desenlazase su situación.

Final

El final tenía que llegar. Fué breve.

La señorona se indignó del trato que aquella mujer, considerada tan inferior, le había dado a sus hijos. Su marido se unió a ella por única vez con entusiasmo, unánimes los dos en las palabras inmundas y en los desprecios enconados.

Ella entonces se rebeló aún más, y como una venganza y una justificación les lanzó al rostro toda su historia, de un modo entrecortado, incoherente; poniendo de manifiesto su engaño, su decadencia, la indignación que había sufrido día a día.

Pero ellos no se conmovieron; tenían que ofenderla aún más y la dejaban hablar demasiado, como si esperasen la revancha. No la atendían, y, sin embargo, se enteraban del fondo de su relato, aunque no del comentario. Buscaban la manera de deducir nuevas acusaciones contra ella.

De pronto, Isabel guardó silencio. Su mucha experiencia, dominando su indignación, le hizo conocer que sería inútil cuanto hiciese. Se dió cuenta de que estaba ante dos de los traidores del drama social; ante dos de los muchos que lo provocan y lo corrompen; ante dos de esos en los cuales se apoyan los otros para seguir su moral fácil de seres dominadores que se imponen y mantienen en provecho suyo todos los prejuicios y todas las tiranías. Aquella idea le quitó la fuerza y le secó la boca. Ya había dicho bastante. Segura de que no mejoraría su suerte, quiso tener el consuelo de su audacia y de su libertad, que tan pocas veces podía hacer valer.

—No es justo que me sigan recriminando. Yo he castigado en sus hijos lo que no podré castigar en ellos cuando sean mayores... He creído darles una lección saludable..., cumplir un deber... educarlos..., porque los amaba... Pero ustedes no me entienden. Ahora ya no quiero hablar más... No pueden ustedes hacer más que despedirme, y yo marcharme. Sus regaños no pueden alcanzar a quien es libre de marcharse sin oírlos... En cambio, yo tenía que decir todo lo que he dicho, dejar aquí antes de marcharme este fardo que me pesaba, para irme más desahogada.

Y dicho eso, tragándose el *Adiós* final, salió del salón y se fué hacia su cuarto; seguida de la doncella que la miraba recelosa, como si de pronto se hubiera convertido en un ser extraño a la casa y se temiese que se pudiera llevar algo.

Todos los criados parecían haber hecho causa común con los señores frente a ella. La veían marcharse sin decirle una palabra amiga, no sólo por su egoísmo, sino por su convencimiento del respeto y de la sumisión; los irritaba aquella dignidad que veían en Isabel y que no eran capaces de secundar.

Metió en su baúl todo lo que tenía fuera, lo metió con prisa, con urgencia, como quien va a perder el tren y almacena el equipaje a empujones y a puñetazos; ahogándolo todo, chafándolo, dejándolo inservible; pero salvándolo de que se quedase; tuvo que sufrir la humillación de que las otras criadas registrasen su baúl, llenas de desconfianza. Cumplido este requisito, le echó la llave y tiró con arrojo del baúl, abriéndose la mano con el filo del agarrador de hierro, presurosa y deseando salir de allí. Lo arrastró hasta el descansillo de la escalera de servicio y dió un portazo a la puerta, sin decir *adiós* a todos aquellos compañeros de servidumbre que la miraban irónicos o ceñudos sin prestarle ninguna ayuda.

Poco a poco, haciendo bajar el baúl de escalón en escalón con cierto estruendo y como yendo a ser arrastrada por él, como yendo a caer en el portal empujada por su peso, logró llegar al final como el que se salva de un incendio.

El viejo baúl de chapas doradas, aquel baúl resistente que compró un día como si previese todos los viajes tempestuosos que iba a tener que hacer; aquel baúl que era su única propiedad, era semejante a un bote salvavidas y volvía a estar en medio de la calle, como quien dice en medio del mar sin timón, sin orientación, dispuesto a ir donde ella quisiera con una abnegación que la conmovía; pero sin saber adónde ir.

Llamó a un mozo. Era necesario salir del gran portal de donde aún podrían arrojarla. Pasó bajo los balcones de aquella casa que dejaba, con miedo de que le tirasen alguno de aquellos pesados muebles odiosos de los cuales le gustaba también huir.

Sentía la hostilidad que dejaba en pos suyo, capaz de arrojar algo sobre ella para matarla. Sólo cuando hubo doblado la esquina se repuso. Le había dicho al mozo que la siguiese. ¿Pero adónde iba?

Ya no tenía solución. Volver a la agencia era inútil después de su acto de rebeldía. Ya no podía tampoco acariciar la idea de una gran casa. Además, tenía miedo de las grandes casas. Por lo pronto, hacía falta refugiarse en alguna parte. Pensó en el refugio más pobre, en aquel refugio al que no creyó recurrir nunca, contra el que había hablado siempre, pero al que no había más remedio que ampararse, porque ya estaba vencida. Su dignidad, su altivez habían dado su última luz y ahora le tocaba callar seguir su caída sin esforzarse en sostenerse ni retardarla, puesto que el esfuerzo era lo único doloroso.

—Mozo, vamos al Colegio de Criadas.

Enderezó sus pasos detrás del pobre hombre que llevaba su baúl a cuestas hacia aquella casa donde se acogían las mujeres en su postrer abandono, cuando tenían que ampararse de la hipocresía y renunciar a toda idea de personalidad para salvar la vida a costa de la humillación que hace comer todos los días los grandes cucharones de bazofia.

Miró con cierto miedo desde el fondo de la calle el gran edificio gris, que no veía la calle porque tenía cerradas todas sus ventanas. Era como una prisión disimulada, un purgatorio.

Desde que entrara allí, en aquella vida desconocida para ella, tendría que admitir una doble servidumbre de verdadera *criada de servir,* adoptaría un aire de santidad aparente, sujeta al reglamento, desconfiando de la camaradería hostil de las otras, pagando su comida con un trabajo ímprobo; y luego, si le encontraban una casa donde ganar su vida, no por eso dejaría la servidumbre del Colegio. Este le quitaría sus domingos, sus escasas horas de sentirse libre, que tendría que perder allí en aburridos ejercicios espirituales, que irían demoliendo su alma y su rebeldía hasta dejarla desprovista de su antigua personalidad. La matarían para que otra distinta viviese de su vida corporal. Hasta quizá le exigirían convertirse de un modo solapado en la espía de la casa donde la acogiesen.[130]

Iba a perderse entre una infinidad de mujeres romas –las recogidas y las monjas, y que no eran en último término mas que otra clase de recogidas también con todos los estigmas de la pobreza femenina. Engrosaría el rebaño de mujeres calladas, falsamente unidas entre sí, interesadas tanto unas como otras en sostener su institución, comprometidas por estúpidos destinos. Iba a perderse definitivamente, más aun que en la Casa de Maternidad, de un modo más definitivo, más infecundo, con menos esperanzas, y eso le causaba cierta alegría.

¿No estaba así de perdida ya? ¿La recordaba alguien? ¿Tenía raíz o afecto en alguna parte?

Ya todo le importaba poco.

Entraría en la casa gris para ser la criada gris, la criada sabia, la mujer indeterminada, perdida en las lejanas cocinas, detrás de los largos túneles de los pasillos que separan a las criadas de las otras gentes que viven a la luz.

Y aun aquello, con ser tan malo, estaba rodeado de incertidumbre, aún podía encontrarse más desesperada, más caída. Había vencido todas sus repugnancias para asirse al último amparo, y tendía la mano para llamar a la puerta de aquel asilo.

¿La recibirían? Esta duda le hacía temblar; pero su mismo temor le hizo sentir una reacción brusca. Si la rechazaban buscaría otro camino, fuese el que fuese...; quería vivir, vivir; ya que no podía triunfar viviría sometida; pero viviría con la embriaguez sublime de vivir. Con aquella desesperada resolución pareció tranquilizarse.

Al poner la mano en el llamador tomó ese aspecto agazapado, ruin, transigente de la que ha sido ya atontada a golpes, hundida y machacada. Ya hasta colaboraría en la manera de opinar de todos; ya soportaría el trabajo que había huído de aceptar antes en los hogares burgueses, soportaría a las señoras burguesas, se apagaba vencida su

---

130 Se resigna Isabel a la vigilancia anticipada a la cual será sometida en el Colegio de Criadas hasta tal punto que se ofrece a la posibilidad de ayudar a imponer tal autoridad.

dignidad, su hermosa rebeldía insostenible.

Había llegado al final de la rampa. No sentía la violencia del ir cayendo. Estaba en el fin, en el extremo, en el momento de poderse sentar, aunque definitivamente vencida.

FIN

Bibliografía

Obra no narrativa

Ensayos literarios. Almería: H. Navarro de Vera, 1900.

Notas del alma. Madrid: Imprenta de Fernando Fe, 1901.

El divorcio en España. Madrid: Vda. de Rodríguez Serra, 1904.

La mujer en España. Valencia: Sempere, 1906.

Por Europa. Barcelona: Maucci, 1906.

La voz de los muertos. Valencia: Sempere, 1911.

Leopardi. Valencia: Sempere, 1911.

Misión social de la mujer. Bilbao: Sociedad «El Sitio», 1911.

Cartas sin destinatario. Valencia: Sempere, 1912.

Influencias recíprocas entre la mujer y la literatura. Logroño: La Rioja, 1912.

Al balcón. Valencia: Sempere, 1913.

Impresiones de Argentina. Almería: H. Navarro de Vera, 1914.

Confidencias de artistas. Madrid: Sociedad Española de Librería, 1916.

Peregrinaciones. Madrid: Imprenta de «Alrededor del mundo», 1916.

Confesiones de artistas. Madrid. Sanz Calleja, 1917.

Mis viajes por Europa. Madrid: Sanz Calleja, 1917.

«Fígaro». Madrid: Imprenta de «Alrededor del mundo», 1919.

Hablando con los descendientes. Madrid: Renacimiento, 1929.

Gloriosa vida y desdichada muerte de D. Rafael del Riego. Madrid: Biblioteca Nueva, 1931.

Alucinación. Madrid. Vda. De Rodríguez Serra, 1905.

El tesoro del castillo. Madrid: *El Cuento Semanal* Año I, Nº 25 (21 de junio, 1907).

Senderos de vida. Madrid: *El Cuento Semanal* Año II, Año I, Nº 81 (17 de julio, 1908).

En la guerra. Madrid: *El Cuento Semanal* Año III, Nº 148 (29 de octubre, 1909).

El veneno del arte. Madrid: *Los Contemporáneos* Año II, Nº 57 (28 de enero, 1910).

Églogas. Madrid: *Los Cuentistas* Año I, Nº 4 (20 de agosto, 1910).

El honor de la familia. Madrid: *El Cuento Semanal* Año V, Nº 238 (21 de julio, 1911).

Siempre en tierra. Madrid: *Los Contemporáneos* Año III, Nº 172 (12 de abril, 1912).

La indecisa. Madrid: *El Libro Popular* Año I, Nº 10 (12 de septiembre, 1912).

La justicia del mar. Madrid: *El Libro Popular* Año I, Nº 24 (19 de diciembre, 1912).

En la guerra. Valencia: Sempere, 1912. El volumen contiene también *La indecisa, Siempre en tierra, La justicia del mar, El veneno del arte* y *El honor a la familia*.

La duda. Madrid: Sanz Calleja, 1912.

Malos amores. Madrid: *El Libro Popular* Año III, Nº 11 (17 de marzo, 1914).

Frasca la tonta. Madrid: *El Libro Popular* Año III, Nº 26 (30 de junio, 1914).

Sorpresas. Madrid: *La Novela del Bolsillo* Año I, Nº 8 (s.a., 1914).

El abogado. Madrid: *Los Contemporáneos* Año VII, Nº 340 (2 de julio, 1915).

Las tricanas. Madrid: Alfa, 1915.

Los usureros. Madrid: *Los Contemporáneos* Año VIII, Nº 371 (4 de febrero, 1916).

«Villa-María». Madrid: *La Novela Corta* Año I, Nº 8 (4 de marzo, 1916).

Ellas y ellos o ellos y ellas. Madrid: *Los Contemporáneos* Año VIII, Nº 388 (21 de junio, 1916).

El hombre negro. Madrid: *La Novela Corta* Año I, Nº 27 (8 de julio, 1916).

Lo inesperado. Madrid: *La Novela con R*egalo Año I, Nº 5 (11 de noviembre, 1916).

Don Manolito. Madrid: *Los Contemporáneos* Año VIII, Nº 416 (15 de diciembre, 1916).

Los míseros. Madrid: *La Novela para Todos* Año I, Nº 1 (s.a., 1916).

Una bomba. Madrid: *La Novela con Regalo* Año II, Nº 4 (27 de enero, 1917).

El perseguidor. Madrid: *La Novela Corta* Año II, Nº 59 (17 de febrero, 1917).

El permisionario. Madrid: *Los Contemporáneos* Año IX, Nº 437 (11 de mayo, 1917).

Pasiones. Madrid: *La Novela Corta* Año II, Nº 81 (21 de julio, 1917).

El desconocido. Madrid: *Los Contemporáneos* Año IX, Nº 459 (12 de octubre, 1917).

La hora del amor. Madrid: Sanz Calleja, 1917. Es otro título de *Los usureros*. El volumen contiene también *Villa-María*, *Don Manolito* y *Sorpresas*.

¡Todos menos ese! Madrid: *La Novela Corta* Año III, Nº 117 (30 de marzo, 1918).

Venganza. Madrid: *La Novela Corta* Año III, Nº 137 (17 de agosto, 1918).

Los inadaptados. Madrid: *Los Contemporáneos* Año X, Nº 518 (5 de diciembre, 1918).

La mejor film. Madrid: *La Novela Corta* Año III, Nº 155 (21 de diciembre, 1918).

Dos amores. Madrid: *La Novela Corta* Año IV, Nº 180 (14 de junio, 1919).

El fin de la guerra. Madrid: *Los Contemporáneos* AñoXI, Nº 559 (18 de septiembre, 1919).

Los negociantes de la Puerta del Sol. Madrid: *La Novela Corta* Año IV, Nº 195 (27 de septiembre, 1919).

La Flor de la Playa. Madrid: *La Novela Corta* Año V, N° 231 (29 de ayo, 1920).

Los amores de Faustino. Madrid: *La Novela Corta* Año V, N° 254 (30 de octubre, 1920).

Luna de miel. Madrid: *La Novela Corta* Año V, N° 267 (29 de diciembre, 1920).

Confidencias. Madrid: *Los Contemporáneos* Año XII, N° 623 (30 de diciembre, 1920).

La entrometida. Madrid: *La Novela Corta* Año VI, N° 292 (16 de julio, 1921).

La rampa. Madrid: *Los Contemporáneos* Año XIII, N° 655 (11 de agosto, 1921).

El artículo 438. Madrid: *La Novela Semanal* Año I, N° 15 (1 de octubre, 1921).

La ciudad encantada. Madrid: *La Novela Corta* Año VI, N° 310 (19 de noviembre, 1921).

Los anticuarios. Madrid: *Los Contemporáneos* Año XIII, N° 671 (1 de diciembre, 1921).

La mujer fría. Madrid: *La Novela Corta* Año VII, N° 328 (25 de marzo, 1922).

El último contrabandista. Madrid: *Los Contemporáneos* Año XIV, N° 689 (6 de abril, 1922).

El suicidio asesinado. Madrid: *La Novela Corta* Año VII, N° 339 (3 de junio, 1922).

La prueba. Madrid: *Los Contemporáneos* Año XIV, N° 708 (17 de agosto, 1922).

La princesa rusa. Madrid: *La Novela Corta* Año VII, N° 356 (31 de septiembre, 1922).

Los huesos del abuelo. Madrid: *Los Contemporáneos* Año XIV, N° 724 (7 de diciembre, 1922).

La herencia de la bruja. Madrid: *La Novela Gráfica* Año II, N° 20 (7 de enero, 1923).

La pensión ideal. Madrid: *La Novela Corta* Año VIII, N° 371 (13 de enero, 1923).

La que se casó muy niña. Madrid: *La Novela Corta* Año VIII, N° 384 (14 de abril, 1923).

El extranjero. Madrid: *La Novela Semanal* Año III, N° 94 (28 de abril, 1923).

La mujer fantástica. Madrid: *La Novela Corta* Año VIII, N° 398 (21 de julio, 1923).

El anhelo. Madrid: *La Novela Semanal*. Año III, N° 106 (21 de julio, 1923).

El hastío del amor. Madrid: *La Novela Corta* Año VIII, N° 410 (13 de octubre, 1923).

La tornadiza. Madrid: *Los Contemporáneos* Año XV, N° 772 (8 de noviembre, 1923).

Hasta renacer. Madrid: *La Novela Corta* Año IX, N° 422 (5 de enero, 1924).

Las ensaladillas. Madrid: *La Novela Corta* Año IX, N° 438 (26 de abril, 1924).

La miniatura. Madrid: *La Novela Corta* Año IX, N° 437 (6 de septiembre, 1924).

La melena de la discordia. Madrid: *La Novela Semanal* Año V, N° 193 (21 de marzo, 1925).

El brote. Madrid: *La Novela Corta* Año X, N° 491 (18 de abril, 1925).

La nostálgica. Madrid: *La Novela Semanal* Año V, N° 222 10 de octubre, 1925).

Mis mejores cuentos. Madrid: Prensa Popular, 1925. (Incluye los cuentos *El artículo 438*, *El abogado*, *El novenario*, *Los huesos del abuelo*, *La mujer fría*.)

La misionera de Teotihuacan. Madrid: *La Novela Mundial* Año I, N° 21 (5 de agosto, 1926).

El «Misericordia». Madrid: *La Novela Mundial* Año II, N° 73 (4 de agosto, 1927).

Se quedó sin ella. Madrid: *La Novela de Hoy* Año VIII, N° 352 (8 de febrero, 1929).

El dorado trópico. Madrid: *La Novela de Hoy* Año IX, N° 404 (7 de febrero, 1930).

¡La piscina, la piscina! Madrid: *La Novela de Hoy* Año IX, N° 417 (9 de mayo, 1930).

Vida y milagros del pícaro Andresillo Pérez. Madrid: *La Novela de Hoy* Año IX, N° 450 (26 de diciembre, 1930).

La ironía de la vida. Madrid: *La Novela de Hoy* Año X, Nº 478 (10 de junio, 1931).

Perdónanos nuestras deudas. Madrid: *La Novela de Hoy* Año X, Nº 487 (11 de septiembre, 1931).

Puñal de claveles. Madrid: *La Novela de Hoy* Año XI, Nº 495 (13 de noviembre, 1931).

Guiones del destino. Madrid: *La Novela de Hoy* Año XI, Nº 510 (4 de marzo, 1932).

Cuando la ley lo manda. Madrid: *La Novela de Hoy* Año XI, Nº 513 (29 de marzo, 1932).

EDICIONES CRÍTICAS RECIENTES

Los anticuarios. Madrid: Biblioteca Nueva, 1989.

La Flor de la Playa y otras novelas cortas. Madrid: Castalia (Biblioteca de Escritoras), 1989. El volumen contiene: *El último contrabandista*, *En la guerra*, *El veneno del arte*, *El perseguidor*, *El permisionario*, y *Vida y milagros del pícaro Andresillo Pérez*.

Los inadaptados. Granada: Biblioteca del Sur, 1990.

Mis mejores cuentos. Sevilla: Biblioteca de la Cultura Andaluza, 1986. (La selección reproduce la que realizó la autora en 1925 para Prensa Popular.)

Los negociantes de la Puerta del Sol. En *Novelas breves de escritoras españolas. 1900-1936*. Madrid: Castalia (Biblioteca de Escritoras), 1990.

La que quiso ser maja. Sevilla: Renacimiento, 2000.

NOVELAS LARGAS

Los inadaptados. Valencia: Sempere, 1909.

La rampa. Madrid: Renacimiento, 1917.

El último contrabandista. Barcelona: Biblioteca Sopena, 1918.

Los anticuarios. Madrid: Biblioteca Nueva, 1919.

El retorno. Liboa: Lusitania Editora, 1922.

La malcasada. Valencia: Sampere, 1923.

Los espirituados. Madrid: Rivadeneyra, 1923.

La mujer fantástica. Valencia: Sempere, 1924.

El tío de todos. Barcelona: Riba y Ferrer, 1925.

Quiero vivir mi vida. Madrid: Biblioteca Nueva, 1931.

Traducciones

Historia de mi vida (muda, sorda y ciega) de Helen Keller. Madrid: Viuda de Rodríguez Serra, 1904.

La guerra ruso-japonesa, de Leon Tolstoi. Valencia: Sampere, 1904.

La inferioridad mental de la mujer, de P. J. Moebius. Valencia: Sampere, 1904.

Loca por razón de estado, de Geza Mattachich. Madrid: Viuda de Rodríguez Serra, 1904.

Los Evangelios y le segunda generación cristiana, de Ernesto Renán. Valencia: Sampere,1904.

La iglesia cristiana, de Ernesto Renán. s.a., 1905.

Diez y seis años en Siberia, de Leon Deutsch, s.a., 1906.

En el mundo de las mujeres, de Roberto Bracco. Madrid: Viuda de Rodríguez Serra, 1906.

El rey sin corona, de V. Saint-Georges de Bouhélier. Valencia: Sampere, 1908.

La conquiste de un Imperio, de Emilio Salgari. Barcelona: Maucci, 1911.

Los misterios de la India, de Emilio Salgari. Barcelona: Maucci, 1911.

La corona de olivo silvestre, de John Ruskin. Valencia: Sampere, 1911.

Fisiología del placer, de Paolo Mantegazza. Barcelona: Maucci, 1919.

Las mañanas en Florencia, de John Ruskin. Valencia: Sampere, 1913.

Las piedras de Venecia, de John Ruskin. Valencia: Sampere, 1913.

Las siete lámparas de la arquitectura, de John Ruskin. Valencia: Sampere, 1913.

Los pintores modernos. El paisaje, de John Ruskin. Valencia: Sampere, 1913.

Cuentos a Maxa, de Max Nordau. Barcelona: Araluce, 1914.

El reposo de San Marcos. Historia de Venecia, de John Ruskin. Valencia: Sampere, 1915.

La Biblia de Amiens, de John Ruskin. Valencia: Sampere, 1916.

La decisión, de Rose Nicolle. Madrid: Ediciones Españolas, 1917.

Una idea de parisiense por página, de Rose Nicolle. Madrid: Ediciones Españolas, 1917.

La perseverancia, de H. Besser. Madrid: Ediciones Españolas, 1919.

Defnis y Cloe, de Longo. Valencia: Sampere, posterior a 1910.

Los últimos filibusteros, de Emilio Salgari. Barcelona: Maucci, posterior a 1913.

La princesa muda, de Ana de Castro Osorio. Lisboa: Casa Editora para as Crianças, s.a.

El Tío Geromo (Crainqueville), de Anatole France. s.a.

MANUALES DE USO PRÁCTICO

La protección y la higiene de los niños. Valencia: «El Campeón del Magisterio», 1904.

Moderno tratado de labores. Barcelona: Imprenta Elzeviriana, 1904.

La mujer en el hogar. Valencia: Sampere, 1909.

Modelos de cartas. Valencia: Sempere, 1909.

El tocador práctico. Valencia: Sempere, 1911.

Las artes de la mujer. Valencia: Sempere, 1911.

La mujer jardinero. Valencia: Sempere, 1912.

El arte de seducir. Madrid: Sociedad General Española de Librería, 1916.

¿Quiere usted ser bella y tener salud? Barcelona, R. Sopena, 1916.

Nuevos modelos de cartas. Barcelona: R. Sopena, 1917.

¿Quiere usted comer bien? Barcelona: R. Sopena, 1917.

¿Quiere usted conocer los secretos del tocador? Barcelona: R. Sopena, 1917.

¿Quiere usted ser amada? Barcelona: R. Sopena, 1917.

Arte de la elegancia. Valencia: Sempere, 1918.

La cocina moderna. Valencia: Prometeo, 1918.

Salud y belleza. Valencia: Sempere, 1918.

Vademécum femenino. Valencia: Prometeo, 1918.

El arte de ser mujer. Madrid: Sociedad Española de Librería, 1920.

La cocina práctica. Valencia: Minerva, 1920.

La mujer moderna y sus derechos. Valencia: Adelantado de Segovia, 1927.

Obras completas (serie práctica). Valencia: Sempere, 1927 (Incluye *Tesoro de la belleza* (Vol. I), *Ultimos modelos de cartas* (Vol. II) y *La cocina práctica* (Vol. III).

Arte de saber vivir. Valencia: Sampere, s.a.

El arte de ser amada. Valencia: Sempere, s.a.

Últimos modelos de cartas. Valencia: Minerva, s.a.

Ensayos críticos

Amorós, A. «Recuerdos de Colombine.» *ABC* (6 de diciembre 1980): 6.

Arencibia Santana, C. Y. «Texto, Contexto, Pre-texto.» *Revista de Filología* 2.6-7 (1987-88): 93-102.

Bieder, Maryellen. «Carmen de Burgos; Modern Spanish Woman.» En Vollendorf, Lisa, ed. *Recovering Spain's Feminist Tradition*. Nueva York: Modern Language Association of America, 2001. 241-59.

_____. «Self-Reflexive Fiction and the Discourse of Gender in Carmen de Burgos.» *Bucknell Review of Literature* 39.2 (1996): 73-89.

Bravo Cela, Blanca. *Carmen de Burgos (Colombine). Contra el silencio*. Madrid: Espasa, 2003.

Bravo Villasante, C. «Una precursora feminista: Carmen de Burgos.» *Pueblo* 4.3 (10 de noviembre de 1979): 8-10.

Castañeda, Paloma. *Carmen de Burgos «Colombine»*. Madrid: Dirección General de la Mujer, 1994.

Castillo Martín, Marcia. *Carmen de Burgos Seguí, Colombine (1867-1932)*. Madrid: Del Orto, 2003.

Castro, Cristóbal de. «El sexo y la Academia.» *ABC* (22 de febrero de 1931): 5-6.

Cejador, J. *Historia de la lengua y literatura castellanas*. Tomo XI. Madrid: Revista de Archivos Bibliotecas y Museos, 1919. 293-94.

Charpentier Saitz, Herlinda. «Carmen de Burgos-Seguí (Colombine), escritora digna de ser recordada.» En *La escritora hispánica. Actas de la decimotercera conferencia anual de literatura hispánica en Indiana University de Pennsylvania*. Nora Erro-Orthmann y Juan Cruz, eds. Miami: Universal, 1990. 169-79.

Clemessy, N. «Carmen de Burgos: Novela española y feminismo hacia 1920.» *Iris* 4 (1983): 39-53.

Domingo, J. *La novela española del siglo XX*. Tomo I. Barcelona: Labor, 1973. 70-126.

Ena Bordonada, A. «Introducción.» *Novelas breves de escritoras españolas, 1900-1936*. Madrid: Castalia (Colección Biblioteca de Escritoras), 1990.

Establier Pérez, Helena. *Mujer y feminismo en la narrativa de Carmen de Burgos «Colombine»*. Almería: Instituto de Estudios Almerienses, 2000.

González Blanco, A. «Letras españolas.» *Revista Crítica* 2.5 (1909): 8-9.

González Fiol, E. «Domadores del éxito: Carmen de Burgos (Colombine).» *La Esfera* (24 de junio de 1922): 20-21.

Granjel, L. S. *Retrato de Ramón*. Madrid: Guadarrama, 1963.

Hardcastle, Ann. «What a Trip! Marriage and Divorce in Carmen de Burgos's *La flor de la playa*.» *Revista de Estudios Hispánicos* 35.2 (2001): 239-56.

Imboden, Rita Catrina. *Carmen de Burgos «Colombine» y la novela corta*. Bern: Peter Lang, 2001.

Jiménez, S. y J. M. Artero. *Noticia de Ramón*. Almería: Librería Cajal, 1976.

Johnson, Roberta. «Carmen de Burgos: Marriage and Nationalism.» En Torrecilla, Jesús, ed. *La generación del 98 frente al nuevo fin de siglo*. Ámsterdam: Rodopi, 2000. 140-51.

_____. «Carmen de Burgos and Spanish Modernism.» *South Central Review* 18.1-2 (2001): 66-77.

Laffitte, M. *La mujer en España. Cien años de su historia 1860-1960*. Madrid: Aguilar, 1964.

Louis, Anja. «Carmen de Burgos and the Question of Divorce.» *Tesserae: Journal of Iberian and Latin American Studies* 5.1 (1999): 49-63.

_____. «Melodramatic Feminism: The Popular Fiction of Carmen de Burgos.» En Labanyi, Jo, ed. *Constructing Identity in Contemporary Spain: Theoretical Debates and Cultural Practices*. Nueva York: Oxford UP, 2002. 94-112.

_____. *Women and the Law: Carmen de Burgos, an Early Feminist*. Woodbridge: Tamesis, 2005.

Marañón, Gregorio. «Prólogo.» *Quiero vivir mi vida*. Madrid: Biblioteca Nueva, 1931.

Marquina, R. «Retrato de autor.» Introducción. *Perdónanos nuestras deudas* (de C. De Burgos). Madrid: *La Novela de Hoy* 487 (11 de septiembre de 1931).

_____. «Los espirituados de Carmen de Burgos.» *Heraldo de Madrid* (3 de octubre de 1923): 18-19.

Martínez Marín, A. «La Almería de Carmen de Burgos Seguí (Colombine).» Separata del *Boletín del Instituto de Estudios Almerienses*. Almería: Excma. Diputación Provincial, 1981.

_____. «Carmen de Burgos.» En *Almería*. Tomo IV. Colección Nuestra Andalucía. Granada: Ediciones ANEL, 1983.

_____. «Introducción.» *Mis mejores cuentos* (por Carmen de Burgos). Sevilla: Biblioteca de Cultura Andaluza, 1986.

Nora, Eugenio D. *La novela española contemporánea*. Tomo II. Madrid: Gredos, 1973.

Núñez Rey, Concepción. *Carmen de Burgos, Colombine (1876-1932): biografía y obra literaria*. Madrid: Editorial de la Universidad Complutense, 1992.

_____. *Carmen de Burgos, Colombine en la Edad de Plata de la literatura española*. Sevilla: Fundación José Manuel Lara, 2005.

_____. Introducción. *La flor de la playa y otras novelas cortas. Carmen de Burgos, «Colombine»*. Madrid: Castalia (Colección Biblioteca de Escritoras), 1989.

Núñez Ruiz, G. «Sociedad y Cultura.» *Almería*. Tomo IV. Colección Nuestra Andalucía. Granada: Ediciones ANEL, 1983.

Olmet, Luis A de. «El divorcio.» *Heraldo de Madrid* (17 de febrero de 1921): 14.

Pozzi, Gabriela. «Carmen de Burgos and the War in Morocco.» *Modern Language Notes* 115.2 (2000): 188-204.

Ragan, Robin. «Carmen de Burgos's "La mujer fría": A Response to Necrophilic Aesthetics in Decadentist Spain.» En Cruz, Anne J. et al, ed. *Disciplines on the Line: Feminist Research on Spanish, Latin American, and U.S. Latina Women*. Newark: Juan de la Cuesta, 2003. 235-55.

Rodríguez, María Pilar. «Desviación y perversión en "El veneno del arte" de Carmen de Burgos.» *Symposium* 51.3 (1997): 172-85.

_____. «Modernidad y feminismo: tres relatos de Carmen de Burgos.» *Anales de la Literatura Española Contemporánea* 23 (1988): 379-403.

Romá, R. «Introducción.» *El hombre negro* (de Carmen de Burgos). Madrid: Emiliano Escolar, 1980.

Rueda, Salvador. «Femenina para Carmen de Burgos.» *Revista Crítica* 2.7 (abril de 1909): 4-5.

Ruiz Contreras, Luis. *Día tras día. Correspondencia particular, 1908-1922*. Madrid: Aguilar, 1950.

Sainz de Robles, F.C. *Diccionario de Mujeres*. Madrid: Aguilar, 1959.

_____. *Raros y olvidados*. Madrid: Prensa Española, 1971.

_____. *Antología de la novela corta*. Barcelona: Andorra, 1972.

_____. *La promoción de «El Cuento Semanal»*. Madrid: Espasa-Calpe, 1975.

Starcevic, Elizabeth D. *Carmen de Burgos, defensora de la mujer*. Almería, Editorial Cajal, 1976.

_____. *La mujer en la obra literaria de Carmen de Burgos*. Diss. City U of New York, 1977. Ann Arbor: UMI, 1985. 48106.

Suárez-Galbán, E. «Sobre dos novelas cortas recuperadas de Carmen de Burgos.» *Ínsula* 430 (septiembre de 1982): 7.

Tapia Garrido, J. *Almería hombre a hombre*. Almería: Monte de Piedad y Caja de Ahorros de Almería, 1979.

_____. *Almería piedra a piedra*. Almería: Editorial Cajal (Biblioteca de Temas Almerienses), 1980.

Ugarte, Michael. «Carmen de Burgos ("Colombine"): Feminist *Avant la Lettre*.» En *Spanish Women Writers and the Essay. Gender, Politics and the Self*. Kathleen Glenn and Mercedes Mazquiarán de Rodríguez, eds. Columbia, MO: U of Missouri P, 1998.

_____. «The Generational Fallacy and Spanish Women Writing in Madrid at the Turn of the Century.» *Siglo XX/20th Century* 12.1-2 (1994): 261-76.

_____. *Madrid 1900: The Capital as Cradle of Literature and Culture*. University Park, PA: The Pennsylvania State UP, 1996.

Urioste Azcorra, Carmen de. *Canonicidad y novela en España. (1900-1936)*. Diss. Arizona State U, 1993. Ann Arbor: UMI, 1994. 9411022.

_____. *Narrativa andaluza (1900-1936). Erotismo, feminismo y regionalismo*. Sevilla: Universidad de Sevilla Secretariado de Publicaciones, 1997.

Utrera, Federico. *Memorias de Colombine: La primera periodista*. Madrid: Hijos de Muley-Rubio, 1998.

Thank you for acquiring

La rampa

from the
Stockcero collection of Spanish and Latin American significant books of the past and present.

This book is one of a large and ever-expanding list of titles Stockcero regards as classics of Spanish and Latin American literature, history, economics, and cultural studies. A series of important books are being brought back into print with modern readers and students in mind, and thus including updated footnotes, prefaces, and bibliographies.

We invite you to look for more complete information on our website, **www.stockcero.com**, where you can view a list of titles currently available, as well as those in preparation. On this website, you may register to receive desk copies, view additional information about the books, and suggest titles you would like to see brought back into print. We are most eager to receive these suggestions, and if possible, to discuss them with you. Any comments you wish to make about Stockcero books would be most helpful.

The Stockcero website will also provide access to an increasing number of links to critical articles, libraries, databanks, bibliographies and other materials relating to the texts we are publishing.

By registering on our website, you will allow us to inform you of services and connections that will enhance your reading and teaching of an expanding list of important books.

You may additionally help us improve the way we serve your needs by registering your purchase at:
http://www.stockcero.com/bookregister.htm

Printed in the United States
78621LV00005B/298-306

9 789871 136599